"一带一路"大型系列丛书

总策划　戴佩丽
主　编　孙春光

刘河山 ◎ 著

新疆是个好地方

新疆辞：凝望博格达峰

中央民族大学出版社
China Minzu University Press

图书在版编目（CIP）数据

新疆辞：凝望博格达峰 / 刘河山著 . —北京：中央民族大学出版社，2021.5

（"一带一路"大型系列丛书.新疆是个好地方.第三辑）

ISBN 978-7-5660-1901-1

Ⅰ.①新… Ⅱ.①刘… Ⅲ.①散文集—中国—当代 Ⅳ.①I267

中国版本图书馆 CIP 数据核字（2021）第 025563 号

新疆辞：凝望博格达峰

著　　者	刘河山
责任编辑	戴佩丽
责任校对	杜星宇
封面设计	舒刚卫
出版发行	中央民族大学出版社

北京市海淀区中关村南大街 27 号　　邮编：100081

电话：（010）68472815（发行部）　　传真：（010）68933757（发行部）

　　　（010）68932218（总编室）　　　　（010）68932447（办公室）

经 销 者	全国各地新华书店
印 刷 厂	北京鑫宇图源印刷科技有限公司
开　　本	787×1092　1/16　印张：16.75
字　　数	225 千字
版　　次	2021 年 5 月第 1 版　2021 年 5 月第 1 次印刷
书　　号	ISBN 978-7-5660-1901-1
定　　价	67.00 元

目　录

“一带一路”大型系列丛书
——新疆是个好地方

第一辑

新疆家园

心念天山

　　一个新疆的孩子第一眼看到了什么，就霎时震撼了他刚刚有点心灵意识的童心？就是那么一瞥，一种神奇的张力就提携了他稚嫩的感情，然后他长久地凝望，明眸中渐渐涌现出那一架巍然耸峙的山峰峭壁，博格达峰提纲挈领占据了视野，但他只是莫名地无限感动。

　　这就是我有一天突然看到天山的最初一瞥的心灵颤动。是谁告诉了我那看上去很遥远的神山的名字？是什么时候开始我常常回头眺望天山？又为什么我面对天山总是茫然若失？但我知道天山在我童年时就默默地震慑了我。

　　天山啊天山，你在远古的什么时候屹立在了新疆广袤的大地上？而我在你的审视中咿呀学语屈指不过二十年，你感召了新疆多少子子孙孙野性的力量和刚毅的情爱？你脚下延伸的土地有挥洒的热血有开拓的号角，你眼中展开的故事有悲壮的传奇有伟大的历史。在我的心灵生活开始的时刻，我就无数次看到你逶迤不尽的山峦在寥廓长天耸峙着卓越超群的惊心动魄，看到你脚下的瀚海在天地合页处涌动浑黄的沙浪澎湃着西部的苍茫肆虐。而我就在你的脊梁上坚韧地长大了。

　　还记得这样一个难忘的画面：在我曾经读书放学回家的路上我就面向东方远远看见轮廓分明的天山主峰博格达绝壁。我的目光似乎在那上面雕刻了什么情思。路上有一棵倾斜着扶摇而长的大榆树，像大地之母伸出的一支健壮的手臂挥动表达着什么。而天山依然冷峻地傲视四方。近在咫尺的榆树和远在天边的天山，在我眼里化为无比默契的神灵。我感到自己就要走进他们期待的心房。

望天山，天山塑造了我坚定不移的性格，而我就凭一身的血气方刚成为西部天山身旁的一棵参天大树献身世界。我在任何时候远望天山，天山就成为我成长的深远的辽阔背景。

栖落新疆的一只风筝

咿咿呀呀的我要挣脱她的怀抱，因为我看见蓝玻璃的天上有一角静静浮动的幌儿，像大蝴蝶似的飞舞着。她揽住我，我不停地舞着小胳膊，指向很远的那一点让她看，"那是风筝。"她淡淡地说。风筝？ —— 风筝会飞，会挺落云端，会带上我一起奔跑。她搂紧我不让跟着风筝上天！奇怪，我怎么就脱不开她的怀抱呢？

后来是放逐风筝长大的，童年的春天是风筝牵来的。我和小伙伴们着了魔，纷纷扬扬地放起"红蜻蜓""蓝方格""五角星""快乐鸟"……孩子们顿时开放了一个五彩缤纷的童话天空。风筝愈高愈小，线儿愈放愈少。线怎么这么短呢？我蹦回家，偷她的一轱辘一轱辘的细麻线，再衔接上去。她常坐在家里阳光充足的角落，弯曲着美丽的身子，在她弹动的腿肚上揉搓一根一根旧麻线。我的风筝系着她揉的线，从不曾栽落下来，从不曾挂在树杈。我的风筝扶摇直上，我的梦想也婆婆娑娑，我真的像一只鸟儿飘了起来。我觉得是她托载着我，簇拥着我，牵引着我啊！

在新疆长大，我才知道，我们的老家在山东青岛。母亲抱着一个多月的我，带着我的两个哥哥，一路西行，投奔先头在新疆落脚的父亲。原来，我们一家就是中国上空飘摇的风筝，我也是飘移的小风筝，在母亲的怀抱安然栖落。

十八岁是一块里程碑。我不在野地里放风筝了，却默默地给放风筝的孩子祝福。再也不会偷她结实的麻线了。当然，她也不再辛劳地揉搓细麻线了，早就用不着了。

有时候，我看见她无言地看着我，我想她一定忧伤地想起了那个爱风筝的孩子；有时候，我看见她日渐苍老的背影，就痛怜地闪烁出她那丰富而美丽的弧线。

经常仰望着曾经飘过我各式各样的风筝的天空，心底便升起一种向往，真实而震颤地感到天空应该是无边无际的自由和辽阔 …… 有一年的有一天，我开始学习写作了，为了 …… 为了 …… 当然也为了她。我幼稚的处女作就是写风筝的。为什么写风筝呢？她看不懂文章，只是眯着眼睛看一眼我的生疏的铅印名字，然后便满足地做家事去了。但我感觉她笑了，那是一种最宁静的母亲的微笑。

忘不了，一次我想看《小说选刊》，可家里没有。她就去邻居家一家一家打听，竟借来了。起初，她对人家把杂志名称说错了。

我是牵扯着她的衣角，摇晃着有力地走过来的。沿着她，我能走到哪里去？走多么远？

总有那么一天，她的小儿子要远走高飞，她揉搓的长长的线已经缝纳不住儿子延伸的曲线。但是真的吗？啊，远天远地，有一丝谁也看不见的线，波波折折地系在她那无比慈爱的胸怀一头。谁能挣断那条神奇的、美妙无比的线呢？ —— 妈妈！我这个飘摇的风筝呀。

小城短片

今天穿过亚洲中心广场。

今天，我独自穿过"亚心"广场。

今天。下午。热。

走过广场，一瞥看见，亚洲中心标志，双手托举地球亚洲微缩图心脏，高高耸立。

站在这里，亚洲大陆地理中心一个边陲城市建立的广场。不由得自言自语，这是亚洲中心吗？

大概吧。可能不是很精准。这也是后来的说法。很多年前，我们并不明确。在21世纪，我们这里突然有了新概念，是科学院院士、地图学家、遥感学家、地理信息学家用现代科技手段测定的结果。

中心就很好吗？

地理中心，国家中心，世界中心，宇宙中心？

"这一刻，全世界都是星期六的下午。"凯鲁亚克在《荒凉天使》中的一句话，把全世界都汇集在这一时刻。世界陡然静下来。

我在燥热的大太阳下，骤然安静。

我不紧不慢地穿过亚洲中心广场。

天涯过客，何必全中心。边缘行旅，照样尽完美。

"密西西比河此刻风雨，在那边攀缘而走。

地球这壁，一人无语独坐。"

我总是在我生活的地方，在亚洲中心广场，无端想起昌耀的《斯人》。

父母飞越两个家乡

记得是2006年冬天的一个夜晚，父母从青岛飞抵乌鲁木齐。

这是父母第一次坐飞机。

这是父母最后一次回山东老家。

父亲9月从新疆临走时留下一句话："最后一次回老家了。"

话里的意思是，从此以后就老死在新疆了。

父亲在山东老家成长33年，在新疆新家生活40年，三个儿子在新疆长大，成家立业，山东和新疆，谁新谁旧？孰轻孰重？

过去平均5年，父母回一趟山东。现在突然有了到头截止的念头。

山东和新疆应该都是父母心里面的家乡。真正的家乡。

父母如同肩挑一副担子，那一头装的是老家，这一头盛的是新疆。哪一头都是沉甸甸的。哪一头都是舍弃不了的。哪一头都是钻心的挂念。

我们一家的人生终点站就是阔大辽远的新疆大地。

父母最后一次回山东老家的几年前，我的姥娘以95岁高龄去世，舅舅当时没有通知我的父母，事后才写信告知。舅舅多次说，老人在时对她好就行了。人死了，别的是多余的。从新疆赶山东，路多远，麻烦，受罪。母亲哭了。这次父母回老家，我的99岁的奶奶还在，精神好，客气话多，不过老糊涂了，不认人。连我父亲也不认识了。我大爹、三爹、姑姑几大家子都好。我舅舅家也好。再后来，奶奶不在了。大爹、姑姑、姑父也不在了。

父母在人生中心系两处家乡，承担两份思念，怀想两个远方，多少新疆人不是这样子啊?!

向新疆老师致辞

我们都是从新疆这个边城的一中出来的。20年的时光留下了30多名生活在本市的同班同学。现在母校任教的一个同学提议，今年为昔日的中学老师祝贺教师节，我这个当年的班长满口答应了。安排人通知后，那天晚上十几位同学齐聚瑞祥大酒店，可惜只来了3位老师。我们为老师们送上了鲜花。

说了许多话。

有许多感慨。

产生许多心绪。

仅从本人的祝酒词和席间闲谈就能窥见一斑。

1.每个人的中学时代的主旋律可以说都是美好的。这种美好的重要一部分来自老师，来自同窗，来自师生情，一句话，来自在座的每一位。尽管过去了20年，但老师的音容笑貌历历在目，老师的一言一行记忆犹新，老师的语重心长刻骨铭心。这一切构成了一个人美好的记忆。中学时代本身丰富了我们的生活内涵，增加了我们的人生分量，充实了我们的精神世界。今天，我们有一种又回到英俊少年的感觉。我们这些老同学又一次以学生的身份向老师表示衷心的问候。我们今天的每一杯酒和每一句话，都是为了向我们的中学老师表达我们的敬意、情意和谢意。请诸位高举酒杯，为母校干杯，为永远的三班干杯，为师生情干杯！

2.在中学的时候我们和老师是在课堂上交流，今天我们是在这盛宴上交流。这个盛宴是岁月的、时光的、精神的、友谊的盛宴。这里没有什么约束，谁有什么话尽管说，谁有什么欢笑尽管发出，谁有什么歌喉尽管亮开。

3.说起来，人生也是一个提拔的过程。大家说是不是，你看，李老师提拔我当了班长，一当三年，谁能想到20年后的今天还在履行中学班长的职责。你说中学对人影响大不大？李老师提拔我，英语得了100分！羞愧的是如今英语对我而言是对牛弹琴。陈老师提拔我当物理课代表，陈老师初三时一不教我们，我就失去了对物理的爱。谭老师提拔我"一问三不知"的光荣称号，至今想起来一把辛酸泪，满腔的热血已沸腾。孙老师提拔我为"班主任助理"，光叫我多干活，既给班里打杂，又给学校跑腿，就是不怎么关心我的远大前程。我的学习一落千丈。孔老师本想提拔我当个语文课代表，不想这一位置已被另一同学事先霸占。她弥补这一遗憾的形式是在课堂经常宣读我的作文。到社会上，没有老师提拔了，只有自己提拔自己，自己超越自己，自己丰富自己。

4.我有一点体会，人生就是学习的过程，提高的过程，觉悟的过程。我看人应该是学生。学无止境。活到老，学到老。当前社会又在建构学习型社会。我们每个人应该力争当学者。当各种各样的学者。在这一点上，我们的中学老师带给我们永远的启示意义：永远不要丢掉书本。老师的重要就在这里。向伟大的老师致敬！

5.不知不觉又到了新的一天，为了明天，现在告一段落。今天这么多同学能和中学老师把酒问青天，煮酒论英雄，这种愉快无以言表。我们每一个同学，老师的每一个学生，非常感谢老师们和我们坐在一起谈笑风生，沟通感情。祝老师们健康，年轻，高兴。愿老师的心里永远驻扎着一群好好学习天天向上、调皮或不调皮的学生。

我们请礼仪小姐为当日未来而得知住址的中学老师送去了鲜花。

无花果

无花果是新疆的情爱果。

新疆是无花果树的再生故乡。

我家曾经种养过一棵无花果树。

　　我所在的城市里的许多人家院落都有无花果树。看见无花果树，总让我兴味盎然，愿意停下来看一看。这是为什么呢？

　　如此，我觉得世界的爱，不多不少，不早不晚，都会悉数留给你，让你不紧不慢地享受。这是一个不期然而然的世界。

　　昨天风雨大作，同学文志来电请我一家晚上吃饭。席间他说送我两盆无花果树，我没有在意。今天上午我在办公室，中午回家，始知他上午来家按门铃送来无花果树。我见到，已在阳台摆放。记得他问我写过无花果吗？印象中没有。想无花果，有所触动，随手记下《咏无花果》，有点意思。

　　无事观青叶，

　　有情生暗香。

　　无花但有果，

　　实质给秋光。

　　初三年级，我买过叶文玲的《无花果》。后来，读到孙犁、沈苇写无花果的文字，各有味道，皆有兴味。

　　2009年我在山东蓬莱阁见到很大的无花果树，止步不前，心有所感。我拍照留念。

　　我想说，新疆无花果是世界上最甜蜜的情书。你会突然收到，突然打开。面对莫名其妙的美意。

　　眼前的树

　　红柳杨柳竟然都在这里。

　　扎根的红柳。

　　飘发的杨柳。

　　确实，我们把根扎在这里。我们的头高昂在边疆。我们的黄土地概念淡薄了。我们的家园思想扩大了。我们的一颗心高挺在这里。

　　而且，我发现，我的家在这里频频挪动。从北向南，从南向东，从东向西。最终，家和单位越来越接近。现在是，一路之隔。一河之隔。隔了一条夏天有冬天无的景观带小河。夏天的河水里，有小尾鱼短暂地游移。而我们在这里长久地栖居。从办公室七楼望去，到视线里的家楼之间，摊着城市公园开放的风景。

我们容纳着这一切。

我们发现，这里不仅仅有红柳，杨柳，还有胡杨树，白桦树，特别是存在着经典老树，榆树，沙枣树，白杨树。这些树都集中挺拔在这里。

在这些树的身边啊，我们同时齐整地坚挺在这里。

到乌鲁木齐去

到乌鲁木齐去

到乌鲁木齐去

那里有红山塔

那里有燕儿窝

那里有天上的大陨石

那里有地上的蓝牧场

那里有多语言的歌声

那里有多民族的目光

到乌鲁木齐去

到乌鲁木齐去

乌鲁木齐是动人的好地方

我向往我的小学，那感觉就像它曾是我的悠悠荡荡的摇篮一样。小学不是伟大的圣地吗？我们离不开它，虽然以后长远的路引导我们走上中学、社会、人生舞台，但我们不是从这儿起步的吗？有谁能忘记自己人生启蒙的时光呢？

小学，你多像一只美妙的笼子啊。我们一群稚燕在你里面跳呀说呀笑呀唱呀，却不能把你颠破，让我们展翅飞出，只有五年叽叽喳喳后才又钻进一只更大的笼子里，窥探外面的世界，在我们是何等不易。只有那么难得的，盼来盼去的每年一次的清明节，让我们到外面呼吸新鲜空气似的，出去一趟见世面。到乌鲁木齐去！到乌鲁木齐去！

于是我们兴高采烈争先恐后爬上大卡车，打着队旗，嘻嘻哈哈地把昌吉小城搁在后面。

在我的记忆里，小学我们班同学只去过两次乌鲁木齐，一次是四年级，一次是最后一年五年级，一二三年级，我们没有资格去，太小了，小弟小妹么。看着高年级同学自信而大咧咧地挤上大卡车，那吆喝的嗓子在校园连成一片，对我们来说是多么的羡慕和诱惑，总抵不住弹拨痒痒的感觉满溢在小小的心里。什么时候也去去乌鲁木齐呢？心里一个劲地督促着自己：快快长大，快快长大，到了高年级我们也去。高年级你快来吧。也不知是一年级呢还是二年级，我看见一两次高年级学生一窝蜂上车往乌鲁木齐集体扫墓的场面，暗暗地滋生了我赶快长大，长大了到很远的地方去的愿望。远方啊，你有什么呢，诱惑着未成熟的我，对你心向往之？是什么奇异的鸟吗？还是什么奇异的太阳？迫使我在一个又一个悄悄幻想的梦里神游你的美丽的大地。记得，在晴朗的日子，好多回好多回，我放学时总面朝着很远很远的天山博格达峰方向往家走，我就痴痴望着天山，天山哪，远望天山，也给了我"到远方去"的神往，我很小的感觉里简直说不出是什么牵引了我，朦朦胧胧的，爬上了我的心头。记得好多次我都看见了一棵榆树，弯曲着映衬在极柔极淡的黄昏里，恬静，悠深，遥远的背景就是天山莽莽苍苍的石刻。到了榆树附近，我也就折身回家了。或许凭我的微妙的直觉，这景致，在我无论如何都是美丽的，其实告诉了我一种到远方去的语言。不止一次我隐隐萌发到远方去的很美的感觉。

关于扫墓，当时的我并不知道是怎样的事情，幼稚地想大概是躬身拿着笤帚扫扫那些名人志士的墓上的浮尘，表示一点烈士永垂不朽的肃穆和庄严。我竟奇怪地把扫汽车皮和扫墓联想在一起，啼笑皆非也有点多余了。对于乌鲁木齐，可怜的我们并没有多少知识，不知道有什么，更谈不上意义了。为什么在小学一听说到乌鲁木齐去，同学们都会不约而同雀跃欢呼呢？不外乎，那里有果丹皮，有面包，有……最吸引我们的就这两种东西。果丹皮是很薄的一层果酱晒干后的食品，很酸，当然也甜，叫酸甜。我那时没见过它，大家都知是稀罕物，很爱吃它。奇怪昌吉城里没有它，所以它是稀罕了。吃得往往一嘴黑牙，嚼来嚼去的，颜色都上了牙，不愧是孩子，嘴巴一咧开，牙齿紫黑。后来据说，果丹皮不卫生，人们把稀稀的果酱倒开一大片，净脚丫子在上面踩来踩去。谁知真不真呢。以后昌吉城终于有了它，五年级我常去买，吃起来美滋滋的，再以后，大啦，想不起它了。饿了倒会想起面包，这面包昌吉城进来得好像也很晚，以前没有什么印象。面包，在小学我爱吃，大了也爱吃，方便，絮絮的。到乌鲁木齐难道就是为了果丹皮和面包吗？回答起来也不好意思，是的吧。其实，并非如此。到乌鲁木齐去，让我们看到了一些少见的东西。

那时候，乌鲁木齐是怎样格局的城市，不知道。至少是我们这些小学生不清楚。我们觉得它远，有三十多公里，我们当然不常去，一天一天，零零碎碎知道了红山嘴子，西公园，西大桥，烈士陵园，红山商场，大十字，南门。噢，比昌吉好。昌吉没有红山嘴子，没有鉴湖，没有公园，昌吉老早是个破城子。请原谅，那时候，我不懂什么地方算好，总想远的城就好。以后有了点"头脑"，明白了，每个地方有每个地方的美。这句话包含了多少内容，恐怕谁也说不清，但是我承认，在我很小就体验到了，小小的东西，和每一个人，和好多事，都让我产生说不出的感情。我默猜着，这些会怎样给我快乐，真想和它（他）们在一起，真想，永远在一起。有那么一个国度，很美，那就是幻想的城池。这是我的财富，取之不尽。我觉得，不，我认为，我是一个能够快乐的人。我可以在精神寄托上，超脱人群。很短的十几年的简历，就告诉了我，爱，无穷的爱。我渐渐认识了文学。感谢高尔基。我拥有了《童年》《在人间》《我的大学》。我在成长。在人间，多美的语言，我不在人间吗？我的大学，我难道没有大学吗？感谢蒲宁，他给我讲了那句美丽的话——每个地方有每个地方的美！我读了他的《阿尔谢尼耶夫的一生》，竟让我大吃一惊，一种震颤，浸漫过我的全身。我和他不是一个人吗？而他到远方去的向往，我并不次于他。……昌吉城，我的家园，请原谅我。就算破城子吧，我也爱你，我成长在你的土地上。在你的怀抱里，日渐成熟。有那么一天我要歌唱你。高唱绿洲上的生命和爱。在世界上没有什么真正的破地方，只有无动于衷的破感觉。破破烂烂的地方，可以写出漂漂亮亮的诗，散文小说剧本都是诗。诗意的感受力让一个人上升。我深信不疑。

　　三年级之前，模模糊糊去过乌鲁木齐，都是单位大车拉去的。有一次去接父亲，他从内地参观学习回来。单位派车，我们可以去接，好几个小伙子同时去了。去吧。到乌鲁木齐多让人兴奋啊。乌鲁木齐人很多，多民族人群习以为常地走来走去。在一处大街商店门口，大概是等车，小伙子们无聊，就玩起了"骑毛驴"游戏。某某买了几本小人书，我抢着看。这是一个保留下来的印象片段。另外给我个人留下特别印象的是，路途在车上看见远处大山，满布大石，有好多大大小小的眼子，奇形怪状的石头各自卧着，碉堡一样，打过仗吗？可以爬过去躲藏，避雨也好。现在不打仗了，太平了，打仗的人死了吧，只有大小窟窿弹孔累累，在等待着呼啸的子弹鱼贯而入，有些怪石歪歪倒倒，那么悬着，真担心不慎轰隆轰隆塌下来。来了狂风大雨，就好看了吧。但愿老天爷不要在我经过这里时落到头上来。让我惊呼的是远山上，见过两三次，也可能就一次，悠悠忽忽有几只小山羊散在山坡上，还有牧羊人，多小哟，人和手指一样长，羊有指头大吧。三年级的冬天，我还和父母亲回山东老家一趟，在乌鲁木齐火车站上车，见到了绿漆漆的长长的火车，大山，戈壁，冰川，田野，村庄，城市，河流，桥梁，渡船，奔波的人流，闪现的站牌……我记事了，懂事了，懵懵懂懂吧，外出给我打开了一扇大窗子。

　　四月清明，昌吉和乌鲁木齐的春天来临了吗？真说不上，树叶刚刚泛青，看上去很新鲜，很淡，并不浓郁，田野的麦苗青青的，刚接上茬，天气也清冷。那时候真傻，学了几个形容词，看见春光，就爱套用几个写春天的词汇，一套就是几年，有什么意思。我后来才知道，那时候的好多作文害了我们。在往乌鲁木齐的路上，为了表达精神，要唱歌。老师起个头，大家呜呜唱，唱到一半，稀稀落落停了，接着是大说，大笑。有时连唱，再唱一个。唱《红孩子》么？唱《我们是共产主义接班人》么？望着路途风光，同学们谈笑风生。这一词在那时就用过。见远处银闪闪的大飞机停在机场，呼啦都惊呼。记得班主任老师对我们说，看看乌鲁木齐都有什么，好好留神，回来好写作文。这句话我倒记得很清楚，默默地和着一闪而过的景物编排着一种片段式的即兴短章。由此可见，老师是将我们去乌鲁木齐作为一次大开眼界增长见识的好机会。

有次我和李卫兵并肩挤在一起，那次我们乘的是大篷车，看景只在车尾后排。车厢里散发一股汽油味儿。李说：哎，我不闻。我妈说，闻上汽油味儿不好。他别过头去。和他不一样，我爱闻汽油味儿。不止一次，我甚至想，能不能喝它两大口，这样大概可以不必长时间用鼻子闻了。记得那天旁边有一个女同学D，她咯咯地笑，还说着什么，霎时我感到一种奇特的味道漫上来，不是汽油味儿，不过好像是汽油味儿引起的，什么味道呢？直到今天我也说不出，只好存疑，但那次的确有一种感觉袭上了心头。

我们到乌鲁木齐是集体活动，去处有三，一是燕儿窝烈士陵园，祭奠革命烈士，主要有陈潭秋、毛泽民、林基路。我们没有上燕儿窝顶上去。二是八路军驻疆办事处，三是新疆博物馆。语文老师曾嘱咐，好好记录，回来写作文。我带着一个小本儿，也装模作样拿出来写一两句，但我没这习惯，只是做个样子。一女同学L好奇心使然曾要过去看，里面无非几个词汇。博物馆院中有一块大石头，同学们在休息时，跑过去看。好大！一尊大石头小山丘一样卧躺着，褐黑褐黑的。我以为是山上的石头，跑到这儿让人展览来了。大家看看，没什么，又都跑了。谁知道呢，它竟是天上掉下来的神物，这是我们小时候的无知一证。在小学里，我们到乌鲁木齐去过的就这两三个地方。街上没有去过，红山上没有去过，西公园没有去过，动物园没有去过，活动完了就齐刷刷上车回去，到家第二天又上学。乌鲁木齐好吗？好。只能说好，只能这么回答，不能说别的。它是陌生的，是神秘的，是令人向往的。到乌鲁木齐去，那是个好地方。那阵子，四年级的夏天，我写了一首即兴诗，就叫诗吧 ——《红山》：朝登红山，红山屹立；远望山峰，一派生气。我清楚这不是诗，只是几个词的分段组编。但因去了乌鲁木齐，看见了红山巍然而立，回来后，有那么一天，浑浑然写了红山，怎么说呢？说不明白。乌鲁木齐和昌吉不一样，昌吉城里眼前没有这样一座山。乌鲁木齐大，多大？不知道。乌鲁木齐人多一些，楼房多一些，风景多一些。如此而已。不过每一年同学们到乌鲁木齐的兴趣都不亚于往年，何故？ —— 那是一个好地方。究竟好在什么地方？一下子说不上来。不去管它吧！十来岁的孩子，一切都在教育塑造中。他们的心灵，还在早春的幻想里闪烁，游移，扩散。

小学的老同学们，不要忘记，到乌鲁木齐去的时候，我们是唱着歌的。

……

从中学初一起，我自己一个人就可以坐公共汽车去乌鲁木齐了。

后来，长大成人，我从昌吉到乌鲁木齐，在两个城市之间自如穿梭，满怀爱恋，有出入家门的感觉。

我青春年少读到乔伊斯的《都柏林人》中的《阿拉比》，我一下勾连起了乌鲁木齐。乌鲁木齐闪亮了。从昌吉到乌鲁木齐，不长不短，正是一个涉世之初的少年欲哭无泪的迷惘的路程。

后来，我一次次登红山，看乌鲁木齐，望博格达峰。这里，本地人流包括世界各地的人群来来往往，喧哗如潮。

在乌鲁木齐，在亚洲大陆地理中心，在这个现代文明都市，在这个多

民族荣辱与共的城市群，我人到中年，重游红山，内心荡起《红山忆念》，
重温乌鲁木齐对我的人生教育课：

　　红山依旧在，

　　童诗远尘埃。

　　本真立顽石，

　　初心存天籁。

改装的小城感情

　　我所栖身三十多年的西部边城，名叫昌吉。是个不大为新疆以外的人所知的小地方。小就小吧，小有小的……景致。不为外人知也怪不着它。知与不知关系不大，反正它有它的模样。

　　大地上端立的风景倒映给天空，天空肯定漠不关心，它无所谓地呈现给下面活动的人类自己浏览自己，人们看在眼里，记住了：昌吉这地方，其实就像昌吉本身这两个直笔僵字，典型的一副时开时合的棋盘城。

　　直来直去的那么几条四方大道，永远一本正经。而且紧跟形势光明磊落得望眼欲穿。大道分割圈成的每块方地里面，却是纵横交错的巷道，没有规律的房舍，悠然自得的人群。可走出杂舍，大街边沿左右，又见摩肩擦背的高低楼群，竭力端正着开始繁荣起来的一副城市的崭新面孔。

　　昌吉已被一个看不见的脑袋粗枝大叶规划过了。方方正正的大街遗留下了朝三暮四的规格痕迹。而且一只只看不见的手，把昌吉人不由自主圈在划好的格式里生活，似乎什么时候打破了规矩，什么时候才能走出昌吉的那个"吉"字的缺口。

　　走的时候就留下了时代的影子。不管走得精彩还是笨拙，都让我们亲眼看见过去和现在。也对比出了我们经历过的思想曲线。啊，这让我起伏在感情的波动里。

　　以形似棋盘的小城摊成的昌吉，就那么不卑不亢地坐落在天山脚下的一片绿洲之上。乌鲁木齐回首在望，那么昌吉再小也有了神气。昌吉人不是动不动把蒙古语意为"场圃"的地名，灵机一动顾名思义视为"昌盛吉祥"而引以为自豪吗？

认识我的人都知道，我的身上时而散发着新疆人的某些浓烈气息：粗实忌俗，厌恶做作。因为我在昌吉长大。我的小学与中学，在这里开始与结束。我的未来生活看样子似乎仍在这儿延续。因此我从骨子里热爱昌吉，包括它的美好与糟糕。但我这人嘴上不爱咋呼，心里实在。我知道昌吉带给我的精气被我融合一身又化为灵气，使我今天自卑而自傲，消极而火热，敏感而笨拙，狭隘而脱俗地以笔参与我的人生。但我脸上也容易显露不屑神情，比如对有的昌吉人的既活泛又僵硬的头脑，怎么看也看不惯。我不爱假装睁着双眼而若无其事，就像不习惯分送笑容一样。我说不准确是我自以为是，还是他人自以为是。

小城昌吉的风景能否入笔？谁又敢说不可？天池深居高山上头，博格达雪峰成为天与地的分界线桩，南见天山山脉横走东西无头无尾，头屯河下游总是裸露着灰白的石头，北望原野空旷得没有极限，这些远景嵌在视野成为昌吉风景画的框边。哪个犄角旮旯没有看见？

注意力请放在近景上面：大街两旁随随便便排列的棵棵槭树，弯曲自如，杂枝紊乱，希望观者能看出它浑身的纵横错节，仪态万方；城中角落不时出现那些大小榆树，枝权分披，枝梢韧柔，希望看的人能发现它的自由散漫，漫不经心；时常还可以见到新疆白杨，直愣窜天，棱角显赫，也希望观者领略到它一贯的大大咧咧，嘻嘻哈哈。这些号称昌吉兄弟姐妹般的树，竟那么逼真地带出了昌吉的几丝风致。

在昌吉主街中心的东面，在这些稀疏有度的树景后面，曾经掩映着一座孤独小楼，它一直局促在小城的中心，使人常见。昌吉人都熟悉它，像熟悉一位人生伙伴。它确实曾伴我们度过了很多好时光。因为，它原是昌吉回族自治州首府中独一无二的俱乐部。

这样，它就与众不同了。何况它真的是这样。不仅可说是昌吉有史以来第一个具有小楼气派的建筑物，而且它本身充满了一点洋味儿的天然气质。它安静地坐落在昌吉的这么一个小地方，居然傲慢而执拗地，透露出一股子一言难尽的欧亚混合的骄傲气息。

因为它，建于1955年，完全属于中华人民共和国创建初期，并且，它明显的整个儿是俄罗斯风格，一望而知它出自一个苏联大鼻子建筑师的头脑。这不奇怪，那时中国和苏联兴好，是国际出名的亲兄弟一样的友好邻邦，你帮我，我助你，大有手拉手共建社会主义大厦的亲热架势。那些年啊，它一定浑身辉煌，在昌吉像……像人世间的天堂。

大背景之下，这么一座异域格调的俱乐部，有缘应运而生于昌吉的一隅，造福于昌吉各族人民，使大家能够经常性地摩肩擦背领受亲密无间的依恋气氛。

俱乐部于是成了那些年昌吉政治、文化的辐射中心之一。它正面中间的两大扇褐色木大门，从20世纪50年代末，到80年代初，曾经出入了多少一起生活在昌吉土地上的汉族、回族、维吾尔族、哈萨克族、乌孜别克族、蒙古族、俄罗斯族等民族的身影？混合的多种语言，亲切而融洽地弥漫在俱乐部共同的穿顶之下。谁也没有皱起眉头，没有觉得异域情调浓郁的州俱乐部（昌吉回族自治州），立于昌吉一方，是诞生错了地方。没有人奇怪它的混合样式，它是那样自然地拥有存在下去的肥沃健康的土壤，一如这儿有丰富多彩的生活基础为鲜明衬托。

那么州俱乐部，就是看得见摸得着的昌吉历史、岁月的象征。我这么说，我想无人反对。一切有目共睹。在昌吉人心里，早已暗暗地对它满含了感情，只是还没人无缘无故跑到大街上，说出口。

但是在20世纪90年代的时候，这曾在昌吉显赫一时的俱乐部，变了样儿。一变了样儿，就变了味了。满不是那么回事。是哪回事？

其实仅变了一半，改装重修了俱乐部整个正面。就这一半就够人受的。它就像砍伐了一个熟悉极了并且习惯极了的朋友的面孔，而嫁接了一个面目全非但到处俯拾即是的大路货色充当原貌，这代替得了吗？人非草木，孰能无情。因这砖石、水泥、木头、钢铁组成的建筑物，在我们眼里，已有了灵性，并且融合了人的感情了。

不知哪些人，脑子一热动起了脑子，想让已显老态的州俱乐部耳目一新。于是高搭架子，人爬其上，铲皮拆窗。不日愿望完工，呈现在大家面前的，却是一览无余的垂直到顶，茶色玻璃简直是大块大块地排列着，显示出改装设计者的混沌、愚昧，满眼齐刷刷而无伸缩的偌大墙壁，无异于呆板浑噩、俗气冲人的空洞屏障，就像自己浑然不觉而偏爱抛头露面丢人现眼的二杆子形象，楞戳在那儿，倔在现实中。

消失了，那本来的州俱乐部。它弹指一挥间即成逝梦。那四根一人双臂抱不全面的圆柱竖立于台阶高顶起的那座突出而漂亮的唯一阳台；那阳台背面凹进几米隐现三扇拱形楼窗的墙壁中心之上，凸现的厚实的"1955"，那阳台之上又平行墙面而高出楼顶耸成尖形的一大块墙檐正中的五角红星，那分列大门左右的上下两排或拱圆或方正的十八扇窗子，都已随着改装而荡然无存。过去正是这些，显出了历史的意义。人们再要环绕柱子穿入、走出俱乐部的优雅，已成记忆和梦想。

原来的那种深入浅出的庄严活泼，波动起伏的曲线韵致，对称和谐的浑然一体，毁灭在了改装的后面，开始跌落得日益遥远了。就是俱乐部前面空地的那个圆形中心花园，也变换成台阶式聚拢的小水塔，里面原有的两三棵挺拔恣意的小榆树，和漫出半米多高花格水泥栅栏的葱郁青叶、纷繁花草，随之不见踪影。光秃秃的水泥墩子怎么比得上活生生的树？前面无树，就更使现在的改装，无遮无掩得一目了然。

往哪儿躲啊，在审美者的面前。我真怀念原来州俱乐部跟前的那种掩映的美。从这里静静无言地斜行穿过回家，有一种美。相映成趣的美。周围都是美的氛围。密树蔽空，大榆垂地，而且苍然凝目，陈朴气息扩散，心头随之荡漾宁静和谐，足以徘徊流连。我感觉这也就是所谓优美了。

　　可能他们觉得，顶多有两层楼高的州俱乐部，早已度过了它的豪华岁月，它像过时城堡，混杂在日新月异的高楼大厦中，寒碜无比，不合时宜，于是改装了。他们牢记过旧貌换新颜的革命语言，便花一把钱修葺。镶上流行的茶色玻璃，就有了现代气息？就跟上了时代？

　　却是为了招徕顾客。改装却是为了赚钱塞满腰包。中国大有全民皆商之势，小城亦有趋于饭碗之风。

　　我们知道，州俱乐部已于20世纪80年代，被新的现代气派与民族风格交融的市影剧院、工人文化宫、群艺馆先后替代。1984年后，俱乐部就不是看电影开大会的地方了，而变成诸如沙发厂、木器加工厂、风味饭店之类以搞活经济为指导思想的地盘了，但并未改装。翻来覆去折腾了几年，又重回到了文化娱乐性质的营利之所了，却被人改装。

　　只改了面向众人的正面，其余不动，如同删改了历史的一段儿。若有原昌吉人重归故地，目睹于此，我想一定顿生失落之感，像看见了一道遗憾的闪电，撕裂了原本完整的天空。

　　改装者忽略了每个老昌吉人对老州俱乐部沉淀起来的感情。是一种热爱故土之情吗？是一份珍惜之爱吗？或是一点岁月的眷恋之思吗？只觉得莫名的失落感淤在心头……

　　虽然我们清楚过去不等于现在，现在亦不等于过去。以及只有时间全新，道路未必新颖。包括经验所得：人也仅仅是个改头换面而已。可让敏感之人看见这随心所欲的胡乱改装，像真实的感情被虚假改装一样，多么令人不是滋味！

　　再苍老、再斑驳、再灰黄的州俱乐部，都有另一种慰藉心灵的精神价值，也能升华出一种时间呈现出的神奇的魅力。它现在毫无摇摇欲坠现象，待在那里什么也不妨碍，何以诱惑他人动手动脚肆意改装，无须说明了。

　　也许是我神经过敏了？因为我料到了这一手，1987年5月，我特意在

尚未改装的州俱乐部前，请一个朋友单独为我照了一张表情莫测的136相片。我担心它有朝一日被拆除，我怕它被改装。可惜仅照了一张，还是阴晴难辨的黑白照片。我就生活在黑白世界里，和许多人一样。

昌吉地方志或文史资料集，有否记载州俱乐部的点滴文字，不得而知啊。如若没有，那是一大失误！怎么能够忽略昌吉的一个产生许多重要历史影子的独特地点。也不要忘了记上那曾两次冒烟并燃烧的大火蹿跳在楼顶，震惊了成千上万的昌吉人。多少人僵立在与俱乐部有一定距离的位置，大吃一惊观看那缕缕烟火在将灭未灭之间摇摆不定。现在的绿色楼顶盖着沉默的木板和铁皮什么也不说。什么人才有脸遗漏历史的真实细节？

很多年后，偶然见到一本地方文史资料集中倒是收录了昌吉州俱乐部几位老同志共同回忆的轶事录，给人的感触不大。至少没有触动我久远的情怀。集体回忆和个人记忆，被时间的风刮来刮去所剩无几了。只剩下大概轮廓的岁月废墟。几页回忆不过是一些工作琐事，概而言之是在俱乐部工作"辛苦"。辛苦，正是我们的生活原色啊。可我们一心向太阳，从心底想要快乐的七彩阳光。生活啊，给我们快乐了吗？给了，不多也不少。我们这么一股脑儿地在日出日落中走动，在每个日子里活动变人形。苦乐不均，喜忧参半，由他来吧，由他去吧。我们自有活法，且笑，且说，且生活。我是这么认定的。

一手设计昌吉州俱乐部的苏联建筑师大名叫什么？现魂归何处？哪也没见着他刻下的名字，但他的创造，给了那么多昌吉人生活舞台的优美布景。

手头仍保存了几张印有"昌吉州俱乐部"字样的电影票。一个俱乐部大概样子的图案，恍然入眼。并没有怦然心动，只是怅然惊觉，重温旧梦难上难。

当年我这半大孩子浪人一般，游荡在这俱乐部周围，竟能体验到雅人风致。夹在看电影的人群里，看得我一年大似一年。现在我仍能看见自己许多的愉快、可笑、向往、浪漫、愚蠢、天真、痛苦、乐趣，就发生在外表泛黄、内部昏暗的这个俱乐部里面。里面感觉光线暗淡，恍若隔世。我睁大眼睛，像在极力追寻、憧憬着什么……

对暗红丝绒帷幕感觉到神秘和惊奇，对舞台上歌唱与舞蹈的男女同伴的羡慕与喝彩，许多电影向我展示的美与感召，坐在有排有号的位子上的奇特美妙的人间感受，在这里参与表演节目、上台去佩戴红旗的一角并冒失地领奖，面对"纲举目张"等标语口号牌时的目瞪口呆，又同谁谁并肩而坐共赏剧情的窃窃私语的那种美好享受……这一切尽在俱乐部中！

学生时代的部分片段，没想到停留在了那曾经人头攒动的俱乐部里，它不会被现在的改装而改变其怀念的美好景象吧。没有想到的却是，学生时代一结束，它也随之几乎被淘汰，已非都乐之处。原本之貌，让我看见与生俱来的美感。

已改装得不伦不类的昌吉州老俱乐部，凄凉地隐蔽掉了它重要的诞辰之年：1955。而我知道，这就大了我12年。我出入它的同时，折身经过俱乐部后面的广场，像是经过自己的12岁的广场边沿，这时候可以说接近懂事年龄了……

21世纪初，满目疮痍的昌吉州俱乐部如同垂垂老矣的老人家，在扩建亚心广场的浪潮中被夷为平地。谁可怜它呢？有谁痛惜它呢？它只存在于中老年人的记忆和诉说中了。只有周围的一群老榆树所幸还在。其中有两棵一左一右比肩而立的老榆树，形同大门框，当年观众的几百辆自行车通过它出入铁丝圈起来的存放区。大片树荫就是天然车棚。凭拴着细绳的编号圆形小铁皮牌一对一存取各自的车子。当然现在亚心广场空阔多了。漫步的年轻人不知道这里空出来的地方，曾经有一个凝聚人气的庞然大物。不知道我们这里早就有过一个时髦词语：俱乐部。

我们都乐了吗？

一说到这个昌吉州俱乐部，我们笑了吗？

　　没有人在它面前笑逐颜开合影留念了。没有镜头定格它了。没有人会对它，再喊一声"茄子"了。

　　这个城市如同抽掉了一个背景，每每走过这个亚心广场，我不可能漫不经心。

一座边城鸟瞰图

我想打开一座边城的鸟瞰图，好好端详。

这个边城叫 —— 昌吉市 —— 我生活的城市。

这是全国30个自治州之一、全国两个回族自治州之一的昌吉回族自治州的州府城市。

我一直生活在这个天山脚下的城市。60万多民族人口生活在新疆这个边陲城市。汉族、回族、哈萨克族、维吾尔族等32个民族在这个中小城市朝夕相处。其中汉族人口约占80%，少数民族人口约占20%。昌吉，不言而喻是一个包容大度的多民族大家庭。

很多人特别是外地朋友对"昌吉"这个新疆地名是语焉不详的。望文生义者甚至以为是"吉昌"。非左即右，非此即彼，颠来倒去，习以为常，不以为然。生活中这样的事情多了去了。就此打住。我在这里不妨普及一下。仅说"昌吉"地名来历，始于元代。"昌吉"主要由蒙古语"仰吉""仰吉八里"的音译转化。"仰吉"蒙语意为"场圃"，即游牧和种植的园地；而"八里"蒙语意为"城"。合起来，"仰吉八里"的意思是"游牧与种植的园地之城"。还有一种说法，"昌吉"又称"新城"。当然现在与时俱进，人们加进了新含义，引申为"昌盛吉祥"。这个说法其实来自香港《大公报》记者的提议。这个来源好多人不知道。那是1996年，《大公报》记者来昌吉采访，对"昌吉"地名产生兴趣，建议当时的州党委书记胡家燕，不妨采用寓意美好的"昌盛吉祥"。胡书记不禁叫好。"昌吉"寓意"昌盛吉祥"就这么流传开来。

我想，作为生活在这个边城的一个居民，怎样简洁明快地向别人诉说这个城市？

我想尝试打开昌吉城鸟瞰图。我眼里打开昌吉城鸟瞰图主要有三种方式：

第一种，借用标点符号表述昌吉城。

我想手绘地图，拿给你看；我想用文字标注，这个城市的重要节点，这不失为一个简单的办法。我想还是用标点符号代表我的认知吧。

乾隆年间：一个间隔号。

公元1773年，即清乾隆三十八年，昌吉正式建县，从此中国版图上有了"昌吉"这个小圆点，乾隆帝把昌吉第一个县治城定名为"宁边城"，取意"边疆安宁"。

清代萧雄写过名为《昌吉》的诗：地迥山违水涨堤，一洲禾黍望高低。昌吉地貌一望而知。

1908年修撰《昌吉县乡土志》记载的昌吉街，和"林家铺子"相仿，只有人间烟火，没有繁华光景。

二十世纪五十年代：一个顿号。

1949年9月20日新疆宣布和平起义，昌吉地区同时和平解放。1954年7月15日昌吉回族自治州成立；1955年3月18日改称昌吉回族自治州。州府所在地就在昌吉县。

当时选择昌吉县城南端的戈壁滩作为党政机关所在地。没有路，大家在不到三个月时间修了一条马路，这就是直到今天仍在使用的延安北路线路。当时有路南路北，各五条马路。人们记忆里的建州之初的昌吉县城，是朴素的，安详的，亲切的。"一眼望去，东西南北街道都不长，站在十字路口大喊一声，街头街尾都能听到，这就是当时的昌吉县城。"值得一提的是，就在1955年，昌吉城有了第一幢楼房，虽然只有两层，却独领风骚，这就是昌吉州一中教学楼，这座苏式风格的绿顶黄楼，直到二十世纪的最后一年被拆除了。

二十世纪七十年代：一个逗号。

二十世纪七十年代的昌吉城，仍然是计划经济时代典型的产物，单调极了。

昌吉人的一个顺口溜，把这个年代昌吉城的单调表达得淋漓尽致：

一条马路两座楼，

一个警察看两头。

这让人觉得，一个城市有一条马路足矣，有两栋楼足矣，有一个警察足矣，把什么都能摆平似的。虽然多了一些人口，虽然多了一些房子，虽然多了一些车辆，但是满不在乎的神态处处可见，觉得这一切似乎足够了。

二十世纪七十年代的昌吉城是土里土气的，是自以为是的，是按部就班的。

昌吉水塔让人仰视。吉普车趾高气扬。解放牌卡车横冲直撞。百货大楼人满为患。供销社保障供给。俱乐部挤掉人鞋。广场上游行队伍振臂高呼。县转盘人来车往。

这个年代的昌吉城算得上百废待兴的一个小县城。

1983年：一个分号。

1983年，昌吉撤县建市。

昌吉市第一任市委书记吕广文，在《昌吉市撤县建市回眸》一文中称："自此，昌吉市的历史揭开了第一页，也揭开了它大发展的第一页。"

这一年，昌吉市总人口22万，其中城镇人口54000多人。这一年，昌吉城犹如体育健儿纵身一跃，踏上跳跃式发展的跳板。

二十世纪九十年代：一个破折号。

昌吉城在二十世纪九十年代犹如女大十八变，一不留神，她就变了模样。

二十世纪九十年代的昌吉城在起跑，在跨栏，在跃杆。她有了新的长度，新的宽度，新的高度。

这时候，昌吉城标诞生了，那飞马转盘，乌伊东西路、延安南北路交会处屹立着的昌吉市标志性建筑 —— 飞马城标。她使人为之一振。耸入高空的尖锥塔身呈现浩浩锐气，坚实有力。跃跃欲试的马，朝着祖国心脏的方向，引颈欲奔；那张扬的双翼，那呼之欲出的骏马，充满奔腾的激情，给了昌吉城一种腾跃感。

飞马城标是不由自主演变为州府标志性建筑的。好好打量一番飞马转盘吧。城标都是有说头的。飞马长5.6米，正中的三棱形中柱及柱顶的山字形，象征天山和博格达峰；柱高27.2米，是博格达峰的二百分之一，寓意昌吉州坐落在天山脚下；底座直径9米多，表示昌吉州当年9万多平方公里的面积，离底座高5.5米处，有一座直径6.5米的圆形平台，平台和底座之间有沿圆周依次排列的9片月牙形花瓣，紧拥相拱，寓意昌吉州当年由9个县市组成（即当时5县3市，和昌吉州所辖区域五家渠市）。

这时候，昌吉城出现了最高建筑群。那18层高的金穗大厦，第一个挺立在乌伊西路、北京南路拐口。

这时候，昌吉市成为新疆首批园林城市，成为自治区文明城市，成为全国卫生先进城市……

二十世纪九十年代末期，从昌吉走出去的著名青年作家邱华栋自北京回家乡探亲，他特意打上一辆桑塔纳出租车在昌吉城区转了一圈，他已经认不出那个年少时代熟悉的昌吉了。他感到了熟悉的陌生，他留下了新鲜的激动。他为成长起来的昌吉城而骄傲。

还有那个昌吉诗人陈友胜，对昌吉这座城市的变化感同身受。他曾为昌吉写过不少诗，其中一首《老街》有这样几句：

那些黄泥巴捏成的房屋，

都是从历史中走出的陶罐；

老人油汗涔涔的脸，

是一幅古画。

这样的画面在九十年代已经开始淡出昌吉人的视线了。

二十世纪九十年代的昌吉市，一直走在全疆县市的前列。

二十一世纪十几年：一个感叹号。

二十一世纪是新世纪。昌吉依然是新城。她越发生气勃勃。

昌吉市是天山北坡经济带发展的排头兵。她作为乌鲁木齐市的卫星城当之无愧。

2002年州党委、政府实施城市群发展战略后，昌吉市对城市性质进行了重新定位，提出到2010年把昌吉市建成具有50万人口、60平方公里面积，适宜人类居住、适宜事业发展的"田在城中、城中有田"的生态型、田园式、现代化区域性中等城市。

在2002年，昌吉市全面启动新城市扩容工程。眼前的昌吉市像一只永不满足的大鸟，不断地扩展着它飞翔的翅膀。

就在2002年建成的世纪大道值得一提，因为它号称"新疆第一道"。

到2003年，适逢昌吉市撤县建市20周年。昌吉市城区面积比1984年增加了一倍，达到22平方公里，等于又多了过去的一个昌吉城。

有人戏说昌吉市开发的房子比人还多，这另一方面说明昌吉人的住房条件相当好，普通市民住120平方米的一套住房在昌吉是不稀奇的。"在乌鲁木齐工作，在昌吉生活。"在二十一世纪头几年，这句话很快在乌鲁木齐人和昌吉人之间流传开来。昌吉城的魅力也能从这句口头禅中有所体现。

在二十一世纪十几年间，昌吉城日益丰富起来，丰满起来，丰硕起来。

滨湖河中央公园诞生了。回民小吃街诞生了。21层高的东方广场诞生了。

2008年6月19日，2008年北京奥运圣火就在昌吉亚心广场进行了新疆火炬接力传递的最后一站传递。104名奥运火炬手心手相传在这个边陲小城完成和谐之旅。

2009年新疆国际旅游节在昌吉亚心广场举办了盛大典礼。

体育馆诞生了，恐龙馆诞生了，传媒大厦诞生了，文博中心诞生了，新疆大剧院诞生了。很多人把这个新疆大剧院直呼为"皮牙子"。含苞待放的雪莲花造型竟然在大家眼里是熟悉的洋葱模样。意想不到的魔幻主义幽默吧。

如今在昌吉城经常能看到这样的情景，老不出门的老两口坐在公交车上，时不时互相问答，这是哪儿？这是……认不出了，变了，走迷路了。虽然他们在昌吉城生活了几十年，但不断扩展的昌吉城，总让人有士别三日当刮目相看的感觉。就连天天跑车的出租车司机，假如一个月因故歇车，等再摸上方向盘，有些路况和地点也有点含糊了。这可是一个的哥亲口说的。

许多人将昌吉市誉为乌鲁木齐的后花园。想一想，这也并不牵强附会。许多乌鲁木齐人和其他外地人纷纷在昌吉选购住房，实际上也从一个侧面证明了这一点。

2014年8月以后：一个省略号。

2014年8月，昌吉回族自治州迎来成立六十周年的喜庆日子。《和谐昌吉——新疆昌吉回族自治州成立六十周年成就展》在昌吉市文博中心开展。"岁月之歌、奋进之歌、幸福之歌"三大篇章，彰显昌吉大地六十年的沧桑巨变，勾勒昌吉地区六十年发展的振奋轨迹，展示昌吉各族儿女六十年的奋斗情怀。

照片是凝固的时代印记，实物是浓缩的历史见证。在这里，观众看到五十年代昌吉区成立纪念照、州邮电大楼、州一中老教学楼、州百货大楼、州图书馆、昌吉镇老俱乐部，还有那"大跃进""工业学大庆""农业学大寨""知识青年上山下乡"等一张张黑白老照片，把人们的记忆拉回到沧桑岁月，不由自主唏嘘慨叹。很多观众三五成群挤在一张张老照片前，指指点点，说说笑笑。一些观众仔仔细细看老照片，辨认曾经熟悉的往日场景。他们看到州图书馆老照片，几个人议论具体的建设年代和具体位置，老州图书馆已经在延安北路消失十多年了。

在"美好愿景"中的"寄语昌吉"互动板块，观众在一片片树叶状的纸上，写下自己的美好祈愿。引人注目的是——"和谐昌吉，昌盛吉祥!"

昌吉市在21世纪成为中国优秀旅游城市、国家园林城市、国家创新型试点城市、国家智慧城市试点城市、国家科技进步示范市、全国双拥模范城市，获得中国人居环境范例奖，入围全国百强县市。

昌吉，永远是一座年轻的城，总是像一个花儿少年在长个子，在变模样，给人以惊喜，给人以感叹。

新区不断在形成。西外环、北外环在形成。大学城在形成。世纪广场在出现。鸟巢状体育场在出现。头屯河景观带在推进中。

昌吉市是一个颤动的城市，跳跃的城市，张扬的城市，因为她总是在伸展，在扩展，在发展。人们总是把昌盛吉祥的祝福献给这座青春洋溢的小城市。

我们愿意想象，再过10年，昌吉市会是什么样子? 我们还愿意想象再过60年，昌吉市会变得怎么样? 我们更愿意想象昌吉市永远都像它的名字那样昌盛吉祥。真的，我们相信这一切，昌吉市的市花——月季、丁香姐妹花会看得见，昌吉市的市树——大叶白蜡、小叶白蜡兄弟树会看得见。我们相信，这一切，昌吉市的建设者们会看得见，昌吉市各族人民的子孙后代能够看得见。看见欣欣向荣的昌吉城更加美好。

第二种，借用作家的记述来表达昌吉城。

昌吉，是新疆北疆必经之地。很多著名作家诗人来过昌吉，写过昌吉。

王蒙远到伊犁，路过昌吉，在《逍遥游》中写道:"……驶过了石油新村。昌吉的水塔雍容亲切。呼图壁的通讯天线寻找着天空。……"在乌伊路旁边老市场站立的昌吉水塔让他过目难忘。

周涛在长篇散文《伊犁秋天的札记》中，记述了在新疆散步大地的况味，"昌吉呢，是从住宅走下来的一个台阶……"由此可见，我们的昌吉充满了分号，满含着期待。

路过，是一种历程中的光临。

由此可见，昌吉，三面环抱乌鲁木齐，不愧是乌鲁木齐的左膀右臂。在路上始终保持一种拥抱的姿态。

昌吉一位本土作家这样直抒胸臆：

"昌吉，是一个什么样的地方？总而言之这么说吧 —— 一个天山雪莲绽放的地方，一个天山雪水奔流的地方，一个生机盎然的生命绿洲，一个'花儿'歌声荡漾的地方，一个高唱民族团结之歌的地方，一个和谐共存的地方，一个昌盛吉祥的地方，一个令人心向往之的地方。"

昌吉一位本土诗人这样诉说心目中的昌吉：

亚洲大陆地理中心。天山北坡。准噶尔盆地。

乌鲁木齐优美牧场的栅栏。

昌吉，骏马一般在千里疆场奔腾。

高山草原，河流绿洲，戈壁沙漠。

一路统领，四季摄入，速游新疆。

这就是独具一格的天隅一方。

呈现美丽昌吉，需要新眼光，新理解，新展现。

昌吉之美，有生态之律动，更有人文之神韵。

风光美，人性美，交相辉映；劳动美，建设美，尽在其中；创造美，和谐美，心驰神往。

至诚至善至美，才能造就别出心裁的昌吉魅力。

第三种，借助我个人的眼光来扫描昌吉城。

在昌吉城，大家熟知的飞马转盘，将近三十年定格在乌昌大道、乌伊路上，亚欧大陆桥的必经之路，自然而然成了象征性城标。当然，即使在这个城里，现在也很难看见马的身影。马大多都是在农牧区活动。城标飞马，应该是一匹精神之马，向着更好的憧憬和希望，奔驰。

我经常在飞马转盘穿行而过。

一年复一年，我在飞马转盘周围盘桓、游动。意识流中荡起滚滚红尘打马而过的形象。

这马啊，在半空中不可遏止，腾跃欲飞，提示我，"于生活静止、凝重之中，能做流动超逸之想，于尘嚣市声之中，得闻天籁。"

2011年6月18日，这一天我偶然在这座城市当年的最高楼拍摄了一组鸟瞰图。

这天上午接到强兄电话，我即赴约喝茶访谈。所在地是东方广场21层。我见到的回族小伙诚，去年北师大毕业，当年回来创业，开辟着自己与伙伴的一方天空。他经营的公司创意已经有了起色。我和他交谈了大约一节课时间。他在长大的城市，开始了自己的事业。

谈罢，一小伙子陪我上26层顶楼平台，我掏出相机拍了一圈。平时我没想到爬上这个地方。这时候当然是自在的。我有一点兴奋感。

很多人离开了这座城市，很多人还在这座城市。不少人有时候还回来看看。见见老朋友、老同学、老相识，亲人就不用说了。很多人来到了这个城市。喜欢在这个城市购买一两套房子。户口本已经不是必须的问题。昌吉成为新疆一个驿动的城。是乌鲁木齐的周边花园露台。

我在高层顶楼上观望。

昌吉主街大道在绿意浓荫中显现着。

飞马转盘在延安南路与延安中路中间。

这里是延安中路。广场一隅有群艺馆，工行，联通大厦，粮食局，团结大院，公安局，州党委，州政府，电信大楼，邮政局。

那里是延安北路，有新华书店，医院，防疫站，供销社，卫校，影剧院。这是我青少年时代频繁活动的地带。

朝东方向楼群里的这个操场，属于我的小学母校，原二小，现十小。位置还是这个位置，但是建筑物都变换了。许多树消失了。有一堆树的地方，不是最早的树。二十多年没有走进这里了吧。

朝西方向，一片空开的绿茵场，是州一中的操场。旁边一片是一中校园。在北京北路与健康东路西北角。连同延安北路、文化东路，把一中括弧起来。把我的中学时代浓缩在那一块地方。

眼皮下，是亚洲中心广场一角。有昌吉最早最旧后来多次翻修改造的体育馆。有雪莲花造型的露天喷水池。这里保留了许多百年大榆树和一些老态龙钟的槭树。当年的老俱乐部早已不存在。当年的篮球场滑冰场早已不存在。当年的理发店洗澡堂早已不存在。这里面藏着掖着一个"变"字。很多东西看不见了。现在见到的是当前，不是过去的曾经。情形大为不同。这本身是"变形记"。

世事变换各棋局。

再一次远望那个还在的飞马转盘。

我在转来转去。我们在转来转去。车水马龙在转来转去。时光机在转来转去。岁月方向盘在转来转去。

我早年曾经写过这个飞马转盘的历史记忆文章。现在这个飞马转盘经常处于议论纷纷中。特别是有的人大代表、政协委员在"两会"上提议将飞马转盘搬迁到不妨碍交通的某个地方。这个问题扯了十几年了。甚至让市民们讨论，莫衷一是，不了了之。但是我能感觉到对昌吉这座城市有感情的人，不管人在何处，大多数是不倾向于随随便便挪动飞马转盘的。后来，我不由得想说，谁忍心砍去飞马腿？

我们可以这样想一想，飞马城标搬不搬，搬好还是不搬好，说明了什么？这难道不是一个人的思想问题，一个城市的认识问题，一个文化的象征问题?

近30年间,飞马转盘有意无意之间演变成为昌吉城标。

对待老建筑就像你不要嫌弃垂垂老矣的父亲母亲兄弟姐妹朋友同学一样,是他们,陪伴温暖了你的情感路,见证铭记了你的成长史。

飞马本身具有象征内涵,是历史原版,真实样板,记忆拼图,乡愁蕴藉,一直是不忘初心的传承尊严。它也许的确称不上博大精深,却是一个地方的本真存档和文明起步。人是有灵魂的载体,不是无动于衷的切割机附属品,随意抽空,任意架空,应该懂得尊重历史,尊重记忆,尊重情感。

我说的是心里话。但我不可预测这个飞马转盘最终的命运。

城市在巨变。但是我们的世道人心,最根本的元素,不会变。我相信这一点。

最后这一段文字,是我打开鸟瞰图,默默注视,留给这座边城的画外音。

就在这里谈谈心吧

天山下的祈愿

我，一个青年写作者，在中国新疆，在天山博格达峰下祈愿。

我选择我向往我欣赏的生活，是一种情爱生活，一种友谊生活，一种交谈生活，一种读书生活，一种漫游生活，一种遐思生活，一种写作生活。我的本质生活都体现在这一切里了。我想这就是热爱生活，享受生活，感谢生活。像司汤达说过的那样。爱，胜于苦难。有了爱，我就不在荒漠中间，而在美好的任何基点。

我终于知道了，我的精神领域，远大于物质生活范围所在。

我的心灵，支撑起了我的精神世界。

山上、地上、心上的三个小愿望

1.二十世纪九十年代，我坐在车上经过天山庙尔沟的几段地方，看到一坡草，一片树，一沟水，一团绿，一缕风，一窝静，我想，我在这儿住几天，无事无忙，无忧无虑，无羁无绊，就是手捧一直想读一直未读的书，静静地读去，悄悄地想去，美美地乐去。坐在这儿和躺在这儿都心满意足。

2.有一年初秋，因为高速公路修路，我们的一辆车才拐入乡村大道前行。经过一个树木遮蔽的村庄，我看到寺庙一角。我让车退回，走进一个大门敞开的安静干净的带廊连房的大寺院。这里有一个清代寺庙，一棵百年孤独的巨大榆树，三人才能合拢，寺庙周围还有一些无人理会的沙枣树。寺院墙外是一片墓园。雀声鸟影在寺院周围掠动。我希望自己在这儿蹲一段日子，和这个村庄的人谈一谈村庄、人事、日子，哪怕是念想、爱情、命运。我在这里竟然没有遇到一个人。临走我拍了照片。记得这儿叫八户沟。

3.从我当记者那一天起，我就想到一个地方去，到一个地方去体验生活，到一个地方去和最基层的人民在一起，到一个地方去感同身受在底层的人民大众的喜怒哀乐。像高尔基那样，像契诃夫那样，像杰克·伦敦那样，像狄更斯那样，像海明威那样，像希梅内斯那样，像斯坦培克那样。我曾经说过这个愿望，也提过尝试体验报道，只是一直是想法而已。我身边也没有几个农民朋友，几乎没有真正意义上的基层朋友。我好像是浮在上面的游弋的叶子，无所依傍，飘荡而去。

祈祷天山雪

1.越是接近天山，越感清气朗目。二月里来，两场大雪，垂青天山，成全念想。这样的雪野哦，是不是一年比一年稀少了呢？

伏卧雪野，雪晶闪烁，太阳与雪片对视，把愿望映照得一览无遗。

天山雪，尽管下。

2.二月某日从五彩湾到天池，往返驱车600公里，途中所见白雪覆地，多年少见。我多么向往大雪纷飞，雪山银树，刺眼迷离，但是小雪莫名停驻，迟疑不前，犹如失恋，半路逃脱。我们不管这些，尽管从雪野到漠野，从飘雪到无雪，从黑色到雪白，从开发到原始，从矿藏到天籁，从轰鸣到寂静，从粗野到细致，从高速到缓行，从纵队到单车，从众人到个体，从实景到空灵，从对话到遐思，依傍飞车，径自通行，一任到头，浪荡一日。

车载飞歌，不时回旋，"有没有人曾告诉你，我很爱你，有没有人在你日记里哭泣；有没有人曾告诉你，我很在意，在意这座城市的距离……"这首歌我过去听过，不知道名字，我只觉得就这一句因为一个起伏的拐弯，感觉耐听，其余歌词我分辨不清，语焉不详。是女声唱的，也不知道名字。一首歌只有一段动人心弦，其余如同在暗夜朦胧，与我没有一点关系一样。但是何必让别人告诉你呢？

这时候看车窗外景都像没有谱曲填词的莫名恋歌。

3. 下了一天大雪。

新疆的冬天的样子一下体现出来。

再这样下十场大雪，新疆就更是新疆了。

青春年少时读过一个青年女作家的短篇小说《无雪的冬天》，啊，我不愿意生活在无雪的冬天。我喜欢冬天雪花纷飞，像不期而至的白色蝴蝶在不合时宜的时代独奏真切。

而我是风雪夜归人，已经领受了聒噪，此刻独享寂静，怀想温暖。

大荒感

在路上的罗曼司，与洪荒之地碰撞在一块，异想天开起来了。

路牌指示的地点，不论是恐龙沟，还是硅化木园，哪怕是富蕴，还有青河，都让人生发向往的激动。为什么呢？

我们正在这里。八荒之地。亘古荒原。我们一行人在路上停留时的一个随意镜头，是荒凉之外的荒凉。是荒凉之外的人迹。

大荒感陡然生起。

不是荒凉山庄，不是呼啸山庄。是人迹罕至的西部空旷。

天空，是大空。四围，是旷野。我们一群人，能在这大空洞中放任狂野吗？

我们站着，屏声静气，一动不动。我们突然震撼住了。我们的每一个行动，每一句对话，每一点观望，都不足挂齿，小小不言了。

其实，在这浩瀚的地面上，我们都无足轻重，微不足道。我们在大荒地界，更强烈地感知了人的重量、分量、体量。

就在我们的脚下，是天造地设的富蕴宝藏。至少是很多年很多年之后，我们依然取之不尽用之不竭。地下奔突着无穷无尽的能量，而我们无穷无尽是离愁。

"最荒凉的地方/却有最大的能量/最深的地层/喷涌最宝贵的溶液/最沉默的战士/有最坚强的心/克拉玛依/是沙漠的美人。"为什么艾青的这首小诗给我如此大的震动？是大胸怀、大情怀才生发的美好感，哪怕在不毛之地的荒野。

我们是在荒野。但是我们的心，没有荒凉，没有干旱，没有焦渴。我们怀有巨大的宝藏。大地的宝藏。情感的宝藏。

我们要懂得这个意义和价值。

今天上午，我在家里重读毛姆新版本《在中国屏风上》，读到《罗曼司》——"这时，我突然感到，在我面前，几乎触动我的，就是我要寻找的罗曼司。这种感觉不像别的，正是如同艺术引发的激动那种特别的感觉；但我无论如何说不出，到底是什么在此时此刻给我这种难得的激情。"

这儿就是罗曼司光临的地点。

时空在横亘，一任大荒。

大荒正是罗曼司的冲撞。

心头一热。

你心头一热了吗？

你多久没有心头一热了？

在天山庙尔沟，放暑假的儿子爬上山顶，看见一块石头，写着哈萨克文。还是这年7月写的。他用手机随手拍下来。我传给同事夏力汗，他回复说是一首哈萨克家乡民歌歌词，并热心翻译成汉语——

谁不爱出生地和自己的母亲。

每天对孩子有新的期望。

家乡最美最有情。

越走近越暖越热……

我看了，感觉真好。这不是另一个版本的"近乡情更怯"吗？字字朴实，句句火热。我想起陶渊明的"念之五情热"，也想起张承志喜用的"情热"。

心头一热啊。

越走近越暖越热……

我吟哦着这一句话——越走近越暖越热……

这是走向爱的怀抱啊！

那么暖，那么热……

与世界打招呼的瞬间：会心一笑。

天山下，一个牧区三年级国家通用语言班哈萨克族孩子在上英语课。

啊，这些可爱的孩子有三个舌头呐。

我在校长陪同下突然闯入他们的空间，也不知道他们上课时为什么突然笑了起来。我只是站在一角拍下这个瞬间，然后匆匆离去，但是他们的笑容没有离我而去。

我还无意抓拍了一群刚刚放学的哈萨克族孩子。他们面对镜头竟然齐刷刷集合在了一起。

他们纯真的笑脸足以感染人的心灵。

在这个世界上，永远保持自己有尊严的笑容吧。

这些孩子依靠天山，渐渐与世界拉近距离。他们知道：母语是我们的宝库，国家通用语言是我们的双翅。而英语呢？这些幸福的孩子啊，正在向世界打招呼！

你好，世界！虽然我们在山脚下，但是我们的目光在搜寻峰顶的行云流水。有一天我们就与这里暂别，迈步上前，与世界拥抱。虽然我们还不知道这是一个怎样的世界。

我的绿洲，我的短笛

走进西部无名之地

走进西部无名之地，走进西部默默无闻气质的布局之中，就是走进了西部朴素的意象。

一个青年走进西部的一个无名之地，眼睛里闪烁着一种莫名的感动的光芒。

西部是一种无限的赤诚组成的浩瀚无边的野性的海，没有任何一种力量能够抗拒它蠕动的广阔的野心。但西部震撼人心的神威是庄严的无穷沉默，它的每一个地方横亘着永远的无言。是大智而不言么？……

我进入西部的许多无名之地，就感觉进入了另一种辉煌意义的美学史册。一种艰难磨砺着生命的生存意义的美学。我心中无数次翻涌着情感的波涛。

每一个地方都有每一个地方的美啊。

然而真正的西部的大美，无从言说……

我的新疆白杨

我是一个新疆的孩子，不用谁承认，新疆白杨早看见了。

我稚嫩的忧伤的泪滴，我纯真的欢乐的微笑，我甜蜜而不安的收获，还有我期待某种憧憬某些追求的日子，或者我沉默的眼睛，我的一部分坚信、一部分质疑、一部分思想……新疆白杨都在一旁看在了眼里。

我无限感动，我看到了新疆白杨那永远挺拔着的不屈不挠意志的投影，那蓊郁伟岸、茂盛高大的雕塑的阳刚之气的图案。

有一天，我知道我那无数次心灵的呢喃已长成新疆白杨树上青青的叶子。从我嗓子里荡出的激情，在风沙张狂的扑打下更加粗犷而热烈。

让我淡忘在我心灵深处扎根生长的那一棵棵新疆白杨，我不能够。仅仅因为我知道我属于新疆吗？

斑斓桑葚树

假如我们这里没有一些桑葚树，没有一些桑葚树上的五彩缤纷的桑椹子，我的干巴巴的童年是不是更干巴巴的黯淡了许多？

只是西部辽阔的背景并不因为这么一点点亮色而容光焕发，灿烂辉煌。但茫茫苍苍的西部毕竟有那么多桑葚树，有了染饰一群群西部儿女童年的神奇颜料。我们因此兴高采烈地把单调的童年画面染了个花花斑斑。

而我更愿意攀缘桑树的枝头攀援童年的斑斓之树，伸手摘下一颗颗桑葚子摘下童年的一口清甜。就这样我咀嚼着童年的一点甜美果实的欢乐，咀嚼着植种希望之树收获的情思。

后来生活告诉了我，我编织的童年图案的一部分已一去不返，雕刻在桑树扭曲的躯干上。现在我沿着成熟开拓的道路充满力量地生活着。那一棵棵桑树仍然茂盛，仍然等待另一些西部的孩子构思自己的童年图案。

家园乡音

那是家园。不用手指，目光就凝聚了一片。啊，谁都看见了回归的路径！

去家园的道路永远是忧伤而迷人的弯曲。可是依靠心灵，就笔直地衔接起来了。梦中激动的脚步声，又震落在了家乡踏实的路面上。碰触到了一种心结，就不由得把头颅转往一个方向，凭空眺望——

望见了天山家园黄昏的炊烟，不禁喃喃而对身边的稚子轻语：那里是……家园。走啊，去吃我们母亲做的饭，你会咽下去浓浓的乡音。

有一个三工滩

雪声

啊 —— 嗨 —— 噢 —— 地吼起来，吼得回音荡起。情绪激昂在雪中。

埋足的雪，就要给人注入跳跃奔跑的活力。面对雪，我就是这样。

已不能像平日一样若无其事地走过脚下的道路了。总该有强烈的表示才对。于是，抛掉一切，扑在雪上一路翻滚，在雪毯上翻跟头，就用无与伦比的动作语言欢呼了展开洁白怀抱的雪野。

到时候了，雪在十一月降临。降临在我来校不久的时候。白雪在三工滩覆盖，雪白就一望无际。有了一致的底色，覆盖了一些什么，就衬托了一些什么的醒目，鲜明呈现在巡视的眼里。

那才是大雪来临的气势，张张扬扬，飘飘荡荡，腾云驾雾。它放肆地胡摔乱打，雪尘亢奋。而且大雪往往夹带大风伴随，风雪漫天。大风在大山下的大风坡才有震撼的威力。而我代课的学校，低矮地横卧在没有多少遮拦的大土坡之上，卑微地迎风接雪。

回想起来了，在三工滩，我一人好几次静静地倾听和感受着踢打虚空的风雪，在大风大雪之日之夜，热血沸腾，激情奔涌。这是大自然赏赐我热烈思想的时刻。然后在张狂的风雪之后，我也和雪一样渐渐平静。体验了一种狂热之后朴素沉静地随遇而安。

这就是一觉醒来惊奇目睹的厚雪挤门。然后平静，和静雪一样心安

理得。

大风雪为什么常常在人们渴望宁静休眠的夜晚出来狂舞？

是想在沉静之时惊醒什么僵死的灵魂吗？

雪声啊。我祈愿雪声震撼我死气沉沉的灵魂的角落。

在这一时候窝在孤舍里躲避雪声就是羞愧。而这样的时刻我们冷落孤舍一起出去的机会也不少。去干什么呢？去交流感情增进友谊。说通俗了，就是三五成群，结伴而行，去吃肉喝酒，去跳舞打牌。目的地一般三步并作两步到不了，于是一路上，我们完全置身于风雪之中，长时间在前进中领受大风大雪肆无忌惮的拂打碰撞，不禁慷慨悲歌，胡吼乱叫，抵御风击雪拍。

还能够回想，拉上刚复员不久急等工作分配的同学来三工滩散几天心，那天正是那年冬天最大的一场雪，白雪蒙蒙的公共汽车好不容易捱到了学校旁的终点地方，双脚落地就是没足的厚雪，还在下，下得洋洋洒洒，自然少不了大风的吹打。后回舍的凌戈见有朋友来，就和我刚来那天表现得一样，利索地收拾了一番桌上杂物，然后不声不响扭头出去然后提来酒和罐头，几个人很痛快地在孤舍打发了这个风雪之夜。

晨醒起床走出孤舍，深一脚浅一脚陷入厚雪手足无措。大雪填平了沟坎坑洼，墙后门根拱起高低不平的雪堆。这是茫茫雪原啊。

这天少不了各带一班男女学生在课间操当上一节体育课一样打了雪球仗，奔跑呐喊，一身潮热，满头汗气痛快淋漓。

就在一个蒙黑初夜，我们呼朋引伴去初三数学教师慧家玩，顶风在路上走，风刮雪飘，扑面刺骨，斜倾身子行进，前后无障，风推雪拥，感觉喝风咽雪一样，不吃就灌，喘不过气，蜷缩脖颈更觉怆然。等一进她家房门，我赶紧张开双臂，前身紧贴热烘烘的火墙，我啊呀啊呀叹呼，随后进来的同事皆大笑。这天气哪……

我们围坐一桌，吃喝出豪情，翻新节目花样倾泻欢乐，屋外的风雪早已在九霄云外，谁都不必在讲台上那样一本正经不苟言笑，放开自己尽情轻松，很晚很晚了还又唱又跳，连我这个五音不全的唱歌门外汉，也情不自禁干吼了一支钟爱的老歌。谁唱大家就为谁轻拍手掌一起一落应和助兴。多少年了，我孤身一人年轻不觉年轻，少年老成陡生老气横秋之感，众人齐赞老练成熟。多少年没有像这样青春似火地尽情尽兴了。没想到在三工滩这个偏远之地，在一群热血四溢的青年教师中间，唤起了我心灵原本就有的鲜活的青春魄力。

这才是聚会的样子，那个大雪纷飞的下午，学校食堂因故断炊，初三（1）班的语文老师英不失时机地叫了在学校的所有年轻教师奔赴她家。两张方桌并放，围坐了近二十人。那么凑巧，这天朋友的朋友，同学的同学，来玩在校的也偕同而来，不管认识不认识，不管各自的身份，都坐在一起，一起举杯，一起饮醉，一起弹唱，一起欢跳，共同欢乐。我多少年没有见过这样情绪昂扬的情景了？而且我明白了一种魅力：原来我在那个小城穿来穿去，也不是说没有欢乐，但独自与两三人的欢乐不过只是内心小小的情绪，而在这个广阔而坚实的三工滩地面上，大家淋漓尽致地欢乐才是真正神采飞扬的欢乐之歌。三工滩是有许多无人地带，但在它有人声的地方，因为一些青春洋溢的年轻人，顿时有了美好的怀念景象。

常常玩至深夜，返回学校走在被风雪刮得无路的雪地上，有时雪停风止，月亮雪明，雪野在星光下无声无息，这时候就看见远山拱起一片银白，那就是鼓鼓囊囊的雪山，安详宁静。经过了大风大雪的洗礼，整个三工滩就是雪的原野，心胸明朗，动人心魄。

再回想一下青天白日，那纷雪初霁，冬阳明丽，寒气清纯，微风爽面，都是经过雪声之后了。

雪声撼心，但寒舍和心中的一把火在呲呲燃烧，正红。还有那么一天，我没有睡意就那么枯坐床上在灯下听了半夜雪声，雪落风吹的声音，风有声音雪也有声音，交织而成唯一的雪声。雪的动静听来听去就是雪片铺天盖地的声音。但是当我清晨出了孤舍外门，却见昨夜那场雪被刮得所剩无几，又裸露出来的土地无比黑浊。我目瞪口呆，奇怪昨夜雪声的声势。雪声是被强风之力掩去了它清白的影子么？我心里诅咒没有人情味的大风，它窃走了温柔的雪声。最后我没有多想，目不俯视，仓促走过，不愿多看一眼。

啊

我是腻味"啊"的人。"啊"太俗美。因为我愈来愈发现"啊"被啊成了抒发感情的乏味的套字定词。一个好端端的句子和一篇好端端的文章，被充斥的"啊"破坏了本身的美感。太多的"啊"就有太多的俗。这是我近年来的一个带有个人偏见的察觉。我已经这样感觉了无心再急转直下地改变。

回过头来说，我无意绝对地妄下断语。啊一下不是不可以，但没完没了没有限度的啊啊啊我受不了。来了情绪就不由分说地啊一通，开口闭口啊啊啊，起笔收笔啊啊啊。一个劲地写一个劲地啊，我不想这样"啊"。一个劲地啊久而久之就成了啊人，变成文章空空如也的语气人，我拒绝当俗啊者。谁想"啊"谁"啊"去。以前我可能也拼命地啊过，觉得有"啊"就有力量激动人心，但这两年我忌讳"啊"，忌讳那种苍白无力的"啊"，我要小心使用它。

而且我发现我听得很多"啊"往往是四声——最高声à，使读者高度激昂紧张，情绪拉上高峰，充满累感。本来很有表现力的一个常用语气词，却失去了本身多变化多作用的表达力量，在某一时变成空洞抒情的象征，矫揉造作。"啊"本身没有错。它是被无数浅薄的使用者弄成了泛滥的浅薄印象。

刚去三工滩代课，我就发现学生的作文里俯拾即是"啊"。他们反反复复套用一模一样的"啊"，而且句前句末的"啊"必定带一个——"！"。这种感叹号就更加把人咏叹到里头去了。我对他们说你们为什么只用唯一的"啊"，而忘了用"呢——哩——呀——哟——哇——哪——哦——啦……"呢？为什么只在"啊"后加一个感叹号而忘了根据内容也可以加一加问号、句号、省略号、破折号……呢？而且感叹号也并非只能在"啊"后出现。提醒之后又趁热打铁过了一遍具体用法，再一次强调，是给他们打一个补救的烙印。于是在他们以后的作文里单一的"啊"有了一些改变。不可想象他们前面的老师是怎么使用"啊"和感叹号的。

少"啊"。还是先平平静静地还原三工滩本身的散散淡淡，自然契合它，拓入它的本身，三工滩的本身样子年复一年存在于三工滩上，就是充满汗味的粗糙的生命力的自然而木然的延伸。趋于本身的曲张，自由随意地游荡在三工滩上，像放开了的三工滩一样放开自己思想的流动，就是进入原本的自然，这才是成熟。因此我感觉的三工滩声度就是没有高昂的"啊"，它沉重的沉默，像它的土地。

这个地方不是不能"啊"。但啊它并不具有的风花雪月般的如诗如画是画蛇添足的可笑，只能啊它的广阔，它的贫瘠，它的荒凉，它的躁动，它就是这个样子；然后啊啊这样的地方却也能够生长阳光雨露般的庄稼，生存了无数三工滩人；最后啊它的土地上日出而作日落而息的劳苦农民，啊一啊三工滩的默默无闻。

足够了，而且一个"啊"后少附加一个"！"，为好。

我毕竟在三工滩没有丢失"啊"。在三工滩不到几天我就啊了一次。那是因为我的朋友怀浩有一天对我说三工滩有些能人哩，其中之一是他的初一学生王小若的父亲会捏石膏像，我就啊了一声，表示惊讶。老王是四十来岁的农民，有一年回老家认了一个雕塑师父，学了几手，回到三工难不安分了，拉人办厂，雕人塑像，刻鸟拓花。我来时此厂已因故停产，但还是和怀浩去了他家看了看。老王要送给我和怀浩一人一个美女石膏像，说放在宿舍摆个样子。我不喜欢装饰美人头，婉言谢绝。王小若说他父亲也塑鲁迅像，并从床上摸出一个废品，我见先生端坐藤椅，正气凛然，可惜塑像一角有破损，老王说模子和石膏粉还有，不日为我打制一个。一个农民不仅仅会躬身种土，也能摆弄两下子石膏塑像，我啊一下并不奇怪。

　　一个榆条筐子，有一捧红樱桃，筐外掉了两三只带把的，就是一幅墨画。在三工滩我看到了。而且就是一个老三工滩人一手画的，我在心里不由得啊了一声。我是一个绘画外行，但我就像看见了齐白石大师一样风格的画，看着它持挂在三工滩的一个医务室挂着人体神经系统图表之类的墙壁上。我只能以有限的绘画欣赏眼光，看着这幅水墨写意画，它朴拙随和，简约散淡，谁看了谁心境淡泊，气头静虚。问画者何人，答曰巫其之。就是同校初三语文教师巫正方之父。想起来了，乡邮员有次来校送信送报，我凑上前去看信，见到一个大牛皮纸信封上竖写着“巫其之先生收”。一个山乡远村竟有一个先生，有味道，就记住了。在校多日总想一睹巫先生尊容，终于在当年的春节和怀浩去巫老师家拜年，始见其人一面。七十多岁的闲居老者，身板硬朗，精神矍铄，眉宇开阔，举止儒雅。衣着打扮俨然一个农民样式，但浑身又显现超脱一般农民的气质。客房自然悬挂两三幅他挥毫为之的淡雅墨画，感觉身居其间一身释然。这次仓促，未及叙谈，但见了画主一面，知道三工滩有这样一个凭借美画愉悦生活的人，就没有白“啊”。

　　土不拉几其貌不扬的校工米春师傅，个小人大，手忙脚稳，异者之相，心好有情。在校看见他我就心里平静，感觉柔和。我尊敬他，我们拉长道短，和许多教师一样爱在其舍逗留，自由踏实。而且我们几个学校的青年教师，不知有多少次吃他给我们炒的菜做的饭，没有客气。我们之间毫无隔阂礼尚往来。

他老家在广东，没有妻室儿女孤身一人。杂乱的单间房子里有一台开关失调的12寸黑白电视机，和一个原是汽车上安装的录音机他不知怎么弄来又用木板组成外壳权当他听音乐歌曲的录音机。只要有电视节目，他也在，那么电视机就一直打开着，他自然爱听粤歌粤曲，也不排斥通俗新歌，谁都知道他就这样打发心灵寂寞的日子。

米师傅是学校的主要"下苦人"。他承担学校一切打杂活。给人的感觉他完全属于非文化者。但不能这样看，他有感情丰富的一面。他借助音乐自娱，抒发个人心中蓄藏的感情世界。

那天他的房子就他一个人，他要来了音乐教师小程的那把手风琴，把琴带套在肩背上，坐在床沿怀抱手风琴，打开风箱口，开始轻轻拉出一支曲子的前奏。我正在这时候走了进来，见他拉琴我一脸意想不到，什么也没说坐在他的旁边。他拉的是《万水千山总是情》。这是一部香港电视连续剧的主题歌。我听出来了。米师傅肩膀耸动，手臂张弛，摇头晃脑，眼望着墙壁，情动于中，一往情深。等他拉完这一曲，我一拍大腿，说：米师傅，走，到班里给学生拉一曲！

米师傅，让他们开开眼，让他们好好看看，好好听听！米师傅急了，用手一个劲摆脱我拉他的手，乡音未改的声音鱼贯而出：不行不行我不是老师不能在教室拉琴也拉不出来。看他那死活不去的样子我只得作罢。——米师傅，你仅仅是一个粗人吗？你是一个好人。你做的饭我吃得很香很香，你拉的琴我觉得比那琴主拉得动情动听。米师傅！我们的米师傅！三工滩人啊……

空房

回头远望，目光要停留在那个孕育过我的某些思想的孤舍里。

总觉得在三工滩代课的日子，是我思想上养精蓄锐的日子。静静地看书，静静地思考，静静地写作。一个人的时候就这样。就在孤舍，孤舍静，太静。它提供给我安静思想的具体地点，在偏远之地的一个孤舍里，有谁跑来打扰我好好想一想一些什么？你就闷在那里想去吧。

偌大的土房子房廊只有一间住着三个青年教师，其余全是缺门少窗的废弃空房，斑驳苍老。思想不需要华丽装潢。我就在这里面沉淀了一些思想。我感到它在我个人的思想历程中跳跃着一种辉煌。

独立宁静地思考一些什么，我想那时19岁的我已经具备了这个能力。我可以不需要一些圣手的指引而自己低头思考什么了。想到里头去了，就是开始沉浸在自我本身的某些征服的思想里。哪怕我的某些思想也许还很幼稚，但它正在左右着我前进的步伐。

在孤舍，我继续我的阅读、我的思想。

《阿尔谢尼耶夫的一生》，这是俄罗斯作家伊万·蒲宁的一部长篇自传小说。写了他的童年和青年时代。关于这本书，我想说的第一句话应该是：这个蒲宁就是我！我看见了我自己。我极力在他情爱的文字上寻找着一种好像就是我自己的声音。他已经在提示我了，他说：找到声音。我是不是在说呓语：面对这个手挥五弦的文学大师，我这个不可企及的咿呀学子怎么会是他！但我看了他写的这本叹为观止的杰作就觉得我与生俱来的某些情感和他如出一辙。再往下说我就没有深浅被人耻笑了。不管怎么，我热爱这本书，谁也不会改变我的初衷。爱就是爱。18岁那年我去某市办一件所谓的公事，顺便拐进一家书架纵横、光线暗淡的书店，顺手拿起这本书翻了翻，就毫不犹豫地买下了它，来三工滩代课我也带来了，空闲而且心情好就打开它看上几眼。

"每一个地方都有每一个地方的美！""在这个莫名其妙的世界上，无论怎么令人痛苦，叫人发愁，它总还是美丽的……"这些话是怎么说出来的？怎么说出来的？！我不可名状地惊呆了。在这本书里，蒲宁就这么不动声色地说了，震撼人心。而我也体会到了生活的踏实、柔和。

开始热爱蒲宁。热爱他如泣如诉一往情深的表达魅力。热爱他自由而鲜明地表达自己的内心世界。热爱他在临死前能够坦然说："看来我是一个不坏的作家"的幸福感。我特别敬仰他"专心致志地写自己热爱的主题和思想，而且每次都给自己提出一定的任务"的创作精神。虽然他1933年获得了赫赫有名的诺贝尔文学奖（他深信获奖是想要褒奖他1933年写的《阿尔谢尼耶夫的一生》），但他在自己的祖国因严重的错误而一度受到不公正的冷遇，就是在我国文坛，孤陋寡闻的我也很少见到有多少人热情洋溢地提及他。这又有什么呢？我自己的良知告诉我，全身心地热爱他。

甚至看着他朴素真诚的还原生活本身真实的大手笔的叙述，我就像看见他也是在描写我们周围的西部地方……

想着伊万·蒲宁，我不能够不以为然。

另一个看到我自己的影子有代表性的作家例子，是阿瑟黑利。写《汽车城》《大饭店》《航空港》《钱商》和《烈药》的阿瑟·黑利。看看他的夫人希拉·黑利写的《我嫁给了畅销书作家》一书就知道了。阿瑟像我。我深信自己和他表现出的性格特征酷似无疑。这本书放在孤舍的一个抽屉里，我有了鼓舞。

在三工滩看王蒙的小说集《在伊犁——淡灰色的眼珠》，我觉得相映成趣。看着看着不时在空荡的孤舍里大笑几声，快活地笑。笑过王蒙一贯诗意般的笔下人物，我确实欣赏他的生花妙笔。但我已经看重了蒲宁、王蒙的那种诗意，不知为什么我顿时不大以为然。也许王蒙想跟着自己的生活经历契合新疆伊犁本身蕴含的载歌载舞人情味的调子，不过我觉得他的笔升华了一些什么，有意无意地省略了一些什么。什么？说不清楚。也许他在尽显幽默随心所欲笔走龙蛇的时候，有时恰恰丧失了生活本身的某些自然而然的无声无色，而自己一个劲地自我啊啊啊。忙里偷闲时断时续看看《在伊犁》，我极大开心。这可能就是王蒙给我的文学享受。现在我以为当时我被名家的他引逗得迷惑了。当然我还是认为这是一本坏书。

但有的目前没有王蒙名气大、却也小有名气的人写的有些东西，也能够让我叫好。像那个阿拉提·阿斯木。维吾尔族青年作家。他是在伊犁成长起来的。他有一篇刊于《新疆日报》的短小散文《一棵树上的两只苹果》（意识宽泛的人也可能会划为小说）。光是这题目就应该耐人寻味。阿斯木写作使用汉语，自然流畅。我坐在火炉旁，捧着他的《一棵树上的两只苹果》，感觉幸福。这一篇他写得非常朴实，但有美感，不经意间，流出感情，似乎散乱，无依无靠，统观全篇，疏而不漏。他没有激昂的叫喊，他平心静气，不事喧哗，他不是没有思想，他含而不露，轻描淡写。他的笔天然流动，他的爱自然隐现，多么好。走马观花看他的这篇散文，不知所云，又觉文笔笨拙，再三呷摸呷摸，蛮有味道。只是这个很好的题目一直有不明不白的嫌疑。文中最后仅仅提到"克里木回到家里，从果园拾起两个熟透的苹果吃了，然后把奖金和圆盆给了姐姐……"就再没有两个苹果道具的下文了。倒是盆给了姐姐，被姐姐倒了洗碗水弄脏了盆底的两朵玫瑰花后，"克里木立即想回工厂去，从前他不理解老工人说的爱厂如家之类的话，现在他懂了。"给人很深印象。问题就在这。至今我不明白阿拉提·阿斯木的这个表达招数（如果是"招数"的话）。没有机会请教他也没有问过任何别人。

学校那个总是吊着黑锁的校务室，墙角有些满是灰尘的旧报纸。我就一摞一摞地抱到孤舍找好文章呷摸。最多的还是《新疆日报》。很高兴翻见了原是新疆的作家文乐然写的《回伊吾》。我给几个班学生读了《回伊吾》之二《苇子峡，你好！》。我说你们看看他写"弥漫的湿润泥土和新鲜马粪的味儿。"这就是所有农村的一种好味道。读他的《回伊吾》，感觉可以借用文中他写的句子"那天的太阳很温暖，渠水很温暖，我的心也很温暖。"

他还特意这样提道："……我对眼下的一切便倍加感激。我甚至认为，这才叫文化，一种古朴得令人返璞归真的文化。自从我下到苇子峡后，即令独个儿走在荒寂的大戈壁上，我的心也是踏实的。在这被荒山荒原包围的小小村落里，我感受到了人性的巨大魅力，自由的弥足珍贵。在以后的许多年月里，不论世事如何艰难，生活如何寂寞，我没有丧失过信心，仍然好好地活着。"我的目光在这些字上特别停留了一些时候。

我在三工滩没有感到一些什么吗？啊，大多数三工滩人看我的目光没有一点恶意，他们宽厚地容纳了躲烦寻静的我……

继续看顾城的东西，看他奇特的童心般的纯净。十四五岁的我就手抄过他早先的小诗。抄他的名字总觉得像抄哪一个同级同班的同学的名字。哪知道他正是崭露头角的新时期先锋诗人之一。现在一目了然了，因为顾城两字进入了中国当代文学史。

我爱他的许多诗。

那几年他是我狂热欣赏的偶像式的人物。

订了《文学报》发现有顾城。第一次见顾城，一个美男子。手插裤袋，服饰庄重，侧身凝视，目光深沉，表情沉默。没有让我失望。选登的顾城的五首诗，配有小释，也是诗。自传最辉煌。《经过剪辑的自传》。用选择的某年一景点滴组成，说了多少话，平平静静的勾勒，简历大写意，是诗。忍不住让学生一字不落抄录在黑板上，让他们看够了，再专门讲一节课。

跟着顾城，我走进一个世界，他建立的。我还可以再走出，走向我本身。

我听见他对我说：别害怕，只要我们相信自己和世界，相信理想，那幸福的彼岸就会到达。

周涛《这里的大地将通过我们发言》。生活就这样开始，他说。于是他的诗"就像这块大地上的这些东西一样，很奇怪也很坚韧地生长出来了。"然后他在后面写了一个独特的小传，写成了"文学账单"："从爱好文学到发表第一篇习作于专区小报，用去了十二年；到在全国性刊物发表习作，用去了十八年；到出版第一本小册子，用去了十九年；到成为一个中国作家协会的会员，用去了二十三年。时间比金钱贵重，我没能用它买回什么成就，却得到了精神上的某种充实感。"——枯燥吗？不。这是生命的丰富账单之一。周涛透明地公开了他成长的过程，没有多余的感慨之言，但却透示出文学的艰难，奋斗的劳苦，人生的悲壮……我给学生们读这些话的时候，心里产生了激情，我说谁想干什么谁就不要忘了奋斗终生……

我知道练习的我的脆弱与浮躁，于是我看、我想、我寻找鼓舞我进步的力量的能源。

出了孤舍，折身走向大房子能出入大车的那两扇大门，跨过那扇单独打开走人的小门之前，我就可以面对门看到我用粉笔书写在木板门上的大字：天事人事，均系非常，心情百感，仍应克励自重，戒轻戒易，安静读书，不以往事自伤，不以现景自废。这是我敬仰的老作家孙犁的话。我用它警策每天出入这里的自己。

……阳光，温暖。雪融，水淌。中午坐在孤舍干着什么，我听见孤舍周围水滴的声音。房檐、窗边、蓬空、墙缝，有水渗透。水声轻响。滴铃滴铃。我静心倾听。滴铃滴铃。雪融高潮，四面墙沿滴沥。一下想起那个出手淡而不凡的散文家汪曾祺一小说中的"听雨斋"。

……走出孤舍跨过那门，看见晴天暖日，看见学校南面的那个大青山幽蓝幽蓝，清清楚楚。什么时候到了？

……有天窝在孤舍，继续我的思想，突然"咔嚓"一声惊扰了我。我本能地体察到房顶的震颤。我纳闷这沉重脆落之声发自何处，赶紧跑入隔壁空闲大房，仰首观察，正看间又是"咔嚓"一声，我毛孔紧缩，原来是房梁上担着的椽子断裂了，再一看主梁首先弯折，房顶已有坠塌趋势。这一事实告诉我在这里待不了几天了。

过几天，校长要我们搬到办公室套间的大宿舍。我先找了班里几个男生帮我抬走床桌，自己却仍在里面迟迟不走看一本什么书。

到现在，这个大土房子消失了。孤舍就完全孤了。剩下了一个再没有人进的真正的空房。闲弃之房。

我依依不舍。不舍孤舍的大静。

新疆秋天小景

你见过我们这里的一年四季，你打心眼里说这是一个美丽的小城。你见了我很想一诉为快，我也一样心怀憧憬。而秋天最使我向往感动，芳香的泥土，欢乐的收获，晴朗的云朵，幸福的劳作。我就是这么爱秋天。我们这里的一幅幅秋天的景色，如画如影，早已装潢在我心灵的版图上。

有时候骑自行车出来看景或是漫步到一片田野，你会愉快地瞭望毫无遮拦的庄稼地。绿绿的玉米田已经黄澄澄的伏倒了，饱满的玉米棒子沉甸甸地坠在躺着的苞谷秆上。原来密不透风的宽厚的绿色屏障，现在已经荡开一片疏朗。什么都静悄悄的，似乎忙活了整整一个冬天，一个春天，还有一个夏天，累了，而现在到家了，该躺着歇歇了。等缓好了身子，又该去冬天，走春天，过夏天了。

我敢肯定，你并不是只看一看，仅看，看不够。你还用心听秋天的声音，用目光捕捉秋天独具的色彩。常常在你的眼前会旋来一大群欢快的麻雀，抛物线一般跌下来，隐没在淡黄的草丛中。草们起伏着婆娑的波浪，周围一片静息。一会儿你索性捡起一块石子甩过去，就会高兴地看到惊起来的一片麻雀叽叽喳喳地从你的头上翻过去了。你回头或许能看见它们又在一个空场上落下去，好像一片灰蒙蒙的云彩停降在土黄色的空中。你觉得，秋天激动不安，风风火火，甚至嘶哑，但异常悦耳的和声，早已让翅膀扇出来了，让虫鸣拨出来了，让眼睛透出来了。

就是身在你的家里，你的情感也会升华到一种恬静、柔美的境界。苹果树下铺了一地软软的落叶，大丽花、野玫瑰依然有鲜艳的花朵开放出来，夜晚霜打的葡萄叶在早晨的阳光下散着水气，只说家家户户晾晒出来的准备过冬的几种蔬菜，就有许多看头。不信你尽可以仔细瞧瞧。也许你并不以为然，但在我却是一种天然的装饰，情趣的熏陶。一串串挂起来的红红的辣子，一条条拴起来的黄黄的苞米棒子，一堆堆红黄红黄的胡萝卜，一捆白茎青叶的大葱；还有两三辫粗大结实的大蒜，堆在地上的肥胖的洋芋，立着存放的大白菜，腌在缸里的茄莲疙瘩、芹菜、豇豆、雪里蕻。我也非常喜爱维吾尔族人切成一瓣——瓣的洋柿子，摊在干净的木板上，晒成干，冬天下汤饭烧氽汤，非常鲜美。这些几乎是家家都有的，在墙壁，墙头，窗台，阳台，房顶，地上，都能见到。这些晾晒的新鲜可口的东西，随随便便地摆在那里，我看着心里很舒服。这一切来自土地的乳汁，劳动的汗水，大自然的馈赠。

当秋天在你的视野里铺开，你对我说秋天展开了一个画廊，里面有静有动，有声有色，有人有物，活生生的尽收眼底。秋天是一个着意打扮精心拾掇的季节。应当说春天太快了，夏天太忙了，冬天太长了，而秋天，充充实实，从从容容。这是因为一年四季太辛苦了，秋天懂得在这时候放松一下，想一想，以便积蓄起更多更大的力量，进行一个接一个的生命季节的长途跋涉。

所以最后你若有所思，对我说：辉煌的秋天是一片乐土。我跟着回答：是的，新疆秋天是镜头不失时机地捕捉万物之美的一次曝光。

得酒莫苟辞

1

酒！一个撩人的口吻。

酒，是一种迷人的醇美。

酒，是一个久远的含蓄。

酒，是一味深入的蕴藉。

酝酿、抒发、放达，在酒中容一体，在品中显一身。

在新疆，我喝酒。新疆人说一个"酒"字，我就懂了深浅。

2

在新疆我怎么喝起了酒？我为什么喝起了酒？

答案在风中飘。

冲动？

什么样的冲动？

表现欲？

证明？

强大？

男子汉？

少年时的经历会告诉我吗？

那一次我们四个少年郎相约星期天，聚首一块，在天山边城昌吉那个清净的高坡小渠中间相围而坐，应该是秋天了，洋灰板渠已经无水可淌。这里离我们家不远，在园艺场和农校之间，周围有树林。这成了我们满意的交流之地。人，是我约来的，干什么？就是在一起认识认识，聊聊天，就算是交个朋友吧。应该是刚上初一年级，我和一个院子长大的永刚是好朋友，小学毕业上中学，他在地方子校，我在一中，南辕北辙，各地各人，他想交结我班同学，我就安排好了这么一个小聚会。我约来的是广和、伟军。永刚笑眯眯的，喜交际，比我大一岁，四个人岁数相差无几。我们自然谈得来，但我们没有干谈，永刚有所准备，已经买来一瓶酒，是玻璃瓶子酒，酒标有金黄色的麦穗，这酒叫"古城大曲"，是200多公里外的奇台县酒厂出的酒，这酒在本地到处可见，一瓶子也就是几块钱吧。永刚家里就他一个儿子，零花钱多些。我们边说边笑，中间穿插喝酒。我们没有酒杯，我们谁骑自行车来的，车把上的铃铛取代酒杯，银色铃铛倒满白酒在我们之间轮流传递。我们谁也不推辞，该谁喝，谁就仰脖一倒，咕噜而下，最多咧嘴叫唤，辣！我们把喝白酒叫喝辣酒，是名副其实的。这一次喝酒，有一种特别感觉，比起对谈的兴奋快乐感，辣不算什么，火辣辣就是酒的本质。单纯的我们愿意喝几杯单纯的辣酒。我们的日子是单纯的平淡。喝酒让我们觉得有点意思了。我们还是半大孩子，悄悄地喝点酒，不告诉大人，自个儿消解。我们已经知道了与人交际，懂吗？

初三年级，我们班的男同学有了纠结在一起的习性。恰好这时班里转来一个大龄同学，名叫发宏，家在佃坝乡，但他暂住姐姐家，在商业局家属院里，她姐姐家经常无人，所以这小院很快成了我们一群男生的活动据点，经常自动集合，时不时闹出一点动静。记得好多个礼拜天，我或独自或结伴来这里，与同学碰头，谈天说地不着边际。遇到吃饭节点，我们动手炒菜，吃得美。我难忘一个情节，一个同学站起身，端起盘子，把白菜底子汤都喝干了，他笑哈哈的。有时候桌子上还冒出一瓶酒，往往还是那个"古城大曲"，一圈子同伴三下五除二，灌几口就空了。看来玩带劲了，没有一瓶酒，那是没劲的。

助兴，正是喝酒本义。

倏忽之间，我们从学校出来了。八十年代中期一个夏天，有哪个同学来找我，说来说去，最后说，班长，我们好长时间没有见发宏了，去看看他吧。我说行。不就是去玩嘛！我们几辆自行车前后左右簇拥而行，发宏在家乡务农，院子里养了些鸽子。我们看，我们逗，我们乐，最后我们喝酒。还上古城酒。喝着喝着，有人不对铆了，吵嘴，动手，哭叫，劝慰。喝多了。二十郎当，青葱忧郁，敏感自尊，稍不对劲，火气直冒。最后各自骑车，纷乱而归。

又过了好多年。一次老同学新年聚会，欢乐洋溢。这时候喝"古城老窖"了。发宏第一次参会，酒没少喝，话却很少，旁观者清一样，夹杂其中。夜深散场，我们在外不见发宏影子，折回酒店，见他孤零零地坐在大酒桌一角，闷在那儿。我们叫他一起走，他不动，拉他起来，他不配合，低头，摆手，低沉自语：你们都走了，我要喝酒！他好像是在一种失落感中沉醉不知归路了。我们几个连拉带推把他押送到熟悉的宾馆，开房间陪他聊，劝说，一夜未睡，天亮分手。

酒啊酒……

后来很久我才明白，当年我们为什么喝酒，喝酒是内在力量的迸发。就如同我们干什么有理由一样。喝酒是为了交流，为了朋友，为了情谊。喝酒是尊重、分享、融入。喝酒是出自心底的本真状态。

没有酒，生活中就少了一样活灵活现的精气神儿。酒冲淡了我们的单调。

3

酒，杯中物，就这样不知不觉年年月月渗透着我们的生活。

如果生活中没有酒，那么肯定是不对劲的一件事。我们会觉得缺少了什么。有酒，那场面往往都是飞扬的眼神；无酒，那场合往往都是暗淡的目光。

酒，是一种仪式性会见。我们互相认可。握手，是象征性认识；喝酒，是实质性理解。我们对酌，我们对谈。

4

我们喝的酒，更多的是本地酒。古城、三台、榆泉、天山特液、小白杨、伊力特曲、天山来客、三泉、山粮、伊犁小老窖、迷露等等。几十年峰回路转，春夏秋冬不断饮，起起落落杯中酒，点点滴滴皆溶情，一路持续不断陪伴着我的更多的还是古城酒。它就在我们身边形影不离。其中个人尤喜清香型酒。

5

我喝古城酒，没有想到和古城酒厂有缘，和古城酒人结缘。这时候，古城酒已经是"新疆第一窖"了。

后来工作，我很多次穿入奇台北斗宫巷，闻不够那古城酒香。

我看杏林泉。

我进酒史馆。

我在生产车间品尝70度原浆烧酒。一口喝下去，火烧火燎直达肺腑。

陈年老酒，是岁月沉淀下来的醇香。

　　喝酒，其实就是和人打交道。我们坐在一起喝的不是酒水，是情和义。这是我从古城酒上领教的精髓。

　　作为嘉宾，我应邀参加过几届古城酒业储酒文化节。现在古城酒业藏酒室，就有一小坛子酒，在我的名下。那是在第一届储酒文化节，我上台，在一个坛装酒的标识卡上签名留言，记得是"好人好酒好梦"。

　　我愿意这样好下去。

　　地老天荒，有我的一坛酒，在好时光，陈旧，原本。

　　老去，我坦然自若。

　　"有了好事情，来取酒！"依稀记得这句叮咛。

6

　　在奇台这地方喝酒多矣。只记一次。2006年8月，新疆作家一群人相约古城采风游。进古城酒厂，入东地大庙，上江布拉克，下将军戈壁，看恐龙挖掘现场。最后一个晚上，我们是在江布拉克雨夜中度过，我们在大蒙古包里谈笑风生，陪伴我们的就是古城酒。此刻这里是落雨声，是喝酒喧哗声，是愉快的交流声，是飞荡的即兴歌声。有的人半中腰闪进来，混合了力量；有的人起身说要半夜赶回乌鲁木齐，竟然这样？听说别人要走，我站起来说，此时不喝酒，更待何时？有的人执着来，有的人执意走，来就来吧，走就走吧。天要下雨，人要喝酒。这是一个什么也不多想的欢情夜晚。在这个旷达的地方，我们也旷达起来。一些人醉了。就是这样的一个夜晚，我们中有的人已经不能重复经历了，因为就在当年突然告别人间，哪怕在盛年，在一个人的黄金时代。

　　我们中一些朋友含痛去送别。

　　醉里挑灯看剑，梦回吹角连营。

　　朋友们，都还好吧？

壮行酒，递给兄弟们。我们在路上。

7

斟酌。

我们斟酌。

斟酌一杯酒吧。

我们在斟酌中度日月。

生活就是斟酌。

日子就是杯中酒，喝一口，少一口。

清晰闻听欧玛尔·哈亚姆在《柔巴依集》吟唱：你知道，我们的逗留多么短暂，而一旦离去，就永远不能回来。

在新疆边地生活很多年的王蒙，面对柔巴依手抄本，"曾戏译为'五绝'"——

无事须寻欢，

有生莫断肠，

遣怀书共酒，

何问寿与殇。

8

古城酒，有一种黑坛子酒，原浆，古朴，深沉，厚道，神秘，很不一般。新近又出了一款"淡雅"酒，清爽，恬淡，甘冽，悠长，别具一格，品味都在淡雅中蕴涵。

我常思忖，如果说我有点酒量，不如说我有点胆量，我不怯酒。如果说我有点胆量，不如说我有点肚量，我不计较。如果说我有点肚量，不如

说我有点雅量，我喜欢淡雅一点。我确实更愿意散淡一些，闲适一些，静好一些，有意思一些。

无事此静坐，对饮无愁河。

我实在是说不上能喝擅饮，我不独饮，我喜欢对酌交谈，我喝酒更多的是一种诚心实意。在我眼里，喝酒是人生情趣。我不说不喝酒没有情趣，我只说不喝酒缺少那么一点情致。

我不愿说情调。

我不欣赏没意思的人。

不喝酒的人，一般来说十有八九太爱惜自己的身体了。

你执迷不悟不喝酒，我也不会多此一举去劝酒。

我也不会以酒论人。

酒也是个人事。

我曾在2008年看过乌克兰作家涅克拉索夫的一本禁书《旁观者随笔》。其中写到喝酒之乐，让我会心一笑。他"引起了一种想为该诅咒的伏特加酒唱一支颂歌的愿望"。"伏特加眼看就要喝光。需要而且应该马上再去弄点酒来，因为最主要的心里话还未谈出来。最复杂的东西尚未解决，最秘而不宣的东西尚未吐露，最动人的东西尚未使人落泪……"他总是以忧伤而轻蔑的目光望着那些只知道吮吸乳汁、喝点儿开胃酒、鸡尾酒、葡萄酒的人，说他们从未体会过"豪饮"的幸福，从未尝到过醉酒的乐趣。

这话也许有些过分。喝酒，白酒、啤酒、果酒，都是喝酒啊。还有人以茶代酒呢。就像我们穿不同型号的鞋在一起走路一样啊。

喝酒，有一种心照不宣的乐趣。

心有灵犀一点通，让愁眉苦脸的人走开，我们在对酌，开怀畅饮。

9

酒！一个撩人的口吻。在世界上流传。与性情中人起舞。

芳香的酒，在大地上流淌。在心间穿越。

不懂得酒，就不要袖手旁观讥笑喝酒。这点小小要求，李白懂，白居易懂，苏东坡懂，鲁迅懂。

我们在陶渊明面前看见清风朗月。

陶渊明在《陶渊明集》陶冶我们。我们能够像陶渊明那样旷达吗？我们没有桃花源，我们也没有桃花运，我们只有岁月长河酿造的桃花酒，在春暖花开时一饮而尽。我们对饮欢笑。

酒！我们看见，过去的陶渊明渴望饮酒，与人对坐，把酒言欢，他轻轻地端起酒，但恨饮不足，喝，一饮而尽。

"身没名亦尽，念之五情热。"现在的我们能痛痛快快把酸甜苦辣怨一饮而尽吗？

静下心来啊。

"愿君取吾言，得酒莫苟辞。"像陶渊明那样旷达，我们还不能够。但是我们在喧哗与骚动中应该要像陶渊明那样旷达，拒绝虚假和做作，少些推推延延、将将就就。未来的我们至少能够如此清净。

我们敬畏酒。在一定程度上，酒是真诚善良的一个化身。反感一切形式主义拉拉杂杂的拖泥带水。

酒！

干脆清亮的酒！

甘美起来，像我们通透的热心！

人在一天不简单

　　早晨还没起床，双耳已落雨声。这是 4 月 22 日，没要紧事我不必去坐班，不过很想在上班前给玉红通个声气。我抓紧时间，特意出去，披衣冒雨在泥泞中快行，只是为了拨通一个电话。

　　正好是玉红接的，她一声"哎——"即传过来愉悦。几天没听见她的声音了。她那里也是灰天大雨，我叮嘱她穿厚一点，穿风衣打伞，她嗯着，我让她穿上胶靴，她笑答：那多难看呀。我说担心她在雨天不小心着凉，她说我还担心你呢。

　　放下电话，我重新走进雨中。倾泻的雨点在灰蒙蒙的天里弹奏着无所谓的曲子，我只体会到欢畅。

　　迈进房门，外衣已湿透，我便顺手脱下让它晾干，又换了一套，接着到院内，恐怕才搬出户外的两大缸无花果树和盆栽石榴树经不住风吹雨打的袭击，天气又冷，便找出两大块塑料布包裹一番，我为三棵刚长出嫩叶的树穿上了风雨衣。

　　一小时后，雨夹带着雪花共舞，又过了一会，全部是大片大片的雪花，密集地坠落，似乎准备全方位地盖住这一片大地。这当然是不可能的。不久，雪就失去了耐心，慢慢小了，最终消失。

　　我父母家的房屋住了十几年，我不时出去看看屋檐，看哪处檐下漏水渗墙，还上房顶收拾几下。住个房子也不容易，要不时照看，也住出了感情。我根本不在乎雨雪落身。

在房子里架火，一片温暖。我还需要什么？

下午天开始转晴。我在这晴云的变幻下写出了一篇散文《练脚力》。这还是在音乐的陪伴下产生的孩子，从我的精神世界出现的念头。

出去在院内随便活动了一下身体。身体已经尽力配合我付出了劳动。要懂得让身体放松一会儿。

天的余光淡弱之时，我随便抽出一本书，一鼓作气欣赏了夏多勃里昂、杰克·伦敦、契诃夫、萧伯纳、莫泊桑、马克·吐温、易卜生、狄更斯、巴尔扎克、爱伦·坡写给情人、恋人、夫人的一束情书，有缘活生生看见一个个作家的感情世界。

夜里卧床，依然捧书伴读。恰是《悠闲生活随笔》陪我度时光。惠特曼的《裸身日光浴》，梭罗的《我生活的地方；我为何生活》，卢梭的《如果我是富豪》，蒙田的《尽情享受生活之乐趣》，列夫·托尔斯泰的《为什么人要把自己弄得昏迷不醒》……所读几篇，哪一篇不使我津津有味，痛快无比？但是很快该休息了。

这一天，我自我感觉自由、踏实、轻快、美好。

都看见了，这一天我听到了恋人动听的声音，我的衣服被雨水轻易打湿，我同时欣赏并感叹了飞舞的雪片，我上房顶权当建筑工人，我关怀小花树的健康成长，我创作了一篇有着自己思想的作品，我锻炼了身体，我时而倾听到了音乐和歌声，我同退休的父母逗着趣儿，我窥探了杰出作家隐秘而开放的感情，我有幸一个人在静夜享受几位世界级作家的精神洗礼……我没有理由无视这一天的丰富意义。

4月22日竟然是世界地球日。我看了电视新闻。

大自然、人类、工作、精神、感情、思想的许多事情的美，都成为我在这一天体验的经历。

在天山边城，我一天领略了一生宝贵的要素。

任向边头老

山东亲人：

你们好吗？

我们在新疆一直挺好的。

我们刘姓一大家子已在新疆生活48年了。如今三代人在一起，再过几年，就四世同堂了。

我们家很多年住在边城一个叫"宁边路"的生活区。48年，足够说"安定"这个词了吧。

到2013年8月8日，我父亲80岁了。这天早晨，我去看望父亲。他老人家正同几个老邻居和平常一样坐在老年活动室门外聊天，见我来，父亲说：来干什么？我说：看你呀。父亲道：看什么？还没死！几个人都笑了。你们看看，这就是我父亲，爱说笑。父亲越来越幽默，越来越随和，越来越淡然。我对父亲说：今天你80岁了！老邻居马上说：八十大寿要买生日蛋糕啊。我连说：买！父亲搭腔：过什么生日？买啥蛋糕？不买。中午时分，我和妻儿带回订做的吉吉加大蛋糕到父母家，和父母亲分享寿糕，算是喜庆了父亲八十大寿。父亲极少吃甜食，这时吃了一小块蛋糕。父亲是高兴的。我父亲就是这样简单安然的人。

父亲确实不怎么正儿八经过生日。但我想，80岁不一样。特别是父亲能活到80岁本身是一个生命奇迹，他积劳成疾多病多难，至少三次大难不死，现在好歹眼不花，耳不聋，能吃能睡，能说笑，能打牌，最大毛病就是走不成路，上不得楼，喘得要命，累得厉害。父母亲常年住在一楼。二哥多年以前给父亲买了电动轮椅，父亲有时开动，主要在院子里活动，最远到附近的公园转悠。父亲在这个城市的活动半径积年累月浓缩在一点——家。

可是，我父亲是从山东来新疆的。新疆都是五湖四海的人。千里迢迢，不远万里，对每个新疆人而言只是寻常路。

我父亲在新疆的第一个落脚点是一个名叫"园艺场"的地方。在这里，山东人相当多，同时，江苏人、河北人、陕西人、四川人、安徽人、河南人等"口里人"朝夕相处；汉族、回族、维吾尔族、哈萨克族、蒙古族、满族等各民族来来往往摩肩接踵。南腔北调齐鸣，三教九流相杂，五行八作共存，聚居生活，包容依靠，自得其乐。

那个1966年啊，是我们一家人结缘新疆的年头。我没有见过面只见过相片的老华侨三爷，在苏联从事建造业，最后留在新疆安营扎寨，执意召唤我父亲来新疆，也许是寻求在新疆创业的得力助手吧。33岁的父亲遵命只身一人奔赴新疆。1967年二月二"龙抬头"那天，母亲带着我5岁的大哥，领着3岁的二哥，抱着一两个月的我，在大爹陪同下，坐火车来到乌鲁木齐。这时候，我们一家人在新疆的日子才完整而封闭地开始了。

我奶奶在山东挂念不堪。怎么不来个信儿？到新疆，人死了吗？大概是一个冬天，父亲接到大爹来信，赶紧带一家人去照相馆照了一张"全家福"，寄回老家。这张黑白照中的我，朦胧看镜头，也就是两岁吧。这是我们一家人在新疆的第一张生活照片。也是我看见童年的自己在新疆的最初的影子。我在《新疆白杨》诗篇中第一句话就写着：我是一个新疆的孩子。因为我知道，从此我有了一个新疆的眼神。

这张照片活生生告诉山东老家的亲人们，我父母亲在新疆一个建筑公司，建立了一个安全稳定的新家。

父亲第一次重返家乡探亲，竟然到了1975年。单位安排到内地出差，

父亲借道回了趟老家。1977年冬天，父母亲带领10岁的我回老家。我这才见到了山东的亲人们。我也有奶奶、姥娘啊。老家就是有奶奶、姥娘的地方。

父亲总说，那时候回老家不容易啊。

后来，父母亲几乎五年回一趟老家。退休后，又回过三次。2006年，父母亲最后一次回老家。过去都是坐火车，这一次是乘飞机。父母亲明知老了，走不动了，这一次是从心里决定最后一次回老家了。

老家那里，我姥娘93岁离世；我奶奶99岁仙逝。我父母亲都不在身边。新疆这里，只有写信、打电话、汇钱，只有默默流泪和哀叹，只有过年和清明烧纸祭奠。

2010年7月，我一家去上海世博会之前，先到山东老家去。大爹大妈、三爹三娘、姑姑姑父、舅舅舅母，兄弟姐妹，侄子侄女，都在。我去了奶奶、姥娘的坟头祭奠。也去了那年回老家走读一个月的小学校旧址。人到中年，记忆纷繁，人事芜杂。一两年后，大爹、姑父、姑姑相继去世。

老家与新疆，新老交替，岁月更迭，人在两地，牵挂在心。

到现在我很奇怪，我们在新疆的人，隔三岔五走内地，老家人为什么极少来新疆走走看看？大爹前后来过两次，三爹在六十年代有过逗留，老一辈再没有了。新疆真的是遥远的地方吗？真是遥不可及的远河远山吗？倒是我舅舅的女儿，我的三妹、四妹，2012年来疆旅游，一下飞机就来看望了我父母亲。

我们一家人在新疆的岁月，接近半个世纪了。亲人们啊，我们在新疆这里，铁定了心。

我的移民父母亲，早已不想移动半步。哪怕山东老家还有三间瓦房，父亲再不提这个话茬儿，就算赠予了兄弟。父母亲只想终老新疆。

多年以前，我大哥和二哥出钱为父母亲在本地土梁河公墓置备了双穴墓地。父亲曾去看了一眼，感觉很放心。

我想起了咱们老早一个刘家人，一个唐代诗人刘驾的一首诗《乐边人》：

在乡身亦劳，

在边腹亦饱。

父兄若一处，

任向边头老。

真是穿越千年时空的先见之明。自有一种超脱在胸怀。

这也正是我们在新疆的一家人豁达立足的精神素描。

既来之则安之啊。这么多年，父母亲在新疆安稳了，安心了，安然了，从心里认定新疆是安身立命的家园。一向心地光明、情有所钟的父母亲在新疆有如意感。

任向边头老，这代替了我向亲人们说的一句心里话。

祝福山东亲人们。

第二辑

新疆美地

凝望博格达峰

博格达峰首先是被人凝望到的。它就是博格达山的头颅。

也是天山的头盔。

还是新疆的一个坐标式的存在和模样。

博格达峰在昌吉回族自治州所辖的阜康市境内。是一个令人向往的地方。

举世闻名的天池就在博格达峰下。峰顶冰川积雪终古不化，银光闪烁，与天池碧水相映成趣，构成了高山平湖的优美景色。

博格达山是壮观的。她纵横300余公里，从乌鲁木齐断裂带开始崛起，向东直到和巴里坤山连成一体，都有奇丽的风景。

博格达山是一个褶皱山，是天山的亲兄弟，也是世界上山脉中的小字辈。3亿年前的造山运动，才使博格达山崭露头角，六七千万年前的喜马拉雅造山运动，真正使博格达山脉脱颖而出。博格达峰海拔5445米，高耸在阜康市南的群山之上，达到了它应有的生命高度。在几十公里以外，人们都能举首仰望到它的雄姿，也由衷地对博格达峰产生了一种敬仰之情。

博格达山的神奇，充分体现在一种生命的两极。一方面，她冰封雪裹；另一方面，她又山清水秀。尤其令人惊叹的，莫过于一年四季尽显其中了，这就是她的独特的四合一自然景观带，从上到下依次为冰川积雪带、高山亚高山带、山地针叶林带、低山草原带。

终年闪耀白亮光芒的博格达峰上的冰川积雪，与夏秋季博格达山谷的层林尽染、鸟语花香、绿水泻银形成了鲜明的对比。因此，也出现了动人的美感。

举目相望，博格达峰巍峨壮观，显出一种横空出世的境界。除了主峰，还有左右侧峰，比肩对称；三峰并立，如同早已安排好了座次，在向世人展示各自的姿态；其实它们互相提携，成为整体，自然不显得孤傲，而且让人觉得聚集着无穷的力量。这也让人感到，博格达峰的景象，是懂得突出，也懂得衬托，更懂得搭配的结果。仿佛这里面果真存在着艺术一样。

博格达峰是动人心怀的。

清代诗人史善长所写过的"玉削三峰杳霭间，月明笙鹤有时还"，让人感到博格达峰的美是扑朔迷离的，也说明博格达峰似乎是可望而不可即的。

事实上也正是这样，因为博格达峰雪岭接天，叠嶂摩空，登峰造极。博格达峰上雪锁云封，银装素裹。

恰如清代诗人王树楠的诗句"九霄高插碧芙蓉""南山伸臂挐天外""西域昂头到日边"，无不显示了一种超凡脱俗的奇异景致。

但是，这并不是说博格达山没有生机。这里还是生机勃勃，情趣盎然的。千峰万壑，万流朝宗，峰回路转，钟灵毓秀，博格达山是迷人的。

原始森林遮天蔽日，草原牧场美不胜收，雪豹、雪鸡闪现其间，马鹿、猞猁、岩羊奔窜不止，山花在那儿尽情地烂漫，不由自主地五彩缤纷，香气直往鼻子里扑……博格达山还把她孕育的冰川融水，分送到山下，滋养沃土，创造丰收。

博格达山有着丰富的蕴含。

一般说来，博格达山的七八月是最迷人的。而这时候的博格达峰，也是最耐看的。

也许这段季节天空澄明，万里晴朗吧。因此便于观望山峰的景象。这时候看博格达峰似乎并不很远，山体鲜明，洁净如洗。

那云蒸霞蔚，云遮雾障，流云缭绕，出岫烟云，无不让人联想到仙境，还有紫气东来的喜悦和顾盼。

博格达山的名字是早年在此游牧的蒙古人起的。含义是灵山。博格达山也叫圣山、福寿山。仅从这些名字上，就可看出人们对博格达山的向往与爱戴了。

天山天池之路

我对旅行的基本概念缘于新疆天山天池。

第一次有幸上天山天池，那还是1979年七八月，我小学刚毕业，才12岁。

是赵美叔带我去的。正好他们单位要去天池游玩，我就顺便沾了光。好像没听说过天池，总之是个好玩的地方，不然一个大单位为什么要专门坐车去玩一天呢。赵美叔说：也不远，乌鲁木齐过去，拐过米泉，进到阜康，就在天山上头。

起得很早，天还黑着，我和赵美叔心里亮着，穿巷过街，三拐两绕，到了他们单位。几辆大卡车暗藏目的前后停着。人声渐多，先来的就爬上了车厢，终于一车车人影晃动，但车就是不马上开动，因为这个或者那个人事，还得耐着性子等等。我谁也不认识，只得跟紧赵叔，左顾右盼车能通点人性。到底上了路，车辆一个尾随一个撞出了还在安静的小城，车上笑语喧哗，我的心放在了地方上。我那个看啊，看沿路的所有景象，想入非非，心游四方。这是我天性的一个重要迹象，经验日久，我才明白我为什么这样。当时在路上，经过的风景反映给我什么漫想，自然早已烟消云散。那时我还没有写日记的习惯，真要写，不定该怎样无所适从地搜罗美好词藻堆积成篇呢。其实真正的美，也不需要多少词藻。不过毕竟还有时光冲洗不走的点滴心迹，依然寄存在辈岁经过的天山路上。比如：那奇崛耸峙的天山景致，天然地成了我创造惊险故事的大背景，人迹罕至更是提

供了这种氛围，非常适合战斗武打的开展，容易诞生英雄豪杰 …… 我承认那时我的思绪还跳跃不到哪儿去。可是同样是这一时间的天池之行，对我的身心潜移默化的感染，根本不是当时所能够立竿见影的。所幸的是已成竹在胸，不至于浑然无觉胸空心虚，只待眼界渐开。就说沿路所见的累积的大石块之上竟长着参天大榆，便让我瞪大了眼睛，看呆了，以为童话里才能有的奇迹硬挪到了真实的人间。仅凭这一点，天山还不够奇吗？叫什么山不行，偏要加上一个天字，真要天地相连一样。天池因此也跟着进入了仙境。

上山了。接近了投奔的天池，大家的话好像一下收回去了不少，都注意着景观的突兀变化。

车缓慢地往山上爬着爬着，好像故意给我们这些平常总是不出外的人兜着圈子，卖着关子，逗我们引颈翘望。猛然发觉车后的路多出来一条，过一段又重复出来一条，有人喊叫了：盘山路哎。这也就明显了，只感到绝妙，不免也担着心。那年天池山路宽不到哪儿去，会车大概只在转弯之处，那也只能算个旮旯。盘山路如一条蛇旋绕在粗大竹竿上，车辆就挂靠在蛇背上爬行，双方好像早已在某一时间、某一地点签订了一份配合协作契约，结果都相安无事。路照样在哪儿安详地躺着休息，我们也照样平安地到达天池游玩起来。

果真跑到了天池旁，当然是一番惊喜。不惊喜不行。这么高的山峰上，竟然安然存在着这么清澈的一池碧蓝之水。怎么说呢？就非常激动。开始东张西望，开始四处转悠，开始忍不住到处指指点点，开始不讲任何严肃纪律地说说笑笑。三五成群在天池周围走动贪玩。那么一些兄弟般的高矮山峰，那么一些端正态度垂直向上测量身高永远在体检的云杉，那么一地五颜六色的滋润心情的大小姐妹花草 …… 这里也就这么些"摆设"。

天池，也就是那么一大池一眼望穿的冰凉的干净的雪水，简单极了，然而美。这美却不是一言以蔽之的。

12岁的我那阵子就丝毫想不到用一个词儿来形容它。或者用一句话来轻易概括它。有哪一个人当时信手拈来呢？唉，就是有，那也不过是——一个人。

看，在这儿，天池在天山深处，在天山高处，在天光云影的映照里，在自然大气的渗透中，在峰峦、山石、树木、水波、鸟群、马背等等景物的天然配合下，美起来了。是多方面的组合、参照、衬托……天池才产生了美，脱颖而出。我们也把这叫作动人。

第一次上天山天池，我也有了第一次收获。第一次看见了雪莲花，几个哈萨克儿童拿在手里游荡着叫卖；第一次亲眼见到了哈萨克人的毡房，挺像一个大花帽扣在平地上；第一次面对面见到了一些金发碧眼的外国人，背着包儿挎着相机跑前跑后如同正在执行一个紧急任务；第一次……对了，第一次游天山天池，可以说是我平生第一次真正和大自然玩。现在我已经懂得这个意义了。

1979年，正逢天池刚刚对外开放，还称不上游人如织，但已人声沸腾。心一片晴朗，和那天天气一样。突然垂落丝丝雨线，我们并不急忙躲到松树大伞下暂避，相反这更挑起了我们的兴致。就像谁往我们脸上撩着水珠儿逗着嬉闹。正在山坡半道上走，我竟突然一眼看见了我有好感的女同学之一邓，她和几个人走着，穿着青褶裙兴奋地左右观望……她没有看见我，我也没有好意思叫她一声，没有打扰一下她……我要是喊了她呢？我太意想不到了，感觉奇特。她到天池来很自然啊，人、景、事互为依托才美得动情呢。

让我洋洋得意的一件事，是我在天池照了几张相。是赵美叔的同事为我们照的。一张照在凭空伸出用柱子顶起的木板茶楼边角上，楼上有一棵大树干拦腰直接保留在楼上一角，树冠如华盖；一张照在天池岸边的巨石上，还有一张我穿着海军衫单独坐在天池跟前昂首挺胸，嘴角咧笑，我一时冲动，早就把这张寄回老家夸耀去了……难道，这一切都不算是美的

某种萌动和向往吗？在天池这样的地方，人大概是容易被什么莫名其妙感染的……

回的时间不知不觉集合我们了。车已发动，有几个小伙子兴高采烈地晃悠过来，其中一个抓住车厢边要往车里翻，却"咚"的一声掉在草地上了，大家噢哟笑着。他喝多了，不，应该说他陶醉了。噢，这个穿风衣的醉酒小伙子我至今难忘。口袋里装着几颗松果儿，几片花色小石头，我坐车下天池。仍然记得不比上山安妥，这会儿更加提心吊胆，而汽车满不在乎，一个劲要回家。

过了三年，我在一个同学家里，见到一本印有关于新疆的诗的挂历，其中有大诗人艾青的一首《天池》：

在冰峰的环抱里

白云在这儿沐浴

山羊在这儿饮水

马鹿常来照镜子

人迹不到的地方

才有最干净的水

诗很简单，如话。这就是天池本身。简单的美就这样。

可能是被撩拨了一下，这一年我也脱胎了一首诗，后来发表在一家报纸的副刊上：墨绿的天婴 / 酣睡在博格达母亲 / 温润的怀抱 / 清莹透明 / 揉开惺忪的眼 / 就是肢体的轻盈 / 春颜的妩媚 / 马儿亲亲你的脸蛋 / 羊儿吻吻你的眼睛 / 云儿闻闻你的气韵 / 唇角溢出了耸云峰 / 绿翠林 / 酒窝绽出了灿烂星 / 少女影 / 为逗你玩 / 涌现万千游人。引录于此，只是证明一个15岁少年的幼稚冲动。是天山天池与诗人双重地撩拨过他，使他不知所措而又忘乎所以。但时间把过程的意义终于显现出来了。他迈进了美。不可否认。

感谢诗人。感谢天山天池，这大自然和美的化身。也感谢美。

也很应该感谢带我去天山天池的赵美叔。就在我涂抹上面这首诗的年头，赵叔安静地躺在医院的病床上说不出像样的话了。我和爸妈去看望，回学校的路上我一直满怀着无言的难受。

许多事都远不是一句话能表达得了的，甚至压根儿说得不成话。包括对赵美叔的早年病逝。包括面对天山天池。对美大概都这样。虽然都看起来简单。

记录我12岁初上天山天池，仅仅是12岁的我在游，而不是别人游。我见的所谓游记多与作者自己不大相干，挺失望。我写的这一篇却不是游记，算是我对去天山天池的感觉的实供。既然最初天山天池撩拨过我，那最后还会以她的形象继续撩拨。当我触及、怀想、过滤她的时候。比如激发美感。关于大自然的，关于人的，关于事物过程的，关于理解领悟的，等等。就是我不知道天池的这个传说那个掌故也没关系。人为地强加演化有时很能破坏、瓦解、埋没本身的美。

初上天山天池的我正是这样，一无所知。并不因此感觉不到或看不见美。

天山天池修养

天山天池启示录

新疆拥有天山天池，就像幸福的母亲怀抱着可爱的儿女一样，谁看到都情不自禁地过去爱抚一番，把自己的喜爱毫不掩饰地表现出来。这时候，母亲往往微笑着，带着一丝自豪，坦然地让别人尽兴地表达着喜爱。能有宝贝令人羡慕和关爱，人不能不由衷地骄傲。

天山天池具有的颜色——碧蓝，最耐人寻味。许多人都不能够把这种碧蓝展示清楚。我们只能粗浅地理解点点滴滴。这也许意味着纯洁、真诚、健康、灵动、活力、长久……也许还是别的什么。虽然天池满怀清澈，可是她全部的意境不可言传。这恰恰是天池的深厚底蕴。天池绝不可能单调。

看穿了，天池实际还是紧紧依靠自己无与伦比的清澈，显示出了自己高洁的品质。在岁月和万物交叠闪现的过程，天池有了许多改变，难能可贵的是，天池仍然没有改变自己的本质，这就照彻出了我们生活的这片宝地的壮美英姿。这清澈的本色是我们成长、发展、壮大的扎实根基。

因此天山天池给世人的感觉永远是这样：天山天池一直清新着。

天池深藏在高远的天山怀抱，本身也蕴含了另一个意义：这是潜在生命力的激情，更是大胆表现自己的超脱勇气。唯其艰难险阻，才更要具有天马行空的创造气魄。也就是说，天山通过天池活生生地证明：这儿蕴藏着取之不尽的能量。

天山天池的造化

这一年最后一天拜访了天山天池。

这真是美好的一天。看见天山天池，看见定海神针，看见阳光清澈，看见雪峰闪耀，看见清流跃动，理所应当是美好的一天。

我看见一处冰雕上写有"神韵天池，祈福迎新"。人生的祈愿都在这里表达了。

一个人在天山天池讲话中出口成章，一鼓作气说出"仙气、灵气、旺气、才气、人气"，在这个特定地点，我心里是认同的。

我只能说，一年身不由己地跌落了，又一年不由分说地起立了。它立马就要立正了。

立竿见影，阳光把山峰的身影铺展在冰雪覆盖的天池上面。

这景象在心里久矣。

我们保不住许多外在的形式，就让我们的爱和情意，思考和欢愉，长久一些，我们心灵深处需要这样内在的质感。

既然是新年，就让它包含的生命和生活多一些新吧，而不是沉闷的老一套。

人生不落俗套，已经难能可贵了。这需要造化，啊这应当谢天谢地了。

此刻的天山天池

依然是天山天池：此刻只有我撞见。

寒冬在这里静止。

依然是天山天池。依然深不可测。依然秘不可宣。

像悠远的星空。像零度的防范。像停顿的挚爱。像《山海经》一页。像穆天子的驿路。像西王母的幽怨。像米罗的调色板。像凝固的幽思。像我迷醉的扩散。像人的心灵套间。像划破黎明的唱叹。

此刻只有我撞见。

燃亮视觉

天山天池之冬，总是呈现冬天里的春天，像高擎冬天里的一把火，有蠢蠢欲动的拥抱，有情不自禁地燃烧。

天山天池高举的一本冬之书，燃亮阅读者的视觉。

白昼的封面是自然景色，池面、雪峰、松树、阳光、厚雪、静谧、清纯；夜晚的封底是欢乐人群，篝火、晚会、吉他、歌唱、掌声、燃烧、火热。一静一动，动静相宜，景致和人声，有呼唤的引力，有登临的冲动，有融入的激情，可以听到一个呼唤：请到天山天池来看看雪。

冬之书在天山天池洞开。

在安静的注视中，我们默默地在翻看。我获得欣赏时刻，得到享受机会，充满愉悦心情。我再一次被天山天池的美丽征服，让我又一次发现天山天池的美好，促使我对天山天池又一次进行审美，又一次感受她的无法言传的魅力。

天山天池冬之书，依然有强烈的视觉冲击力、诱惑力、亲和力。

我穿过天山天池的冬天，依然有大处着眼小处着手的掌控，在注重全景辐射同时重视小品折射，小处喻大，细节映照，棵树朝阳，冰霜明月，一瞥片段，过目不忘。我想依然拥有慧眼和摄力，依然在熟悉的地方有新鲜感，陌生感，奇异感，有一种不可遏制的新的发现，新的渗透，新的理解。

在这个边走边看边想的过程上，天山天池冬天的样本静静地在散发着耀眼的光芒。这是我们的家园，是我们的生存，是我们的爱，是我们的精神创造，是我们的幸福。这是真正的核心。我为什么对这个地方总是高看一眼厚爱一层？我想，风景不仅仅是风景，更多的是心灵的阐释和抒发。

天山天池是我眼里最美的一本样书。需要我们的文明，我们的精神，我们的修养，我们的眼光，不断地认识、感悟和理解。在这个大篇文章中，还有许多内核，许多探索，许多演绎，等待生发彰显。至少许多篇章可圈可点。

天山天池一如既往静静地给我许多心灵修养。

清澈梦影

我已经坚定地把新疆这块大地当成了纯洁梦境的故乡。出生神奇大美的子宫。

虽然我怎么也不能把新疆看作一种女性。其实新疆啊，本身如同她的形象代表作 —— 天山，一面是阴洼，另一面为阳坡。新疆阴阳俱全。该阴的时候，她阴；该阳的时候，她阳；需要不阴不阳的时刻，她也能够如此。

谁把新疆只概括为那么一种定型的形容词呢？新疆是形容的吗？新疆有千万个理由拒绝媚俗的破烂毡帽。

现在我这么思想，因为现在我投入了天山怀抱，久久凝视着天山臂弯里的天池。

天池有这么一种本事，可以让周围的天山景象倒立在自己里面。因为天池清澈无比。她本身就是一种液态的镜子。

大自然也使用这种镜子，自我顾盼，不时照照自己的美。

杂技常常人体倒立，天池这里不要杂技，只是自然地展示美的体态；舞蹈练习总是安放墙一般大的镜子，天池的镜子却不是为了观察纠正不得体的舞姿，天池不需要专门辛苦的舞蹈彩排。天池一切就绪，完好如初。

已经无语地告诉我们了，只等我们来领悟。天池就在那里。

看，天池倒映出了什么？

伫立天池旁边，我多么想能从这里倒映一次新疆。

许多时候，我们很需要这么一种沉静的倒映。

不妨把天池作为一种参照。

参照一下美。参照一下新疆。也参照一下我们的内心。

实在是因为天池本身具有清澈的穿透力，清晰的体现力，清新的吸引力。天池包含了这三种不可忽视的力量。而这力量又是潜移默化的渗透。可以说大而化之了。

三种引力，足够把一个人征服。哪怕一个人被征服得稀里糊涂，到了浑然不觉的地步。我们不能因此以为这种力的奇幻毫不存在。

当我们茫然无知的时候，难道还不需要参照吗？

镜子，它就具有参照作用。而天池，正好为我们提供了另一形态的镜子。

我们看不见自己的时候，看不清楚自己的时候，就很需要一面镜子。这个镜子越明亮、越透彻、越真实越好。

而天池，恰是世上难觅的上乘之镜。天池通体透明，宽度、深度、清度都是人间稀有。

它不只是表面上的反光，重要的是天池深怀的清澈，完全能够照彻一个人，从头到脚。直通到底，带着一种穿越深厚的魅力，商量都不商量，就把一个人的全身包容住了，一目了然。

这是一种便捷的直达，不需要拐弯抹角；这是一种坦露，没有必要遮遮掩掩；这是一种无声的提醒，那么直截了当……

如果只把这些作为面貌的、形象的探视，那就太让人失望了。尽管我们说说笑笑走下天池，其实不过是扫兴而归。或者公平地说，我们只是满足了一半肤浅的愿望，另一半更深意义的渴望并没有满足。

这一半愿望是我们内心的梦境。是我们欲言又止，难以表达的念想。

为什么会这样呢？是不是我们被尘世蒙蔽得一塌糊涂了呢？以致这另一半愿望，在我们的一个不大透光的角落，昏昏欲睡？

这角落，在我们的内心。内心，需要天山上的天池，有时候能够渐渐照耀出来。

我没有指望总是能够这么照耀，我只是希望，有些时候。对一个人的要求，常常不能太高。

有一个苏联作家，多次写过《大地的眼睛》。我非但不奇怪，反而十分欣喜。因为我见到过天池。

他把湖看成大地的眼睛，使我认为他这个作家很有灵性，其文思也不会轻易干涸，灵感会自动从这眼睛里流溢出来。因为他能够爱。爱大地、大自然。爱人类。他要把这些融为一体。像一个人集一身美。

这还不贴切，还不美，还不够动人吗？

新疆的眼睛是天池。这眼睛引人注目。哪怕在高远天际，深山老林。多少人看见了这眼睛。多少人不远万里，就是为了看一看这眼睛。天池的眼睛让多少人看到了，依然在天山上新鲜美丽地眨动。

博格达峰永远昂首举天，几乎在云气缭绕之中变幻成了招引目光的一个崇高、伟大的具体形象标志。我们要向往，也只能向往这样的形象。

常常说天山之父，那么博格达峰是天山的头颅。也可以说博格达峰是新疆的头颅。而天池，又是博格达峰的心脏。

天池心脏的律动，使我们贴切地体察到了博格达峰的精神。天山的精神。乃至宏大的新疆精神。

特别明显的是，天池本身就是精神的。

春夏秋冬，包括在每个季节的逐渐转换之时，天池都有着独具风采的含量。这就是精神所赋予的品性。

我们怎能视而不见呢？又怎么能浑然不觉呢？

天池拥有的是天然的精神。一切那么浑然天成。一切那么生气勃勃。我不能不说：天池多么会保养啊。

天池再怎么神秘莫测，再如何出神入化，总能够发现其中的奥秘。这是天时地利的姻缘，这是天造地设的幸福，这是水到渠成的顺利……

同样，这也是我行我素的脱颖而出。还能够说，这是自由发展的成熟。是诞生梦境的床笫。也是创造史诗的开头……

始终有这样一种感觉：天池一直保持着最安详的姿态。

没有理由不承认：天池和博格达峰一起，誓死坚持着自己固有的精神。紧紧依靠在一起，一个抛头露面，一个深居简出，却都为天山争取到了光荣。

无形之中，发扬了天山精神；无意之间，也是壮大了新疆精神。

作为天山下成长的我们，实在应该面对这种景象，对这种精神，有一些耳濡目染……

领会得到一只眼睛的默默注视；体察得到一颗心脏的优美的律动；凝视得到一颗头颅的坚定不移的挺立……

穿越天山，我从心里感到了激动的战栗；面对天池，我又暗暗自惭形秽起来。

究竟这是怎么回事呢？

人在芸芸众生中，也常常格格不入；人在山川景物里，也往往手足无措。这是一种什么样的不和谐？

一旦这样发问，我也常异想天开，以为天地万物虽浑然一体，却也分彼此，哪怕咫尺之间，也相隔万里。

所以这里就需要中介。也就是沟通。对话。理解。包括顿悟、认识、表达。还有首肯和互相欣赏。

前面我说过形容新疆的疑问，正是要说这个中介。我的意思准确的表述应是轻易形容新疆是浅薄轻浮的。新疆的重远远大于这种表皮性质的轻。

真正的内蕴的新疆，是不落俗套的。而我们偏偏要多此一举地把它限制在那儿，把它固定住，一厢情愿地给它一个说法，给世人一个交代。这是不是一种仓促的搪塞呢？

有一个非常重要的细节，会在我们锐眼的扫视之下挑剔出来。我们会发现，这是那种叫比喻的修辞手法的繁多的运用。

挑明了，比喻正是中介。中介完全就是一种必不可少的需要。比喻所承担的不可言传的任务恰是排除困难。比喻是没有办法的办法。大概只有人，只有狡猾的人，才使用比喻。说这个不好说了，就借用另一个法子来弥补一下。比喻实在是一种机灵的障眼法。

面对天山或天池，我们其实已发现了我们自己的一个窘状：我们不怎么会说天山或天池。我们多少都有些无所适从。面对大自然，我们常常不相适应，看上去非常单薄、柔弱。

但我们还要证明我们行，我们表示优越的一个重要方法，是多使用一些比喻。比喻替我们这些人打了圆场。

对天山、天池、博格达峰，我们同样不断地捏造、想象、动用、重复一个又一个比喻，我们觉得只有这样才算对得起这些雄伟、美好的存在，只有这样才说得过去。我们圆满克服了一件困难。

到底是一种擅长，还是一种无能？我一时还不能武断地说个明白。也许我只是对那些陈词滥调的比喻很反感吧。其实我这也是不打自招，自己把自己往里面装。因为我在写天山、天池、博格达峰等等时，同样用了几个比喻，已经显出了我的无能的尴尬。

现在我怀疑，因为自己和别人的这种做法，使天山、天池、博格达峰等壮美景观走了样。

天山、天池、博格达峰是依靠僵硬死板的比喻显示的吗？庸俗的比喻常常会损害美本身。

因此我对比喻有了警惕。

再怎样比喻，天山照样是天山，天池依然是天池，博格达峰仍旧是博格达峰。它们都有其本身。你还是你。

但是，继续涌动成千上万的人，每年从天南海北云集到天山这里。看来俗气的比喻不能完全影响人的兴致。这种比喻只能影响一部分人的心情。

是的，这是天山、天池本身的魅力。人们会不理睬比喻，只管尽情享受天山、天池本身的美。然而比喻毕竟也起到了提示作用，并且给了人们一些诱惑力。

人们是爱凑热闹的，要不就难捱寂寞。人们又是向往宁静的，于是纷纷深入高山远水。人们身处两端，这能说得清楚吗？我思考过这个问题。我的认识称不起高深，只能算一知半解。人们一面无奈一面寻求，就像一个人要吃饭就得工作，而这工作不一定就符合自己内心的要求。他一边先闷头干着，一边又滴溜溜转动眼珠观察着令自个儿惊喜的事物。

一般说来，我们把这惊喜的事物，叫梦想。

每个人的身体里面，想必都包藏着一个叫梦想的东西。这梦想不单单叫事业，很有可能还叫愉悦。

在新疆，我甚至轻易地找寻到了这种对应物。人们景慕天山、天池，这是为什么呢？还不是这个原因吗？

博格达峰，这是我们追求事业的精神境界的顶峰；天池，又难道不是我们情不自禁享受愉快的投影？而天山，宽容地包揽了我们，全面地体现了一种大度，让我们施展、发扬、表现、成熟、幸福……

这是一种怎样逼真的对应体啊。这就是象征啊。

内心，在天山这里遥相呼应。我们在各取所需。

当我们接近博格达峰，当我们靠近天山，当我们贴近天池，你不知道吗？我们这是拥抱梦想。

伸出的梦想的手，在攀缘天山的时候，抓得更紧了。

梦想的面容在天池中垂下了投影。这个投影波动着，闪烁着，显明着，我们的目光捕捉住了。都是因为天池本身的清澈，我们才有了这种捕捉梦想的投影的可能。

有理由说，天池是一个梦境的具体地点。天池周围的峰峦、云彩、花草、鸟兽……都是梦境的天然布景。这些风景互相配合，彼此衬托，错落有致，变化优美……使我们轻易地就领略了大自然拥有的神韵。

关键还是天池那一池不规则形状的水，把天山的美很有规律地提升到了一定的高度。

多亏了天池，逶迤千里的天山才亲热地和更多的人拉近了距离。好像是这样，天山不动声色，天池却在背后频致秋波……一张一弛，一沉重一轻松，一冷漠一亲切，一高深莫测一望眼欲穿……天山与天池搭配得当。

与天池对视，我感到不可名状的激动。也许是我对天池的认识更进了一层；天池表面上不修边幅，包含的内容却不同凡俗。她不要工整如一的形式，她只要无与伦比的清澈。天池仿佛自个儿制定了一条章法，力求独一无二的清澈，摒弃千篇一律的浑浊。

单纯，恰是天池所全力表现的美。可能是一种理想，天池始终保持着一种单纯的清澈。它在坚守着自己最初的理想境界。我毫不犹豫地把单纯和清澈，称为天池的品质。

在岁月和万物交叠闪现的过程中，天池有了许多改变，难能可贵的是，天池仍然没有改变自己的本质。

看那雄劲的天山为天池造就了产床。也是天池修炼到了这种程度。

身临天池，我切实地感到自己简洁了。不那么啰嗦了，思想流动得异常敏捷。从我们的身体和我们的心灵，到天池的纵深，有一条捷径。我分明发现了，也没什么地方可以躲藏了。肉体是可以透明如清水的，心灵也是能够被清澈的目光闪亮的。

快看，无意中天池澄清了我们行为的一种梦想。点亮了我们的心境。

只要在天池凝视片刻，我们就感觉不同。好像已被一池清水过滤了一次，也纯净了一次，美好了一次。当我们撩动天池水珠，我们在怀念着冰清玉洁的事物。

只在一刹那，一种清晰就把我们整个儿照彻。而内心的照耀，没有这么快。

道理很简单。如同天池碧蓝碧蓝的水，是周围景致辉映而成，内心景象的映现，也需要环境和时间的调配，还得借助思想智慧的拨动而开启。

突然我们看见天池，自然一下就领教了清澈的意义，这对我们洗涤污迹、冲刷浑浊、淡泊丑恶，多么重要。洗礼在我们的内心进行过了。我们终于会恍然顿悟：我们所追求的梦境，正是一种本分的清澈，一种坚实的安宁，一种长久的美丽动人……

注视着我们梦想的投影闪烁在天池上，我们的梦境就变得像水落石出一样简洁了。

简洁，转换成了梦境的自由舞步。

生活在新疆，不能不学习这种简洁。这简洁，应该是新疆人点到为止的功力。不需要多余的故弄玄虚，只要心照不宣地会心一笑，我们和美，这心灵的情人，就紧紧地拥抱在了一块儿。

美的梦境由于简洁的勾勒，分毫毕现。狗拉羊肠子只会妨碍梦境里的美出现。

不知道是否因为如此，我只选择了天山的天池，来尝试着表现伟大得不知如何下手的新疆。作为新疆的眼睛，天池多少能够简洁地映照出一点新疆的姿态。

壮美的姿态属于新疆。

我们早已把天山南北这块辽阔、神奇的壮丽地方，简洁地概括为"新疆"了。

"新疆"这两字，就已经是一个极其美丽的名称了。这美还不简洁吗？

在这两个字里面，我看到了深刻的美，怀藏着自由梦想，创造的念头，发展壮大的胸襟……

因为新，她充满了生机和活力；因为新，她又充满了梦想和奋斗的欲望；也因为新，她永远立于不败之地，她光荣无比，健康向上，气质简直和博格达峰一样……

敢肯定地预言：新疆早晚都是耳目一新的。

此刻我不由分说地把新疆理解为一个永远新美的疆域。

凭着它的日新月异，我怎么不如此理解呢？凭着它拥有的天山天池，我怎能不替它简洁地新颖一下呢？凭着它的保持，我又怎能不坚定思想呢？

天山不是已经为新疆正言了吗？天池不是也已映现了新疆的姿态了吗？

清澈是我们梦想的人生境界。

清新是新疆追求的一种形象氛围。

谁看不清楚呢？天山把这种清新的形象表现得何等出类拔萃，天池又把这种清澈的境界，体现得多么淋漓尽致。

虽然天山高昂沉默，虽然天池含蓄本色，但我们有出来说话的权利。

我们作为人，不能只把梦想的投影深藏在心中，而应当多移植出一些到光明人间。

梦想的投影清澈起来的时候，又深又长……

我的双手抓得起来……

没留意我勾勒了新疆传神的一弯眉毛……

一个投影渐渐扩大了……

边关北塔山横亘在心间

北塔山在梦里。

它遥不可及又是咫尺之远。因为它绵延起伏在新疆，尽管就在我生活所在的昌吉回族自治州行政区域，却远在身边，远在天边，远在深山，它是边地、边境，而边关，一般人很难有机会涉足抵达。所以说它是真实与虚幻之间的想象体，是只闻其名、不见其貌的传说中的存在，是一个梦境的延伸线。

我关于北塔山最早的记忆，是家里冬天烧的"无烟煤"，块大，耐烧，整晚不灭，一夜暖和。这种独特质地的煤块就来自几百公里外的北塔山。很多当地人称呼"北塔山"为"北山"，相对应的就是"南山"——天山北麓了，就像我们称呼准噶尔盆地东南缘所在地为"北沙窝"一样，还有什么"北门""北街""北公园"，都一样耳熟能详。这就是熟稔于心的位置感。一种家乡的位置感，一种家园的位置感，直至上升到家国的位置感。

对北塔山，这样的一种位置感是与生俱来根深蒂固的，就因为这里是边防线。关山月，总在心头。

翻开《奇台县地名图志》，关于北塔山，有这样的文字：北塔山是阿尔泰山系的一条山脉，是中蒙两国的界山，横卧奇台、木垒、青河三县，主峰阿同敖包海拔3287米，位于奇台县境内。北塔山地域辽阔，物产丰富，自然风光独特，战略地位重要。

　　显而易见，北塔山是祖国边关的一道要隘。

　　三生有幸，因为工作机缘，从1995年到2015年，二十年间，我三上边关北塔山。置身其中，是圆梦的过程，是递进感知、认知、深知的过程，是不断融会、丰厚、升华的过程。

　　我很惊讶，第一次去北塔山的情景依然清晰如昨。那时候我还是未婚青年，听说有机会去北塔山，说走就走。

　　那是1995年秋天，三人行成全一次不以颠簸劳顿为苦反而满怀期待的快乐长旅，一辆军区越野车载着我们在戈壁荒漠中奔走，砂石路是遇见的最好的路，没有辙迹的砾石路段常常铺展开来，似乎在无路可走的路上奔波，我们说说笑笑全然不顾什么长途跋涉。那年我记得从奇台县边防团出发到目的地北塔山所在的乌拉斯台，在路上跑了一个白天。要不怎么是边关呢。那个远，那个干，那个荒凉，"人迹罕至"的念头时常掠过。但是，我相信一个不一样的世界在前方等着我们。

　　真的是这样。

　　我们终于看见了梦寐以求的地方——乌拉斯台。这个在我眼里是北塔山心脏的生长白杨树的地方。

　　快看啊，乌拉斯台边防站完全是重重关山里的一个奇迹：一棵棵鲜活的白杨树、一排排整齐的砖房、一个个矫健的身影……在荒凉不到头的北塔山里，这块地方仿佛是摊放在桌案上的模型，让人不敢突然信以为真，尤其是小车猛地跃上一个山丘，一下子便把这一切举到我们眼前的时候。

　　我们走进了山坳里的边防站。

　　边防站其实是边防连。对内对外叫法不一样罢了。

　　我们想深入了解边防连这个地方。我们面对面坐着，肩并肩走着，与边关将士在一起交谈。谈边关，谈边防，谈保家卫国，也谈儿女情长，谈忠孝古难全。

我们在一起交谈的位置，离中蒙边界最近只有一公里。

这儿并不神秘。

也闻不见火药味儿。

这儿有的是单调，有的是沉静，有的是时间。所以这儿的一切非常熟悉，甚至熟悉遍地的石头都是雄性的。

但是这些不妨碍边防军人每天生活的紧凑有力。观察、执勤、巡逻、训练、娱乐……都是有条不紊。一个平缓的山坡上，用刷成白色的砖头整整齐齐摆出了几米大的"祖国在我心中"。

因为祖国，这些热血儿郎守卫在了外人无法想象的这里。

可能正是无法想象，这里有一些谜至今无法解开。比如，早在二十世纪四十年代，蒙古国突然莫名其妙侵犯北塔山，苏联背后策动，悍然发动铁骑飞机，中国部队一个连奋起还击，浴血奋战，鏖战一月，以弱胜强，胜利告捷。他们大举攻打北塔山的阴谋诡计，至今云山雾罩。但是觊觎新疆侵犯中国领土之心昭然若揭。北塔山一时间声震世界。这至少说明，北塔山这个战略要地不容忽视。北塔山之战，是捍卫领土之战，是守土有责之战，稳定了新疆至今在祖国版图的格局。这一点毫无悬念，也毫无歧义。中国作家学者杨镰先生曾考察过"北塔山事件"遗址，他说，北塔山应该是一个爱国主义教育基地。

我们来到这儿的时候正是秋天。这儿树叶绿得晚，黄得早。径直刮动的风使树叶纷纷脱离好不容易站住脚的岗位。大风以少见的亲近态度，表现了对这个地方的重视。晴朗的秋天，山头只要响动着风，绝对与我们贴身，我们便不住地哆嗦。也是这个风，害得战士们在5月初夏补种了三次菜苗。有数的几种蔬菜在风的强烈干预下，好像失去了旺盛生长的积极性。没法子，谁让这儿是海拔1640米的地方。

不过这儿仍然是一个生活小基地。

这个生活小基地，是一批批边防战士积年累月承上启下造就而成的。

就说这里高大粗壮的白杨树，那也是一茬茬战士怀着坚定不移的信念，硬是在顶风冒雪的恶劣环境中，栽种了一棵又一棵，补种了一棵又一棵，好不容易存活下来的。风声凛凛的白杨树，透着顽强，透着坚强，成为国门卫士的象征。

用不了多久，我们就会不可避免地想到"寂寞"这一个问题。战士们是难得出一趟山的，有的甚至分下来直到复员才离开这儿。从来到去，这中间饱尝了多少寂寞的滋味？可是一问他们，得到的几乎是不约而同的回答：习惯了。是的，一旦习惯了，外界的一切对他们倒成了不习惯。所以有的战士难得去城里一趟，赶快办完事情，怎么也待不住，竟又匆匆返回大山。似乎呼呼作响的山峰在召唤他投入山的怀抱。

生活车每一礼拜上一趟山，是每个边防军人最关心的一件大事。车一到，能冲过去的都冲过去了。有没有我的信？有没有我的信？他们会情不自禁地喊叫。冬天就难了，往往一个月才上来一趟。一个冬天的日子，生活车是一路用铁锹挖厚雪过来的。那么遥远的路程，实在挖不动了，不得不用马匹接过来。看着那一大堆信，有的战士悄悄淌下了热泪。这种望眼欲穿我们懂。

战士们热爱美的生活，有时让我们暗暗感叹。那个28岁的连长我们没见着，他家在乌鲁木齐市，据说这次探亲与婚事有关。在他挂着一把剑的办公室里，摆了七八盆花。他喜欢花，曾养了不少花，一盆盆送了人。那个指导员下山开会去了。他的办公桌上插着一支自做的鹰翅笔。台历上，他记下了一个个战士的生日。在战士的宿舍里，我们同样发现了不少花的身影。有的还是种在随便一件什么家什里。我们每天还听到了阵阵昂扬的歌声。

边防站活跃着一个叫热合买提的哈萨克族少尉。他的名字来历就有一个动人的小故事。他母亲生他时难产，家人火速向边防站求助，军医急速赶来，连夜抢救，亲手接生了他，他爷爷便给他起了这个名字，意思是

"谢谢"，谢谢人民解放军。这名字充满人民的情感。热合买提长大，父亲执意让他参军，而且留在家乡乌拉斯台站岗放哨。我们见到了这个清瘦而高挑的热合买提，双眼炯炯有神，见生人有些腼腆，会双语，话却不多，对我们含蓄地笑一笑。这含蓄蕴藉的一面之交让我过目不忘。

在这里，我看见一个辘轳井。历史与生命相依相傍。

我看见一只狼，在一个大铁笼里来回走动，坐卧不安。这是管制的凶恶在领受"进"与"出"的哲学，"安"与"逃"的意义。

我在乌拉斯台中蒙会晤站坐了一会儿。马克思、恩格斯、列宁、毛泽东等精神领袖像高挂在这里。听说这里保持了会晤站最初的原貌。

逗留在乌拉斯台，这个生长白杨树的地方，我们体会到了一种无所不在的安详。某日半夜我走出了房间，猛然发现头顶上的这幕夜空，与我相当接近，尤其是密集的颗颗星星组成一个焰火绽放般的美景。我从来没有见识过这么繁多，这么纯净，这么显眼的星群。这种相会使我精神振奋，我还想起了白天自由飞旋在这儿的一群洁白的鸽子。

第一次在乌拉斯台，我们感到了北塔山的安详。一种在中国的怀抱中的安详。

既定就此别过的时刻到了。我们迎着又一个早晨的太阳，告别辛苦的战士，离开静好的乌拉斯台，离开安详的北塔山。"再见"声犹在耳畔回响。再见，乌拉斯台；再见，北塔山。我心里说，我还会再来，后会有期。

时隔13年，在2008年7月，我与北塔山再聚首，这"第二次握手"同样热情有力。我们一队人马，在八一建军节前夕慰问边防官兵。此行谓之"边防千里行 —— 文化进军营"活动。我们的书画家、民族歌舞团演员、军分区直属队战士演员，联手送文化到边关，让边防官兵感受文化的魅力、节日的快乐。

故地重游我有一种亲切感。一种亲和力不时在心中升腾。此时我已成

家，成为父亲。我知道机会难得，所以顺便带来正放暑假的8岁儿子，很想让儿子从小近距离感知边关与祖国的含义，让他感受中华儿女报效祖国的凌云壮志，让他领略好男儿志在四方的忘我精气神。我相信耳濡目染对一个孩子的成长引导和开悟。

在四天的时间里，慰问团带来书画、歌舞、小品、相声，先后走进团部、乌龙布拉格营部、乌拉斯台边防连、三个泉边防连。一曲曲《军队飞来一只百灵鸟》《儿行千里》《西部放歌》在营房传出，一个个独舞、劲舞、群舞在军营舞动，一阵阵掌声、笑声、拉歌声不时响起，一幅幅字画散发着浓情墨香。你看，相声《边防兵》就地取材，表现了边防兵赤胆忠心守边关的情怀；小品《八班来信》展示了战士们激情而火热的军营生活片段。你看，演员们与官兵同场演出，书画家与将士切磋交流，军地联欢，欢歌笑语。那歌舞热情洋溢的氛围，那交流凝聚人心的力量，时刻感染着在场者。我看见，在乌拉斯台、三个泉边防连，几个演员约定演出结束，不卸妆，就赶忙小跑，气喘吁吁爬上哨楼，专门为执勤士兵清唱歌曲，表演独舞，演员们惦记着在岗位上守望的士兵们，特意用这种方式真情慰劳。刚强的守卫战士，这时候激动地落泪了。

哨楼屹立。

情怀涌动。

当年昌吉军分区副司令员辛宏博一路陪同走边防。我记得他这样说道："边防千里行 —— 文化进军营"活动，乐了边防官兵，是鼓舞士气之行。

这一次，三个泉边防连给我的惊奇不亚于第一次在山坳里相逢乌拉斯台边防连。这和我们过去知道的北塔山地带有天壤之别，因为这里泉水喷涌，有那么大的泉水湖，有那么一大片芦苇荡，泛舟湖上，鱼影游动，树影游荡，云影游移，此情此景，与边塞要地大相径庭。这是天赐宝地，这片湿地得天独厚。若非亲见，不可想象，不可思议。

三个泉边防连就在这里安稳驻扎。

三个泉，是三个生命之源。战士们个个充满活力。

那天，在乌龙布拉格营部，我们和边防军人分享着快乐。一种生命的活力荡漾开来。这是生之欢乐。在这些青春洋溢的欢乐脸庞中间，我蓦然想起了一个人——丁军。那个曾经的通讯二连连长，在那个天气突变的元宵节，去排除野马泉机务站到小草湖方向的通信线路故障，在离乌龙布拉格38公里的徒步返程中，突遇暴风雪，他带领两名年轻战士在风雪交加、天寒地冻中前进，步履越来越沉重。当天丁军已经感冒，他预感到严重性，在生死关头，他把自己的帽子戴给另一名战士，把生的希望留给了同伴，命令他俩速回报信，"你们赶快走吧！不要管我了！"而他终究体力不支，昏倒在雪野，最后冻僵了。这个1966年10月生于乌鲁木齐一个普通军人家庭的28岁的当代军人，属马，在野马泉静悄悄终结了宝贵生命，长眠于风雪边关。

我和战士们谈起丁军，他们都知道这个英雄连长的故事。在边关，英雄的故事就是这么口口相传，心心相印。丁军的故事在欢乐祥和面前看似有些凝重，其实在生活的天平上，这正是边防军人的分量。

丁军，一个简单的名字，一个热烈的生命，在北塔山急匆匆书写了一阕边关赋。我对这个同龄人敬重有加，在人生价值面前，我的任何艰难困苦哀怨忧愁都算不得什么。我只有踏实安身立命。

这就是我带领儿子来这里的一个初衷。在北塔山，在边关，在哨所，我对儿子自然而然讲一讲丁军的故事，是恰如其分的时间地点。他在英雄连，学习"立正""敬礼"。那天，在三个泉边防连，我和战士一样早起，出去拍照。回来准备出发，去拿行李包，床铺已叠好，及至上车，始见儿子已将行李包放好。我笑了，儿子像小战士一样学着安顿自己了。

又过了七年，2015年9月，我应邀重返北塔山采风，一如既往欣然前往。人到中年，又到北塔山，又见乌拉斯台，又上边防哨楼，感奋依旧。

　　还是那么大的风，还是那么蓝的天，还是黑黝黝的山头，还是稀稀落落的野花野草。这次最大的变化是全程柏油路。加上改道，大大缩短了路程。从奇台县城到乌拉斯台口岸，三个小时可到。在我眼里不变的是，清一色的北塔山，清一色的边防连，清一色的战士，清一色的守卫。

　　在新哨楼上，三名战士站立在各自的瞭望位置，在三个方向目不转睛守望，还是在这里，依然给我怦然心动的震撼力。谁不想向这些年年月月如此守望者致以崇高的敬礼？守望啊守望，边关战士为祖国的和平安宁而守望。他们为守望而生。

　　位于乌拉斯台边防连的中蒙会晤站，旁边已经盖起新楼，旧址改建成连史馆。连史馆的一行行文字，一张张照片，一幅幅字画，都留下了自豪与骄傲的感叹号。

　　我们又来到163号界碑。到乌拉斯台必到此处留影纪念。我对这163号界碑并不陌生。它让我联想到自己常用的163网易邮箱，更是因为州外办曾在2012年请我润色"163号界标纪文"，我一口答应，友情帮忙。这次在早晨晴朗的阳光下与163号界碑相遇，我感到神清气爽。我们巧遇几个已是老年人的原北塔山士兵，拖家带口来与163号界碑合影留念，看得我眼热。在我们眼中，163号界碑与和平同在，与友谊同在。

　　离开163号界碑，我们拐入山谷里的乌拉斯台河道。想不到这同样是少见的风景地带，挑动着我们的视觉。迤逦流转的河沟，恣意生长着密密实实的山白杨、柳树、野刺玫，黄绿相间之下流淌着一脉清水。乌拉斯台河一段领域相当于中蒙界河，处处可见布置的铁丝网。这网主要是防止两边牲畜越界添乱的。

　　我们这次北塔山之行，吃住在距163号界碑约5公里的乌拉斯台口岸。1992年6月开放至今的乌拉斯台口岸，见证了中蒙两国人民互利和平、睦邻友好、贸易往来、合作交流的岁月。我们看见新的口岸办公楼竣工在即。几排旧平房行将拆掉。口岸新貌将现。

与乌拉斯台口岸距离最近的居民点，是距离37公里的新疆生产建设兵团第六师北塔山牧场的牧业三连。我们有意抽时间约见这里的哈萨克族牧民兄弟，他们很多人既是放牧员又是护边员。每周四次在边防线巡逻，其中两次是军民联合巡逻。几个身着迷彩服的护边员在路边迎候我们。出乎意料我在他们中间竟然遇见那个乌拉斯台边防连优秀战士热合买提的弟弟娃提汗，他36岁，很精干，也曾在边防连当了8年兵，当过班长。他现在是牧业三连党支部书记。他说，哥哥热合买提在边防连18年，是公认的"边防通"，提拔为少校翻译，2004年退役。现在他住在奇台县城，经常回来，有机会就到边防连走走看看。割舍不断啊。至此，我了解到了热合买提一家三代人情系边关的感人故事。这种心手相连的传承让我们内心温热。娃提汗说，他父亲对山63岁时因病去世，健在的母亲76岁了。帅气的娃提汗说这些话时语调平淡。

我们走进另一位护边员阿得来提的家。50岁的一条汉子，有10年护边史。几年前他骑马巡逻，雪路难行，马失前蹄，猛然摔下，头部受伤，及时手术得以幸存。在他家客房，新疆边防委员会办公室奖励的绣有"守土有责"字样的两个靠垫引人注目。

守土有责的，不仅仅是卫国戍边的边防官兵，还有当地民众。北塔山，到处是守土有责的眼神。

又是第四天上午，我们驶离北塔山，折回奇台县。

我在路上回味北塔山，同时回味奇台。专家对"奇台"地名含义莫衷一是。其中最新一个说法，奇台不是汉语地名，《雷纳特中亚地图》在今天奇台位置标明地名是：KIDAI。这在俄语及其他中亚语言中，是"中国人"的意思，所以奇台真正含义是"中国人的居住地"。

这一叫法让我着实心明眼亮。

北塔山是让我见证一个个奇迹的地方。我的一次次北塔山之行，一次次边关踏访，一次次心灵激越，分明都和祖国息息相关。北塔山坚如磐石，边防官兵坚如磐石。北塔山并非荒野，北塔山欣欣向荣是宝地。边防官兵的心目中，总是将北塔山看得很美很美，很高很高，很重很重。一位扎根边防20年的副团长如是说：我爱北塔山的一草一木，一沙一石，这就是祖国的大好河山。听吧，只有心留在这里的人，才能说出这样有情怀的语言。

哦，北塔山，我们的北塔山，是金山，是美丽的山，更是坚定的山，英雄的山。

北塔山横亘在我们中国人的心间。

我们的心里永远有耸立的北塔山。

木垒美地

留住历史截面的地方

我们找不到一个词来代替木垒。

木垒在一个个历史截面上与我们邂逅。

在新疆，我们总要路过木垒，总要去一趟木垒，总要对垒这一个木垒。与木垒对视。

木垒是一个名词。这没有错。木垒哈萨克自治县在路上等我们。我们要注视木垒。

木垒是一个动词。这也没有错。木垒一路迤逦走到今天，累积许多故事，我们在探视木垒的来龙去脉。

木垒是一个形容词。这更没有错。我们说"像木垒人一样实诚"，木垒在前方像久违的一个老朋友等待叙旧，我们审视着情谊储存的一招一式。

木垒是留住历史截面的地方，那遗址，那战场，那石器，那陶罐，那钱币，那石人，都是半开半合的历史文化书页，在无言表露。

面对这些幸运遗存的历史截面，一种新鲜气息从天而降，自底向上，我们不由自主吐纳一个词：木垒。

勾勒民族记忆图案

在天地间新疆一侧的木垒，万籁俱寂、枯荣自理的天山山谷，堆垒数不清的岩石，岩石上有数的图画，多么像天真的孩子的涂鸦表情。这是谁留赠的绘画展？

漫长的岁月，漫长的等待，没有让这些岩画，遗落在荒古的尘埃。古事千年如水，这些随手勾勒的石刻画，这些动物图、放牧图、狩猎图，是先祖保留给我们的民族记忆。是有先见之明的人类活动备忘录。

这一群群生长着峥嵘头角的图案啊，如出一辙有一种得意忘形、痛快淋漓的美感，是荒原大地的清唱，是欲辩已忘言的洒脱，是生命创造力的再现。那粗犷感，那简洁性，那雄劲美，尽在无言中。

画者是突发奇想，观者是异想天开，与千古绝唱近在咫尺，我们遥想当年，猜想古意。

古道撒落诗行

向西，向西，向西。

新疆在极目所及的地方磅礴而出。

途中，一个叫"木垒"的地方，这时候，在远山远河中，缓缓入目，有意无意之间，呈现路径，一道门槛的意象由远而近，望断天涯路。

木垒像松木一样直在那里。

木垒像大石头一样垒在那里。

"几日穷戈壁，风光木垒开。"这个丝绸之路必经之地，这个天山漠野，似乎在漫不经心地等待有心人的到来，等待诗人，等待天涯沦落人。他们经过这个名叫木垒的地方，竟然情不自禁，诗兴大发。

真的，骆宾王、岑参、陆游、洪亮吉、林则徐、史善长等诗家，一一路过木垒，都留下动人的诗篇。

"二庭归望断，万里客心愁。"

"看君走马去，直上天山云。"

"驼鸣喜见泉脉出，雁起低傍寒云斜。"

"高天下地总一色，明月白雪分清光。"

"北套平沙阔，南山落照多。"

"平生看山眼，兹行亦云饱。"……

为什么诗人不约而同面对木垒这个地方直抒胸臆、情有独钟？只因为木垒本身就是诗体——在古道，树立尽头，云垂天幕，天地人浑然一体，诗情弥漫。

马行处，诗行落。

行人歇脚的地方，路人借问遥招手的地方，走累了，就歇息吧。心累了，灵魂伴侣，就寄托在诗句了。诗句慰心，把人整个儿安顿了。

古人如此，今人何尝又不是？

铺天盖地的田园交响

黑土地、黄土地、金土地，一股脑儿摊开木垒土地的本质特点：山地、谷地、旱地、水地。在木垒这个地方，有一马平川的绿油油，也有纵横交错的白花花，更有此起彼伏的红艳艳。庄稼任性、牧草恣肆、野花盛开，眼花缭乱，喜气洋洋，生机勃勃。田园风光在流淌，田园牧歌在飞腾，田园交响在辉映。在飞跃中万物起立，同唱一首歌。

木垒的田园，找不到规律性，是自由发挥的即兴演讲，临时演出，现场演艺。这里的田地高低不平听天由命，这里的山田起伏不定曲曲弯弯，散漫种植，随意收获。由着性子生长吧。

木垒的农作物和牧草自然落地，一下子给我们生出许多美景。这是山脉、水流、地貌、空气、风向共同匹配的生态平衡，这天然的馈赠，交给了自我满足、共同平分的交响乐队。

木垒农牧民个个都是美景生产大队的。

做世界顶尖的生命树。

叫你呢，胡杨树。

叫你呢，英雄书。

叫你呢，生命树。

我们都知道，胡杨有三千年的命：活着一千年不死，死了一千年不倒，倒了一千年不朽。这样的树，你还能叫什么名字呢？

在木垒，那一片原始胡杨林，与其他地方的胡杨林绝不能相提并论，这是更顽强的冲锋战士，更决绝的抗争勇士，更激烈的搏斗义士。

这一片茁壮的胡杨林，是壮美的斗士形象的集大成者。与天斗，与地斗，与风斗，与旱斗，与苦难斗，与死亡斗，与命运斗，越斗越勇，愈演愈烈，誓死一搏。是完全意义上的强硬捍卫派。其实，胡杨林在春夏秋冬中展现的形象大相径庭。原始胡杨林有其多面性格。春风拂面，胡杨树叶子翠绿泛亮，吸纳日月精华雨露阳光；暴晒夏阳的胡杨，呈现半青半黄的树冠，于酷热中巧取清凉；胡杨树在秋天最美，满目金黄色树叶在旷远荒漠中，绝对刺激一切视觉，独树一帜的胡杨树在进行一场个人主义的盛大经典展演，此时此刻，看不到一点生死疲劳；冬天，寂静沉实的胡杨树，却在充分休整中玩味长征艰险路。

三千年的形象集一身，只有胡杨树了。世界顶尖的生命树桂冠，只能颁发给叫胡杨树的天地精英壮士了。

深藏绿意盎然的韵脚

一个诗人在木垒发现了深藏的韵脚：绿。

木垒深处、天山深处、心灵深处珍藏的夏牧场，是一个最完整的大绿库。

长绿、吐绿、绽绿、放绿、泻绿的夏牧场啊，充满了多层次的绿。

雪峰、山冈、松林、飞鸟、牧人、羊群、毡房、炊烟、牧歌、清风、净气、安宁，让出夏牧场的巨大韵脚 —— 这绿韵哟！

一百个诗人在木垒看见了深藏的韵脚：绿。

这是让人感到无边的绿韵。

一千个诗人在木垒目睹了深藏的韵脚：绿。

这是尽善尽美、能够美到死的绿韵。

就是一万个诗人来了，也能在木垒领略这深藏的韵脚：绿。

因为这里的绿韵有千变万化的意境，有千姿百态的情境，有千娇百媚的心境。

从冬牧场到夏牧场，哈萨克人在转场中完成一次美的转移，这本身是一个美梦的迁移。这梦境，原始、古朴、绚丽、甜美，因为这梦境带领着绿韵的金边。

"未被环境污染的德性，有待开发的富源。"这是一首诗的诗句。而绿韵，正是它的真切的韵脚。

我们的心住在这里

木垒。

我们用两个字就述说了一切。

木垒。

我们就用两个字表达了自己。

木垒。

我们用这两个字概括了全部的爱。

　　山地、丘陵、平原、沙漠，把家乡送到眼前。我们选择在这里穿越。阳光、河流、骏马、歌声，把我们紧紧牵住。我们情愿在这里欢爱。凝视、微笑、祝福、友谊，使我们安然愉快。我们喜欢在这里生活。木垒温暖着我们。我们世世代代追寻心灵深处的梦想，常常发现一丝琴声、一缕歌声、一个口音就让自己热泪盈眶。

　　木垒。

　　我们使用这个具有亲和力的词语，得到一个完整的心灵感应。

　　木垒啊。我们的心就住在这里。

　　木垒。

　　美如画由针线完成。

　　哈萨克族刺绣、乌孜别克族刺绣，都一样美如画。

　　刺绣，编织了哈萨克人、乌孜别克人心上的锦绣。

　　刺绣，流传了哈萨克人、乌孜别克人心中的歌。

　　刺绣，舒展了哈萨克人、乌孜别克人心海的梦想。

　　天地日月，山水草木，五谷六畜，风土人情，都可以进入哈萨克人、乌孜别克人的刺绣作品。

　　哈萨克人、乌孜别克人的刺绣作品，在千家万户的显要位置摆放着，一目了然，是一个个家庭的艺术品、装饰品、实用品。

　　哈萨克人、乌孜别克人的刺绣作品美如画。

　　哈萨克人、乌孜别克人的天性、爱、情感，都在一幅幅刺绣作品中尽情体现。

　　热情好客的哈萨克人、乌孜别克人啊，我们懂得，美如画的民族刺绣，是一针一线、一丝一缕、一日一夜缝制而成的。柔情蜜意，往往轻而易举把我们征服。

游荡的生灵在旷野演出

晨光熹微，木垒大地的一天报幕了。

大地，早上好！生灵们，早上好！

生灵们在一天开始演出。

春夏秋冬，生灵们在木垒大地处之泰然。一年四季，生命们在木垒大地安之若素。年年岁岁，生灵们在木垒旷野欢呼跳跃，在木垒深处生生不息。

生灵们的身影在这里一闪而过，生灵们的声音在这里此起彼伏。

生灵们选择在这里栖息生存，游荡于这片大地。有时候，人们惊动了眼前的生灵们，生灵们稍纵即逝，踪迹全无。

夕阳西下，木垒大地的一天谢幕了。

我们以生态的名义，在木垒，向满目山河，道一声：大地，晚安！生灵们，晚安！

木质垒放的生态美

木。

——树。

垒。

——石头。

——土地。

木垒啊木垒。

木垒集合了山杨、榆树、沙枣树、天山云杉、天山花楸、桦树、山柳、苹果树、新疆杨、梭梭、红柳、胡杨树……这众多的树，是我们的至亲至爱，我们望眼欲穿。我们这里不是只见树木不见森林。木垒囊括了适合自己的土地和树木的精粹。

在石头上，在戈壁，在荒原，在沙漠，任何一棵树的出现，都是现实的神话。这是奢望得到证实的诺言，这不是海市蜃楼。木垒这儿真实呈现了这一切。

尤其是在秋天，木垒的树用无与伦比的释放，群体性展示边疆地带的绚烂。层林尽染、溅色飞彩、斑斓通透，那流光溢彩、色彩缤纷的金色、红色、黄色、绿色、青色……多种色彩在交织，在调换，在整合，在转变，在起伏，在跳跃，在喷涌……这样的秋色，这般的金秋，是如此的极致，如此的奢华；这绽放、这挥洒，让人陶醉难知来路，沉醉不知归路。我们多么爱这一棵棵树！

木垒金秋，完全打开流金岁月演绎的写真集。这是生死相依的赤诚相见！

呈现于镜头的木垒

这里，珍藏着一帧静美的水光山色素描。

木垒，堆垒了一大片舒卷自如的原本的美质，宁静地绽开孤立的绝美，沉积在天隅一方，这美感，是难以言传的神韵，在润物细无声中自发流溢。

就用镜头展现吧。

在开合剪动的瞬间，眼睛发现了一个无言神交的木垒，大美无言，木垒沉浸在"那人却在灯火阑珊处"的突然惊醒里，欲言又止不可名状，最终征服在美的面前。

踏行在丝绸之路古道，紧跟着奔驰的骏马，紧随着奔放的阿肯的歌声，在新疆东天山的臂弯，就会与木垒迎面相撞，就会与美景相遇。

木垒哈萨克自治县——是天山皱褶里遗留的意境珍宝。

就在这里，奔腾的神骏，奔腾的歌唱，是哈萨克谚语的两只翅膀，翔舞在大地和天空，飞驰在心灵之上。

就在这里，生命之河，浇灌生命的绿洲，生长生命的歌声，创造生命的欢乐。

就在这里，生命之山，挺立气度，耸立伟岸，屹立坚强，展开沉默是金的箴言。

就在这里，生命之树，充满阳刚之气，挺拔着高昂的意志，摇曳出大地上壮美的音符。

就在这里，胡杨树高唱英雄赞歌，鸣沙山神曲奏界，长眉驼顾盼生辉，山绒羊活灵活现，鹰嘴豆奇形怪状。

这一切，都是浑然天成的大自然作品荟萃。

就在这里，山泉水酿造的美酒，如有神助飘香山城，人情不自禁在边塞沉醉。

就在这里，哈萨克族民间刺绣针针线线勾画了一个个逼真而美妙的世界。

就在这里，洋溢着幸福的笑脸，流淌着欢乐的歌声，播撒着热情的召唤。

就在这里，充满诚恳的眼神，淳朴的情感，实在的信任。这里更多的是一种纯美。

镜头彰显了一种主旋律：绿意。

一个绿韵木垒在静悄悄地显影。

绿，在木垒透示着一种真实的美，一种可贵的美，一种地道的美。

这时候，大家欣喜地发现，绿，散漫在木垒，一望无际，无止无休，像释放的幻梦。这绿意布局，无与伦比，令人神往。

打开的镜头，定格了美的木垒。

木垒，垒放的大片大片的传神的美，在喷涌，在示爱，在诱发。

哦，木垒。

很多时候，有的地方的美，被人们奇怪地遗忘在神秘的角落；很多时候，这个地方的美，又被人们好奇地反省过来，不由得惊叹不已：美在这里。边地角落的木垒，其实就是这样一个地方。

我们在木垒这里，看见了一册奇美的山光水影收藏版。

菜籽沟还原故乡

一颗菜籽，展开一爿村落。

一把菜籽，攥住一个故园。

一袋菜籽，密集一片乡愁。

菜籽不经意间悸动我们脆弱而焦躁的心地。

新疆木垒，丝绸之路的一个偏远之地，在拐弯抹角的僻静山沟，存活着一个旧村子，当地人叫"菜籽沟"。

菜籽沟在有意无意之间盘活了一种叫"乡愁"的意念。

小麦种子、油菜籽、红花籽，定夺了菜籽沟丘陵地带的名分格局。绿，遍布四野；黄，四溢翻卷；红，高低铺张。这三种主色调，纵横交会，分头出击，抢夺了菜籽沟种植物的色彩份额。

这一切在高低起伏中流泻呈现。

菜籽沟，在绽放一个家园向心力的色彩。

山南海北的人三三两两曾经在菜籽沟落脚。

更多的天南地北人从菜籽沟绕道而行。

菜籽沟，是南来北往的过客忽略的地方。它在山沟沟里沉默蹲点。它是丝绸之路北道曲里拐弯的旮旯儿，外人难得进入。

年年月月，四季悠长。菜籽，是穷苦的菜籽；菜籽沟，是穷苦的菜籽沟；菜籽沟人，是穷苦的菜籽沟人。

菜籽沟仅仅依靠几种菜籽，无法种出生计宝地。村里人纷纷倾巢而出，弃屋远走他方。

忧郁的菜籽沟终究空空荡荡零零落落。草木一秋，任其发落。

正因为是偏僻之地，杂草锁路，密树封径，菜籽沟保持了一份村落的本色，沟沟壑壑菜籽作物自如铺陈，有条不紊广种薄收，和大自然背景融为一体，杂树枝丫发，野草闲花生，山泉飞鸟鸣，成为现代人足以羡慕的风景地带。

外地人好像一日之间发现了菜籽沟，突然之间找到了原始故乡，遇见了久违的故交。

走来走去，绕来绕去，遇见菜籽沟，犹如忽闻歌古调，偏惊物候新。

这是一种寻找和发现，一种回望和重构，一种锁定和释放。

看，在菜籽沟，那种原本的村落样子，在散漫流放中保留着。它，旧着，老着，闲放着，简单着。在外人的视野之外孤单寂寞。

打麦场高低起落，在一个个平坦之处，空出一个农事的集结地。脱粒、扬场、晾晒，收成各行其是，完事就走人。人影在打麦场往往也是形单影只。野草野花在打麦场钻空子飘摇。石碾子闲置一角。

《一个人的村庄》的作者刘亮程，一个冬天从西天山游荡到东天山，遇见菜籽沟一见钟情。他自此着力复苏菜籽沟。

沉寂的菜籽沟这几年增加了闯入者。很多人来这里扎帐露营，很多人来这里拍拍摄摄，有作家在这里开办木垒书院，有艺术家在这里建绘画工作室，有企业在这里开发旅游。

"丝绸之路·木垒菜籽沟乡村文学艺术奖"静悄悄地在这里落户。在西安的贾平凹第一个在羊年秋天千里迢迢来收获这一民间文学奖项。"平凹书屋"在菜籽沟一隅陡然落脚。贾平凹在菜籽沟如是说："因为有了'乡村'两个字，让我一下子有了角色感和位置感。"

一个像菜籽沟这样的地方，显然有定位一种乡村和文学之关系的意蕴。

凹凸不平的菜籽沟，这时候凹成一个故乡模型，凸成一个乡愁符号。

一些人回头一看，怦然心动，想维持一个村庄的原貌，情愿定格一条回家的路，缠绕家乡，能够连接到乡音的尽头处，哪怕在梦里若隐若现。

菜籽沟恰好有一种现实的土里土气。在泥土中认命。天造地设，难得喧嚣。

很多人从城市倒退到这个菜籽沟。

很多人从倒车镜窥见这个原生态的菜籽沟。

很多人在菜籽沟咀嚼菜籽的味道。

很多人在菜籽沟的菜籽里提炼故乡的精粹。

菜籽沟在复原一种家乡氛围。在现代世界有厌烦感的人，内心深处要归顺一个地老天荒的村落，静下心来，无事到此静坐，沉默晒太阳。

看见菜籽沟的过程，就是认定旧村落、认领新村庄的过程。这村落翻新了记忆。

你心里有一个类似的村庄影子吗？

这样怀想吧，菜籽滑落在沟沟坎坎里，在大地春回的好时光，菜籽在生长。人们在期待。

一片静。

一地阳光。

一地月光。

菜籽沟一地亮色。让朝朝暮暮混混沌沌的人们眼前一亮，哦，这个远天远地的小小菜籽沟啊。

收割豌豆的村妇潘大妈，看见外地人来来去去探头探脑，随口冒出一句话："陡坡深洼的，有啥看头？苦呀！……"她弯身继续挥镰。豌豆秧一堆堆隆起在坡地上。

一把锁挂在郭家的院门上。院子里杂草丛生。一家人都到城上定居去了。一家人气抽空了，家底子宛然还在。

对面院子走出来沈大娘，看见外来人对着门外的一棵斑驳老榆树拍照，笑着搭话："画画的，都看上这棵树了。来，到房子里坐。"老人家说起客气话，让人。

大树丰茂。

大地扎实。

菜籽，菜籽，将大地和人类的秘密存档，它们会证明完好如初的形象。像一个个完美的许诺，在结果的时刻兑现。岁月长河给了它们淘洗。美丽的果实在太阳下干干净净，清清爽爽，切切实实。

人们这时候踏实了。在大地上安然走着。生命充实。大家感到明亮。

菜籽小却大。菜籽生发出数不胜数的美好生命、奇异旅程。

我不期而然拐入菜籽沟，爬上一个山头，目光所及，排列组合的农作物在坡地上下左右扭转乾坤五颜六色。我深呼吸，身心舒畅。想微笑、高唱、沉醉。

我一个人沉没在菜籽沟，来回游动。

在天空下，在这个菜籽沟，我挂念每一颗菜籽。菜籽，一颗颗菜籽，你们好吗？

菜籽安好，大地就安好。

我们愿意在菜籽里安放故乡。

菜籽沟竟然安抚了我狂乱的心灵风暴。

我们总得有一个安心的土地。

在菜籽沟游荡，我们得知，菜籽沟得益于很多山泉水。天山雪水源源不断，不多不少，节制有数一般，自上而下，在山沟流转，在地槽渗透，滋养地气，滋润灵气，滋生人气。外地人来到这里满心欢喜这些汩汩涌流的山泉水。

这里仿佛一个深藏不露的舀水勺子，外地人希望在这勺子的水影中，

还原故乡的碎银。

　　只有岁月真金在。

　　菜籽沟，出色完成一种乡愁记忆的复习课。

　　菜籽沟，勾连故乡。远在天边的人，都想到这里来一趟，权当一个近邻。哪怕只看一眼，就一眼。

钟爱白桦

山风轻微，拂凉了我的额头。吉普车晃来荡去，驶进博格达山群北面的一个峡口。是这被称作开垦河的山水一路引我进山。它为我开垦出梦路。河流总是梦境的向导。而鹰隼这个尤物，传达给我，即将欣赏到不易常见的美之迹象。

车已停在山脚下的目的地，那有几栋砖砌平房的地方。这个叫渠首大闸站的沉静角落，正好三面环山，身不由己被一些高枝大树团团围困，仿佛要保护什么珍贵之物，这里的确是难得惊扰之地。而我此来，得缘于一次偶然的采访任务。谁想我竟在这里，看见了那望一眼就使我怦然心动的白桦树。

要知道，它曾是在我梦里才姗姗出现的神树。它在这儿，突然为我抖出了解开梦结的飘带。是它赫然扬起了梦袍的一角。

都是因为我以前没有见过白桦树。从未见过白桦，白桦就涉入我梦乡。留给我用神往的想象，刻画它的躯干，梳缕它的枝条，编织它的叶子。

因为它美。属于美的东西，我理应百倍地热爱。可惜我栖身的那个无名小城，远离它的情影。那么随意看见白桦是一种奢望。

"山上的那些树里，有桦树吗？"

"大闸站就有几棵。到了就看见了。我们带你去。"

亲爱的白桦，你珍藏在哪方宝地呢？一路上心里呢喃，钻出了车几乎

　　脱口而出了。我没想让谁带我，径自一人，抢先冲到不成方圆的院墙边那些杂树前面。

　　白桦树！我在群树杂枝中，一眼认出了它。它本来就是让人一望而知的树。它不俗美。看到它的第一眼，我霎时心头一动，白桦树原是这样的。它在我面前身姿绰约，是挺立在阳光顶篷下的美的旗帜，它那么自然地重合了梦幻与真实之间的界限。它充满神奇。我几乎大声喊出它的名字，但这里的安宁震慑住了我。

　　首先是它的树干引人注目。那白生生的银干令人痛惜，并且反射出无言的宁静白光，绝对诱惑着凝望它的多情眼睛。同时缀满它银枝的翠绿叶片，更是体现出了一种相互映照的美的升华，这就加深了一种无比和谐的欣赏氛围。难道美的享受不是由此而来？

　　看吧，端详整体的它，那种浑身闪烁出的安静的蓝色光晕，充分显示出了它征服爱心的那种极端的从容自信。可它并没有高拔张狂。银灰色的它代表了柔和。

　　我情动于中，默默独享这从心底激荡出的美。我看得出来，它无声地容纳了我。我靠近它，呼吸到了它散发的一种细微的异香。我双手抚摸着它的光滑躯体，便通体感受到了一种柔情。它有一种清凉的气息吗？这样的感觉，在别的树上我怎么没有发现？我再一次深深动情，它赐予我如诗的感受。它真像是善解人意的情人。而这一刻，没有谁唐突打扰我。打扰我们。

　　最让我心灵战栗的，是白桦树天生具有的某种痛苦的忧伤。这我看得非常分明。它的与生俱来的鲜明的美的另一部分，即是无法言说的忧伤。正如它一言难尽的美。虽然它那一片树冠上面重叠纷繁的油亮叶片，表明了它健康生命旺盛的浓液欲滴；还有点缀在叶蒂下的玲珑的穗毛蛋蛋，像是丽容上天然佩戴的首饰；特别是在它蓬松裹拥上身的树叶裙裾之下，竟无所顾忌毫无戒备地裸露着楚楚的腰肢，银白的秀腿，这一切，连同它本身柔顺温软的性格，难道不会招引某些蠢人杂念丛生吗？

事实上，桦树确实常常徒遭某些讨厌之手的肆意摧残。这些恶手随意地一层接一层撕落桦皮，我看见这里的几棵桦树，不分彼此都有几圈几溜缺皮之处，露着的树干是暴黑的痕迹。而且有一棵年轻的桦树树干完全发黑，因为树皮早已剥尽，或是被自由觅食的羊只啃光，总之它已悲壮地枯死。一个小伙子说他看见一棵小桦树，灵机一动砍回家做了一个铁锹把子。俗人眼里能够看见什么啊。而且他们天生毫不自知，也听不见谁在他胡作非为后暗暗抽泣。

这里只有那么几棵白桦。我数了数，前后左右仅有八棵，而仍然活着的，是七棵。"七"是否也是劫数？

原先这儿却有十几棵。是十几年前大闸站最早的功臣从山里移来树苗栽种的。十几年过眼云烟，这七棵不易的桦树活到了今天，是等我来看看它们吗？既然白桦曾入我梦，我宁愿相信这是真的。梦也反映现实之真。

仍然停留在桦树旁，继续深入我的白桦梦境。哪想到它带给了我沉重。最后我伸手折断那棵死桦树的一截枯枝，接着踮起脚尖轻轻揭下了两片它上面残留的树皮，又在另一棵活桦树上小心摘了两片桦叶，夹在采访本里做个留念吧。希望亲爱的桦树们，不要伤心。

再看看我手中的桦皮，如同薄纸，捧放鼻下，一股清香穿过鼻腔。它像撒过了美容香水。我请人划火柴点燃一片，它竟哗啦啦冒油发出响声，还呈现黑烟。终于它烧着了我那银灰色的梦。以后它是否还入我梦？

现在是盛夏六月，山里流动清凉。听说深秋的白桦，是美的极致。红叶涂红梦的底色，红桦灿灿，桦香飘荡。我不知道若我亲睹此景，是放声歌唱呢？还是默然流泪？

临走我只能用目光辞别。我不忘把另一片桦皮放在手心，用笔写点什么。我想了想，写了三个字，这是我的名字。我要让白桦记住我。记住一颗爱过它的心。其实这不可能。它不会记得我，记得一个梦想翩翩的青年。虽然它曾在我梦匣里寄存了好久。它长着许多眼睛，不知它怎么看我。尽管我很无能，但我还是要尽情对它倾诉诚挚的心，并且我想对世人说：好好地对待它，像对待你钟爱的美女子。亭亭白桦，就是人间拥有的美女树。

奇美索尔巴斯陶

索尔巴斯陶这座奇美的崇山峻岭隆起在新疆天山北麓中部，它属于昌吉市庙尔沟乡的顶级风景地带。这个当地哈萨克牧民驰骋的高山牧场，近年才被众多摄影家、徒步驴友、游客们定义为"乌鲁木齐方圆百公里内最后的净土"。

"索尔巴斯陶"是哈萨克语，意为"碱泉"。这儿距乌鲁木齐100公里，离昌吉市80公里，远近适度，来去方便。从乌鲁木齐西山农场横穿过来，从昌吉市硫磺沟镇直奔而来，依傍头屯河西岸逆流而上，一路南行，行至庙尔沟老乡政府所在地，顺路西行数里，再拐路南上几里，即可进入索尔巴斯陶风景区。

平均海拔2400多米的索尔巴斯陶风景区，峰峦叠嶂，绵延不绝，苍松翠柏，绿山碧野，花草吐芳，虫飞鸟鸣。游人在郁郁葱葱之间体验到自然天籁，领略到万物圣洁，享受到大地福祉。

在索尔巴斯陶高山之巅，极目远眺海拔4562米的天格尔峰高耸入云，这个蒙古语意为"顶天之山"的昌吉市境内最高山峰，通过起伏山峦、绿色草原和原始森林的引渡，雪峰雄姿和冰川光芒总是呈现人间仙境的气象。

这里的原始、野生、封闭、冰峰，让人想到原生态。投奔者随时随地与山水画卷相逢。满目青翠葱茏，那夺目的美景，让人们始终伴随着陶醉。因为这里原始、清新、唯美。

在索尔巴斯陶最美丽的7月，我们在庙尔沟乡政府与当地几位哈萨克族老人畅谈庙尔沟最美的山景，他们异口同声——"索尔巴斯陶"。他们的目光和语调，自然而然流露着对索尔巴斯陶的爱恋。老人们你一言我一语，犹如打开活地图，指明了索尔巴斯陶十道美丽的山沟，在他们眼中，这十道沟，沟沟有名，依次延伸。

大阪——这里过去有蒙古人建的一个庙，后来在民国年间因战乱毁于一旦。这也是庙尔沟名称来历的一个原始说法。现在这里盖建数十间红顶木屋，搭起十几顶毡房，成为游客集中食宿游玩的据点。这里有山林，有纯净水，有开阔地，有草甸子，有起伏，有平地，周围风光足以迷人，第一感觉就不在话下。

沙尔开沟——往索尔巴斯陶方向走。山沟弯子多。满目松树，风送涛声，一沟松香。在这里，因为松木密集，山色青葱，真是"可惜全遮山里面，只知松树不见山"。万千松树层层递进，以其阵势使得索尔巴斯陶出类拔萃。

菊花台沟——半截沟山花遍地，另半截沟却是干沟，对比鲜明。游客来索尔巴斯陶，必在菊花台沟多有滞留。万花丛中，鲜亮的野菊花在此最是招眼，菊花台顾名思义引人入胜。野花灿发，异香袭人，身临其境，自觉"花草精神尘外长，峰峦气势画中看"。

拜提塞沟——民间俗称"哈萨坟"，有大块陵园。坟墓据说发现于1957年。1984年，这里埋葬了一名105岁的柯尔克孜族老人，名叫贾汗。他体重120多公斤，骑马马受不了，平常骑牛，这个牛是黄色土牛，他训练成好坐骑，在山里走动稀奇古怪。贾汗常年和哈萨克人一起生活，一口哈萨克语。他兄弟三人，数他长寿。他平时没有病过，是无疾而终，老死了。大家选择这个山沟作为他的安身之地，说明这里是一处好地方。

阿吾肯沟——沟因人得名，阿吾肯是中华人民共和国成立前的一个大巴依，拥有大面积的夏草场，但是他的马、牛、羊再众多，也吃不尽一沟青草。花草千峰合，霆涛万壑通。此沟野草，蔓延滋长，其恣意令人咋舌，说这些草是放肆的，毫不过分。

哈布勒沟——翻过一座山，又有这个以人命名的山沟。哈布勒当然也是一个大户，大户定居所在往往是占尽风光。层峦叠嶂，草木峥嵘，回首半山腰，乱峰白云堆。看山看云，赏石赏花，尽情自便。山沟仍空阔，山容自苍翠。此沟怡然。

库里湖沟——原来这里有一个湖，1976年湖面长500米，宽30米，深1米。野鹅经常光顾这里。后来发洪水，泉水改道，湖无水，干涸。但是沟顶，依然有泉溢流。泉水叮咚，牧人畅饮，心胸舒展。

卓里沟——哈萨克语意思是"骑马的路"。住在金涝坝的牧民过去到老阿什里乡政府购买日用品，就从这沟骑马经过。生活用品令人惦记，风景也擦肩而过。这样不以为奇的路走了一趟又一趟。谁不觉得，待过松塘风景异，淡烟细雨动乡情。这是一条与山景大美不期而遇的通道。欢乐的歌声，忧伤的曲子，平静的腔调，家常的问答，时常在马蹄声伴奏下，一路抛洒。

阔克赛沟——这里什么都是绿绿的，绿山，绿松树，再说绿草都是废话了。漫山放绿，满林滴翠，这里自然一挥而就一个绿世界、绿王宫、绿走廊。

马拉力沟——这是母鹿山沟的意思。这沟狍鹿少，马鹿多。过去一个名叫马斯力库甫的俄罗斯人，以马鹿工的身份传奇式地生活在这个山沟。整个庙尔沟就他一家俄罗斯人。他的本事令人吃惊，他自力更生，自家的口粮自己解决，竟在山里种大麦、燕麦，乃至洋芋。其实在中华人民共和国成立前他是一个大巴依。中华人民共和国成立后，1955年公私合营成立庙尔沟牧场，他上交的牲畜最多，有5000多头，当时牧场牲畜不到2万头。牲畜折价后，他竟然带领全家四口人回苏联去了。一个奇特的人和故事消失了。这都不知道为什么。但是马斯力库甫一定把这里看成自

己的世外桃源。

菊花台沟和拜提塞沟之间，珍藏着一大一小索尔巴斯陶。其美不可言传。现成词汇一定会破坏它新鲜的美。

面对索尔巴斯陶，就是直面奇美的一个整体，你不能把它任意分割开来。它不是一沟一峰，一树一石，一草一花，它是成套的连环画，巨幅的写意图。经常是，山川风物的静，与高空流云的动，交织互动，起承转合，组织起了变幻无穷的风光画，不可描摹的画卷随时随地在自行衍变，大自然的力量变化着无与伦比的景致，这就是美不胜收。

常常，早晨伴随着霜露，伴随着寒意和冷颤，但是如此一来花草显得异常鲜嫩，空气自然更加清凉。有时薄雾悬浮半空，好像卷帘在扩展，前方影影绰绰，如同身在朦胧幻境。破晓的太阳光线，逐渐挑开大块雾气，身边的景物变魔术一般还原。阳光撒落山谷，令人振奋，水珠耀眼，遍地水晶。一道山脉不经意间突然明亮起来，山峦崎岖，径直延伸，一时有些袒露在阳光下，有些掩埋在云影里，这一景象造成距离和空间的一种奇妙效果，显现了大自然无法复制的气象。有时静坐松林，可闻松子垂落的声音，有福气还可以一睹松鼠机灵的身影在松枝闪现。如果气候骤变，那么风景也会随之大大转变。特别是天光云影徘徊之时，索尔巴斯陶往往呈现一种无以言传的幻美，山影、松洼、草坡、羊只等沉浸在静美里，有如幻境。

当我们翻越索尔巴斯陶的时候，如果能够有暇翻阅有关索尔巴斯陶的诗章，那么我们也许对索尔巴斯陶会更亲近一些。你看，于右任诗言："牧草正肥美，牧儿歌且行，笑指天山说：吾之夏令营。"卢冀野词曰："马奶一杯醉倒，倒头一觉，夕阳犹在林梢。"洪品山诗句："芬芳万树凝烟翠，突兀青山抱水流。"罗家伦五言诗："策马穿云去，牛羊散作屯。"张京鸣七言绝句："烟霞一片闲无主，云树千章静且悠。"从现代名人诗词中，我们完全可以领略索尔巴斯陶的一番意境，几分魅力。而这一切在索尔巴斯陶，并没有因为时间的推移而人为更改，这些情景依然静静地珍藏在索尔巴斯陶。

20世纪90年代，庙尔沟乡走出来一个著名哈萨克族青年"阿肯"（歌手）——再乃西，他接二连三在全疆的阿肯弹唱会上夺冠，号称桂冠阿肯。索尔巴斯陶是再乃西经常引吭高歌的地方，他酣畅淋漓的歌声在这里自由地飞扬。有一年索尔巴斯陶汇聚了全疆的阿肯选手，再乃西为阿肯弹唱会即兴献歌："客人像闪电一样涌来，我们阿肯唱歌就像赛马一样；时间就像河水流过去，我用歌声给人们带来欢乐；没有见到我们唱歌的人，只听到我们的歌声。新疆大地的姑娘美丽动人，希望你们的歌喉和自己一样甜美。"

索尔巴斯陶就是阿肯们纵情高歌的一方乐土。

到了21世纪初年伊始，常年在索尔巴斯陶游走弹唱的当地阿肯们，自发成立了海依那尔艺术团，他们时常聚在一起且歌且舞。"海依那尔"意为"源泉"，他们的歌舞如同清泉从心底奔涌出来。在索尔巴斯陶的怀抱，他们经常情不自禁唱道——

白天之下，

白天之上，

蓝天之下，

蓝天之上，

鸟儿，在天空飞旋，

人们，在大地游荡。

我举目四望，

索尔巴斯陶，美丽的家乡！

作家张承志踏遍天山北麓，声称天山北麓"乃是这个地球上最美的地带。当然人们会不以为然。但是若能列举几十项标准为众山选美，我想不出其他山脉有什么击败天山这一段山体的可能"。

此话所指实际上包含了索尔巴斯陶。

索尔巴斯陶当然够美的。不过在美景中世代居住的当地牧民们，大部分一以贯之保留着生活的简陋，他们的习俗和他们的故事，多少年改变甚少，不过他们现在有了商业的眼光，他们会自然而然提起 —— 钱。风景只能看，不能当钱花，虽然风景一转身就是旅游景区，但是这需要一个转换的过程。庙尔沟乡牧民们这几年已经领略到风景与钱之间的变换关系。身在美景中，也能够吃一些美景，就像下山风刮到一家家山坳的毡房。

在天山深处走动

梦幻的金屑

金涝坝真正是窝藏在天山庙尔沟深谷之底。我沾了宣传部小面包车的光，才有幸蹭到了这个已够遥远的饥荒地点。金涝坝有不可想象的奇幻。涝坝何以成金？谁能想见它是何等景象？这个怪诞地名刚一灌进耳朵，我就不觉怔了一下。金涝坝中掺杂的感觉效果，似有保留的原始风情，也有远古的锈迹残存。走进其中就有时代的鲜明划分，和人类生存的差异。我立即就有了去走一走的愿望。那里曾铺陈着黄澄澄的金子？那里蓄存闪耀金色光芒的奇水？土堤竖立山风拂荡的金黄草枝？那里有什么样的人厮守？他们又闪烁什么样的眼神？灵魂飘动什么梦想？等我睁大了眼睛跳下疲乏之车，站立一旁，马上感觉到自己显小了。是人在近在咫尺的周围大山高耸之下对照的渺小。紧接着我消失了话语，只是垂立仰望四面环山的青翠峰峦。东南山群几乎是垂直挺立的松树被谁的手紧紧密密排列起来的。这就是陌生者的一种奇观。山脚下却是由南而北流逸的清冽雪水河。真正是青山绿水。金涝坝却是围在山中的这么一片开阔地。像握在山的手心里，太小了。我一转身子就收缩了它全部的大布景。有马静立或走动。这里的马怯车，见车便想拨头躲避。有木头组成的别致的矮房子。有一个仅卖一点东西的小铺子和几间土屋。河边竟有一所红砖建筑学校。金涝坝原来窝藏着这么一些平常之物。我当然看见窝藏在这儿的人了，哈萨

克人。他们三三两两散落于各处，悠闲自处。男女老少也原地张望一会我们。我们中的某人和他们同族，下去与他们一见如故哇啦开了。金涝坝上头再无站了，可还有山路连绵，我们断然驱车前行逶迤游荡。返回再停在这里，看见大块头的哈萨克人中间，有人在为一件事而相互奔走、传言、忙乎。羊在双手的熟练操持下乖巧地就地而倒。学校宽敞的食堂像个市面上的餐厅。手抓羊肉开始喷香，用几个大盆端呈于桌。几个中年哈萨克人各守一盆矜持木立，握一小刀操骨为客剔肉。他们剔肉的样子、方式，如出一辙，熟稔酷似成了一种自如的艺术一般。当然在招呼我们吃嚼的同时，他们也时而顺手往自己的嘴里撩一疙瘩肉，这时候嘴巴蠕动着自信坦然。我们身边不时恰到好处地晃出哈萨克女人提壶斟茶。他们在为非同一族的我们表演自己民族的传统美学。这就是深山里的他们一以贯之的生命延续方式。这儿最隆重而动心的，竟是只用煮熟的鲜肉美味来招待饥饿的肚子……而我一直揣摩着金涝坝其名，临走却成了质问：这里怎么会是金涝坝？有人回答我暂且存真。这儿地势颇像一个夹在山中的涝坝形状；淘金者消逝在早年滤金的沙石河，被梦想挖掘出的一个大坑，成了中华人民共和国成立前的一个涝坝陈迹。可现在的金涝坝已和过去断了直接联系。头屯河一样的岁月流水切断了事物的一脉相承。这与我的原先臆想也不合拍。现在叫着金涝坝总感觉牵强附会。不管是否名副其实吧，眼下的金涝坝反正接近一种模棱两可的土气，散发一种说不出口的野味，而且绝对远离想象世界的一片金黄。它顶多能稍惑一下人心。梦幻的金屑永远漏到河水掩盖的石头底层去了。又看见那些流言烧焦的乌鸦悠然盘旋，亲近地把荒诞意味的黑色墨迹，游移式地涂在了金涝坝的小片天空。

哈萨克山村少年

　　我正站在冰雪封冻的头屯河冰滩上远远观察着一个边陲城市最远的村

落 —— 金涝坝村的一个小村落，这时候一个瘦削的身影进入我的视线：他挑着水桶，吹着口哨，提水来了。我以为他要在湿软的河岸边打水，但他跳过岸边，径自朝河滩走来，我看都是一片白雪，他怎么提水呢？

他轻巧地走过去，我跟上他，他放下扁担，弯下身子，我这才发现一个大雪窟窿，下面是流动的冰河水，水声淙淙，像一段暗藏的轻音乐。我忽然有了惊奇感。他踩好位置，开始提水，我立即把镜头对准了他。他突然说：照相吗？他说的是流畅的汉语。他的牙齿很白。他说这水能喝。

我拍下了他打水的整个过程。要挑担子时，他笑着站直身子让我拍照。

"你叫什么名字？"

"托合塔尔。"他说得太快，我没听清，问了三遍。

"你多大了？"

"14岁。"

"你在哪里上学？"

"庙尔沟学校。上汉语班，初一年级。"

托合塔尔非常清秀，嗓音细脆。他头戴线套帽，仅露脸蛋。看着他幽深的眼睛，我一时不清楚他的性别。"你是姑娘还是 …… "他立即肯定说："是小伙子。"我从口气里探到了自信和骄傲。

我打开手里的佳能数码相机重播键，让托合塔尔看看刚才拍摄的他的形象，他看见打开时的"处理中"字样马上念出来 ——"处理中"。他看到屏幕上的自己很愉快。

挑上水，他邀请我到他家里去。他和我边走边说。他说家人靠父亲放羊生活，家里有十几只羊。他还有一个12岁的弟弟，上六年级，他教弟弟学一点汉语。他家在山坡上，不好走。但他看样子挺轻松。他每天要挑两担水。他家是低矮的木头房。打开门，里面很暗。这里没灯。他的40多岁的父母正坐在炕上喝茶。他的父母不会说汉语，所以没怎么说话。他让父母和弟弟看我刚拍的照片，笑容满面。我问了一点事情，坐了十几分钟，喝了一碗茶，告辞了。

这个村子是金涝坝村最远、最小、最贫穷的，只有20来户人家，在20世纪90年代初这儿还有100多户人。21世纪的今天，他们一如既往以牧羊为生，日常生活的主要食物就是馕、肉、茶。托合塔尔家的十几只羊，随行的当地人说价值也就是3000多元。这就是他一家的全部家底。

简单的这个村子不易来到，再往南上，是天山最深处，就不见人烟了。暮色暗淡时我便离开了。

奇　境

接近天山深处峰回路转的索尔巴斯陶，我们弃车攀缘捷径而上，男男女女四肢并用一鼓作气终达庙尔沟遗址的那片撩人翻滚的大草滩。车空而身轻沿大路而行。吉普车如灵敏之怪兔捷足先登。我们长卧绿草高坡之上凝望好久，才见眼皮之下的那辆马力够呛的小面包车，顺着山路口迟迟露出它乳白色的头。

这样记述就省略了一件奇谈一般的小事情。

反过来说就是：小面包车上一高坡即气喘吁吁，水箱一会儿就滚开了锅。所以爬上一坡就得停一停降降温。面包车若会说话一定就要这么叫嚷：我多需要一桶凉水啊。那时候它刚停稳，车上人下来回头竟看见车后跟着一匹小毛驴，背驮两只铁皮水桶，悠然驾到。也无人赶，仿佛自个儿从天而降。来路并未见它，定是哪个山腰小道冒出来的。人感到奇了，上前拦住此驴。驴却不大高兴，踩了一下某人的脚。但还是被人打劫了半桶清水。驴不会说人话就跟人讲不成理，干瞪眼见车一溜烟便直达坡顶。驴儿后来也只好顺路毫无所谓似的出了道口，又掉转头，嘚嘚嘚地拐向远处那边哈萨克人的矮小屋舍。

我们听着讲述，再远望着那低头独行的小毛驴，也觉得就是奇。哈萨克语索尔巴斯陶意为"碱泉"，人畜不能喝。水源仅在山下。那毛驴一觉背上主人放了水桶，就明白了，下得山去，大概是那里有人见了，像约好的，替它代劳装上水，它便顺道返家。多么自然。

仰躺于松软之草滩，我的脑海一会儿就涌动得远了，想道：可惜这匹始终未像童话故事那样说一句话的小毛驴，也不知道，在远离我们这儿的另一国度西班牙，有个已经谢世的文学大师——胡安·拉蒙·希梅内斯，曾为一匹叫小银（柏拉特罗）的驴子，写了整整一本散文诗集。那驴儿就是产生许多奇妙情境和美好诗意的化身。

写到这儿，也应该清楚一些啦：奇境毕竟于生活中少遇，难得的绝美奇境，更多的是来源于我们漫天之心灵的丰富造就。

庙尔沟的一个秋天。

黄昏时分，山雨欲来。山白杨在等待中显现金黄色。这时候我一个人逆流而上。一个不远不近的山头独立一棵松，我误以为是一个模糊不清的人停顿在那儿。让我看，迷惑不解。我置入暮色苍茫。清流浸入我双眼。天山河流迎面冲下。

第二天早晨一瞥，鹰结伴在这里忽近忽远飞掠。

上午一时间无所事事，一个人走到头屯河河床。

到庙尔沟，总要经过这一段河床，经过一座桥。桥两边分属两个区域。一桥之隔，以河为界，外地人不轻易知道，总以为是一个地方。这里多少年没有变化，河水日复一日地流淌，只是这里年复一年破旧。

这棵树是庙尔沟的守望树。与它比肩而立的还有一棵树，组成天然大门。这是进入庙尔沟乡政府的入口处。

这次我来这里很安静，比如当晚入睡招待所，十几间房子仅我一个房客，我也不寂寞，读自带的一本书。

头屯河岸边出现了就地取材的庙尔沟小型文化广场。广场中心是冬不

拉琴造型。

哈萨克文学之父、大诗人阿拜的塑像，静静地屹立在庙尔沟文化广场。我有一册《阿拜诗选》。

我去乡政府附近的库力巴合提老人家。她是非物质文化遗产哈萨克花毡制作技术代表性传承人。她家里有好几个获奖证书。她一边做刺绣，一边与我交谈，借助翻译，我知道她说了这样一句话：我获得了尊重。

乡幼儿园里，双语流利自如的汉族孩子与哈萨克族孩子在一起做游戏。这时我走进来，看见他们之间的游戏，顺手抓拍下来，没有刻意组织。我与这两个孩子当时的对话，也记下了她俩的名字。

谁也不知道我一个人在头屯河河岸走走停停，看看想想，逗留了一个多小时。

天山雪水在这里从来没有断流绝河。

当地人要饮用水，就从这里直接提一桶水。渴了，掬水而饮。

河床里有一些很有意思的大小石头。有的大石头中夹杂着小石头。石头中的石头，镶嵌中的你我，浑然一体的凝聚，超自然的力量。

翻越大青山

19岁翻越一座山。是天山的一段支脉。我珍藏在心底，一直没有形成文字。曾经两次开头，终于没有下文。

翻越一座山，是翻越一座青春记忆山。

七月中旬的一天早晨，我飞快骑车到三工滩，把车放在学校，然后和两个中学同学在大太阳下徒步径往南山，天山北麓的大青山。

这两个同学，是文志、志刚。

三个小伙子，一直向看起来近在眼前的大青山挺进。从我们到山脚下之间，只有一棵孤独的小榆树在那里挺立。我们走到山脚，一个小时。

我们上山，前山是干山，再往前，是植被山，多灌木丛，我们一直没有遇见树。松树还在深山里。

我们看见五颜六色的基岩山体层层叠叠。像人为一层层撒落的现代派抽象画。

我们爬到一个山脊，一大段突兀的山体大石块像延伸出来的剑柄，斜插在上面，这里成为一大群呱哒鸡（一种野鸡）的栖息安乐窝。我们爬上去，居高眺望。不要指望抓住一只呱哒鸡。它们像鸡一样走着，追过去，它们就飞起来。它们的距离，始终在眼看快追上、实际抓不住之间游弋。我们的追逐显然两手空空。我们只能放弃毫无结果的游戏，继续向前。

翻山，一座连一座，此起彼伏，没完没了。无尽无止的山在前方等待着重复。

我们只有前行又前行。

我们渴了。我带了一个军用水壶。水在半途即喝干。我们大喜过望偶遇山沟一滩浅薄的积水。我们在一边掬水而饮。而另一边有一坨马粪泡着。

我们坐在石头上吃干粮。来时自带的麻花、酥馍，在村供销商店买的面包、五香鱼罐头、水果罐头，一瓶古城白酒，一瓶红酒，但是我们竟然没带开瓶器，只有用尖头石片砸开吃罐头。我们不想喝酒。我们口干舌燥，渴得厉害，更需要水。

六个小时后，我们走到大青山隘口。有人堆砌了一个石头堆。山体石壁有人竟然写了哈萨克文字。

我们在大青山隘口遇见一个放羊的中年哈萨克人，他说山里面只有他一家人，就在附近，我们走到这户哈萨克人家毡房，喝了两碗凉水。这家人，有两个小巴郎，一个四五岁，一个两岁。他俩说笑着，旁若无人，玩着自己的小把戏。两个大人，话少。我们得知，原路返回，又得六小时，从山口往最近的硫磺沟，需要三小时。我们体力乏尽，只得选择硫磺沟路。

这时是下午五点。我们继续往山里走。前进的目标开始往东南方向转移。那里是最近的有人烟的地方啊。

三个小时后硫磺沟在视线里终于呈现。我们下了陡峭的高山，穿过煤矿区，看到野西瓜，还不成熟，看到浅沟溪水，也不能喝，是矿坑外流水。走了两个多小时，天黑，我们摸索到一家煤矿招待所住下，一个人两块钱。我大腿疼痛。睡前洗脚，一盆洗脚水全是黑水。我们在一大间旅舍各自沉入梦乡。次日醒来，我坐起，腿竟然不能动，抬不起来，突然感觉，我的双腿不是自己的了，僵在那儿。

第二天我们返回。边走边搭车。我这次翻山竟然穿一双黑皮鞋。我的右脚皮鞋，一半鞋底子已经豁开，我高一脚低一脚抬脚走路，没办法，我抽出鞋带，用鞋带绑着前脚鞋面。走着走着，我在前边走，两个同学在后面走，走一段就落远了。听不清他俩有一搭没一搭的闲话。我不想说话。搭车，一块坐不下，只有分流，我一个人先到八钢（原八一钢铁厂）车站，等后面的两个同学，中午坐班车回。从兴致勃勃到垂头丧气，我们只用了一天时间。到城里，我在新华书店前的车站下了班车，一个人脚踹着豁口的烂皮鞋，提高脚步，在街上无动于衷地往家里走。

当我爬行在大青山的时候，我在山顶上，有那么一刻，回头远望，在空远的天际，视觉里晃动着一个姑娘的身影。

不管不顾翻越大青山，翻过我莽撞的青春追求之山。

天山小事小记

"天山摄影"小照

在我的黑白照片册里，夹了一张老式小照片，是我和一个维吾尔族小巴郎苏莱曼的合影留念。

那是1987年8月和9月，我陪一工友慕名去吉木萨尔县泉子街镇卫生院治疗骨折，因为当年这里有一个名声在外的王姓骨科大夫，接骨很有一手。在这里陪护的一段时间里，我邂逅一个维吾尔族中年男人，来治疗大腿骨折，他一家人陪着。我们在一起说说笑笑。他有一个小儿子叫苏莱曼，5岁，天真可爱，我很喜欢他。我到哪里，他有时候就跟着我，转来转去。

9月的一天下午，我想和苏莱曼合影留念，跟他壮实的父亲说了，他躺在病房床上，点头答应。我带领小巴郎，一起到街面上，进了一家名为"天山摄影"的小照相馆。我并没有在照相馆的布景前留影，而是请店主到街上给我俩照相。店主是一个中年妇女，齐耳短发，个子不高，满脸是笑，爽快地一口答应。我们来到附近，在电线杆拴马的地方，身后是几匹马，再远处是小树、土墙。摄影师端着老120照相机，对准镜头：我和小巴郎站在一起，我的手搭在他的肩上，在强烈的阳光下，摄下一截小时光。

照相一块钱。第三天下午我去"天山摄影"照相馆取回照片。照片我留了一张，给了小巴郎一张。

25年过去了，当年20岁的我，已经人到中年；当年那个5岁的小巴郎，如今应该已30来岁了。苏莱曼，你近来可好？

阿肯歌唱什么，你怎么知道？

阿肯是哈萨克族的民间歌手，是对游吟诗人的称呼。

如果你遇到阿肯弹唱会，你知道阿肯们歌唱什么吗？

对于我来说，不懂哈萨克语，无疑不可能了解阿肯的心声。来自语言的障碍让我困难重重——我听不懂那些尽情歌唱的阿肯们所表达的内容到底是什么。

1995年7月，我参加了一个说大不大、说小不小的阿肯弹唱会，我有采访任务在身，我不能不闻不顾。这是我第一次采访阿肯，完全是一次紧张的采访，眼、耳、口、手、脑都特别用心。阿肯弹唱会是在奇台县乔仁乡宽沟村举行的，这儿是一块离天山雪线相当近的夏牧场。我随身带了照相机，心想，一定能见到不常见的一些画面，事实就是这样。哈萨克族人对歌唱所表现出的热情着实让人感动。哪怕当时正下着雨点和冰雹，不论是歌者还是倾听者，都是那么聚精会神，雷打不动，不受干扰。

在场子里我采访了几位阿肯，交流当然有些吃力，但毕竟对阿肯有一点了解；不过我很快又发现，我所了解的这些事情并不是最重要的，我所掌握的应该是核心——歌唱的内容。阿肯正在尽兴地对唱，拥挤成几圈的观众堆里不时爆发出阵阵喝彩声和笑声，这时候我却干着急，不明白是什么话使得大家如此纵情大笑。

最初，我指望认识的几位哈萨克族评委在合适的时候帮我翻译一下，他们竟然都说难翻译得很，内容深得很，翻不出来。我相当奇怪，真不明白"难"在什么地方，"深"到什么程度。

但我不死心，偏想知道那些精彩的歌词到底是怎样的，所以我每见到一个会说汉语的哈萨克族人，就请他们充当翻译。

　　我真的问着了！我的第一位翻译是《学习与科普》编辑部主编哈巴斯的13岁儿子夏力汗，他刚考上州（昌吉回族自治州）一中，上初中，学汉语，他为我当场翻译了开幕式上两名阿肯的即兴献诗。如"闪电歌手"再乃西所唱的"时间就像河水流过去，我用我的歌给你们带来欢乐，听不到我们唱歌的人，只听到我们的歌声，再乃西只有用琴表达自己的感情，我们的姑娘美丽动人，希望你们的歌唱得和自己一样美丽……"来自奇台古城的阿肯赛力克接着即景即兴高歌："来的客人像闪电一样涌来，我们阿肯唱歌就像赛马一样……"我正听得有滋有味，夏力汗却不管闲，他玩心大，动不动就跑出场子骑马游乐去了，我只好再找翻译。

　　歌手决赛的关键时刻，我发现了一位哈萨克族男人，他听阿肯弹唱竟顾不上抽烟了。他热情而肯定地对我说能翻译。于是我俩紧挨在一起，他听完一段，随口替我译成汉话。我在采访本上随手速记。多亏了这位40岁的哈萨克族汉子，我才明白了阿肯们那些情趣盎然的歌词内容。因此我懂得了大家为什么情不自禁地张口大笑。

　　我身旁这个不期而遇的草根翻译，叫托合奇巴依，奇台县乔仁乡二村牧民，仅仅初中毕业。他也是弹唱会的一名工作人员，接近中午，他只好中断"翻译工作"，去为来宾架火做饭。一个小时后，他又过来，接着翻译。我认为他的翻译朴实有味道。我真诚地向他表示了感谢。

　　弹唱会结束，我除了发正常新闻报道，还额外完成一篇1500字的特写文字——《歌唱使哈萨克人陶醉》，先后在几家报纸发表了。

　　我如果懒得临时去寻找"翻译"，就不可能深入了解歌词的内容。我如果不打开一个交流通道，我就不可能走进哈萨克民族的精神世界一隅。

一个身体

　　丈夫和妻子是一个身体，这种说法你听说过吗？

我听说了。

是在天山里的一个煤矿，我们一群人围坐在一个桌子旁喝酒。其中有两对哈萨克族青年夫妇。说实在话，模样儿都挺动人。我们中的一个人和他们熟悉，他打趣说：她叫"黑力西汗"，是黑里稀罕呢！他叫"叶尔肯"，要夜里啃呢！这个叫"叶尔保力"，是夜里抱呢！大家听了哈哈大笑。

我们喝酒、劝酒，自然也劝到了这两对夫妇跟前。这时劝到了第一对夫妇，女的含笑举起酒杯过了一下嘴唇，同时男的站起接过酒杯，对在座的人说话：这酒我喝了，我们两个人是一个身体嘛。然后一干而尽。

开始我很惊讶，马上又领会，我赞叹一声：说得好！

真的，这个脸颊红润的哈萨克族青年，凭此一言，令人好感顿生。所言淳朴，相当真实，有意境感，隐含着撩人的热烈气息。

当一对爱人融为一体，不论是在名义上，身体上，还是在情感上，思想上，难道还不是名副其实的一个活生生的身体吗？喜怒哀乐，酸甜苦辣，冷暖痛痒，哪一点不是紧密相连，休戚与共？

一个身体，双方拥有；牵挂一世，珍重祝福。这是每个人追求的理想境界。

动人极了。

温暖人心的地方

甘河子

已无河。

河到哪里去了？都流到远方的沙漠中了？

只有裸露石头的干涸河床和不流水的大石桥。仅仅在春洪或大暴雨从天山深处涌来时倾泻一阵。仅仅在石砌的大渠里淌一些天山溪水。

已无鱼。

鱼到哪里去了？都渴死在滚烫的石头上了？

只有曾经亲吻游戏的干燥石头。仅仅在沿路街市上，有小贩千辛万苦从外地倒腾过来的大大小小、有名无名的鱼。

那河早已荡然无存。那鱼早已无影无踪。消失了浪花涌动，水色茫茫；消失了鱼儿跳跃，鲜味飘香。

现在我只看见大片大片灰蒙蒙的石头，灰蒙蒙的路，灰蒙蒙的建筑，连树都是灰蒙蒙的。进入甘河子，汽车先吭吭哧哧爬长长的一段大上坡路，一路辛辛苦苦。经过甘河子，一路平平坦坦。离开甘河子，汽车不踏油门，尽管长长地滑下去了，一路轻轻飘飘。甘河子坐落在高高的地方。风吹日晒甘河子。土扬石落甘河子。甘河子灰不溜秋。甘河子自得其乐。

谁相信呢？相信这里曾经有河！

谁相信呢？相信这里曾经有鱼！

甘河子为什么叫甘河子？这一个"甘"字，是比喻这里的水太少而甘甜呢？还是借喻这里的水太少而干渴呢？

但是我惊奇甘河子人一代又一代顽强地在这里生活了。天南海北的过路人都能在这天山路上的小镇喝上一碗一碗甘甜的水。在这里停留，休憩，下榻，解乏。甘河子不可貌相。

甘河子天龙水泥厂机器轰鸣，一袋一袋水泥在这县那市矗起了一座座高楼大厦。

甘河子天山钢窗厂焊光闪闪，一扇一扇钢窗定格在千家万户的窗台上。

甘河子是工业小镇。

非同一般的甘河子。了不起的甘河子人。

照壁山

阳光，大块大块地，撞在峭壁上；月光，一层一层地，撒在峭壁上；目光，一缕一缕地，叠在峭壁上。

高高的山上太阳一醒，就把光束系在你活跃的皱褶上；空空的天上月亮一出，就把光亮镀到你疲倦的脊背上；遥远的路上客人一来，就把深情的目光印在你峻峭的额际。

阳光，月光，目光辉映着山壁，这是什么景象？

太阳和它的反光，月亮和它的晕光，眼睛和它的眸光，折射在通往山城之路的崖壁面上。

——照壁山！

在高原的照壁山。在山城的照壁山。在高原上的山城边的照壁山。

我千里迢迢风尘仆仆拜访木垒山城，迂回曲折进入开阔地，一眼看见了照壁山。照壁山就在山城的入口处。照壁山是一列夹道欢迎的独特的仪仗队列。

木垒山城在高原。高原高悬木垒。木垒山城是高原上的独特的县城。

高原坦荡木垒坦荡。高原起伏木垒起伏。高原灿烂木垒灿烂。高原蓬勃木垒蓬勃。

暴风雪最先到这里。瓢泼大雨覆盖这里。晴朗云朵离这里很近。大暑气流在这里浮动。

木垒少女黑里透红。木垒小伙粗犷深沉。木垒人热情好客。照壁山为证。

鹰隼栖落在照壁山上，岩羊游荡在照壁山上，哈萨克族牧人屹立在照壁山上。一个年轻的哈萨克族人一手遮阳光俯瞰木垒城，阳光拥在他的身上，簇成了山神。

照壁山上光照大野。照壁山醒目在山里人的瞳孔里。

乐土驿

这里。

一条大路无遮无拦一路人，一截小街悠悠荡荡一街烟，一溜客栈如释重负一店乏。大路远远长长延伸渴盼，小街窄窄巴巴宽慰饥肠，客栈参参差差呼噜起伏叩醒旅程朦胧的远行。

这里是乐土驿。

纵贯天山南北的乐土驿不知什么时候成了旅人甩掉流满汗的鞋磕出沙土磕出疲惫的地方。

从此无名无姓寂寞的这里就不是无名氏就不寂寞了，一声两声一天两天一年两年地叫成了乐土驿。传说谁第一个叫的乐土驿谁就第一个光荣而安详地死在了乐土驿。乐土驿来之不易。乐土驿昭示这方水土脉脉含情，离家远游一路平安，今生今世大吉大利。乐土驿含义鲜明。

　　于是乐土驿化为一条通俗野史的索引。索引历史之河岁月之河生活之河一去不返的点点滴滴。而新疆就把一部分重要内容布置了这里，一任闯入新疆的五湖四海的男女老少曾在这里苦苦咀嚼又化为甜甜体味，甜甜苦苦酿造了新疆大曲。到过新疆的人谁喝一口都口口声声甜酸苦辣咸五味俱全。新疆人有野味。新疆人有杂胃。新疆人就这样成为中国西部肚子最饥饿、牙齿最坚硬、说话最粗犷、歌声最嘹亮、视野最辽阔的人。

　　乐土驿不拘一格容纳了三教九流五行八作的过客，容纳了他们忙忙碌碌栖栖惶惶生生死死的心。

　　他们一路干沟、铁门关、苦门子、七道湾一路失魂落魄，一路三道岭、火焰山大河沿、达坂城、芨芨槽子一路扣人心弦。这些游子游丝游魂游荡，这些游子正断肠断路断音断魂。走到乌鲁木齐这蓝色的牧场就是落入了蓝色多瑙河一样的欢乐与忧伤的旋律。而昌吉城突然从天而降突然升起昌吉之兆——夕阳西落处有乐土驿接风洗尘。昌吉一路指点乐土驿抚慰一路流浪汉。乐土驿体恤远游者乐土驿从不冷落遗弃漂泊者。他们黄昏打点歇息酣然入睡，他们清晨打点行装畅然离去。乐土驿一片黄土一片欢乐。一路风闻乐土驿乐土乐土滋长欢乐。

　　就这样一年又一年乐土驿演变成了休整缓身重整旗鼓的立足之地。乐土驿晃在旅人望穿秋水的眼里。于是芸芸众生的七情六欲频频在这里反光。悠然点亮西征者的求生本能之灯，生存欲的罗曼史之夜又吹灭苟延残喘的昏黄灯蕊。淋漓酣畅的幸福呻吟快感了新疆旅程一路辛苦一路焦渴一路奢求。乐土驿就这样纷至沓来车水马龙一晃而过。乐土驿送行过客穿漠野翻山梁一步一缕尘烟踏向天山深处。

　　西北风横扫乐土驿。西北风横扫乐土驿悲欢离合喜怒哀乐。西北风横扫乐土驿乐土驿低低矮矮破破烂烂寒寒酸酸。乐土驿微不足道，但乐土驿因简陋而不久驻，因短歇而好远行。乐土驿温暖人心。

　　有一年我行色匆匆打乐土驿这儿经过，乌伊公路视野宽阔而乐土驿沿路默默无闻。当地菜农小贩高声喊叫减价便宜几元几角几分。我知道新的岁月、新的历史毫不留情地已把很早很早的乐土驿"拍卖"。乐土驿很早很早的古朴遗风早已化为乌有。

吐鲁番人

印象能够深入人心。

某某人印象、某某地印象、某某事印象，就是留在一个人头脑里记忆犹新的痕迹，它们像已打上了烙印，不可更易。印象是潜在的图像文字。

不可否认印象也很奇特，因为它影响你的思想。无论哪个地方，无论哪个地方的人，这个地方会影响人对这个地方的人的印象，这个地方的人也会影响人对这个地方的印象，它们互相转化人的印象。

比如吐鲁番这个地方，名声远扬是它很早留给我的印象，凭着这印象，我能够进一步想象吐鲁番人的样子。我提前了解了吐鲁番人的一点侧面形象。

后来我终于有机会一睹吐鲁番人的正面形象。和那些歌唱吐鲁番的许多歌一样，一种还算美好的印象在我的心头停留。

我相信我没有多此一举地增加一点颂歌之类的所谓升华。

吐鲁番人生活在吐鲁番城。你到了吐鲁番，你就见到了我们的吐鲁番人。

有必要提一提我见到的第一个吐鲁番人。很遗憾我无从知道其名。有句为证："……突然在长驱的光柱中，我梦幻般地看见了一个穿着鲜红连衣裙的维吾尔族少女像一只轻快的鸟儿不远不近横穿马路一闪即逝了，霎时我捕捉到了突如其来的一种新鲜的新疆情调。这不相识的年轻姑娘我终身难忘了……"这是1989年初我写的一篇散文诗《夜晚的西部车》中的句子。我们的车进入吐鲁番城已是夜晚。后来在我眼里，黑夜中的光柱、鲜红连衣裙、少女、鸟儿、一闪即逝，在那个时刻出现，似乎绝非偶然，动与静、黑与红、人与鸟、远与近，就像诗章里的意象一样，象征了我朝思暮想的吐鲁番城的吐鲁番人与众不同的新鲜情调。这情调一闪即逝，你一回头，它就不见了。但不知什么时候它又在什么地方突然出现了。就是那么一眨眼。

深入了吐鲁番城，就随处可见吐鲁番人。第一印象你不会感到别扭的：吐鲁番城民族风味浓郁，大街前后左右布满各种特色的建筑和装饰，富丽堂皇而清新典雅。吐鲁番人充满精神气质优雅，穿行在大街上谈笑风生自由自在，他们朴实无华没有敌意，你应该马上感到一种亲切。你不用紧张，尽管你初来乍到感觉陌生，陌生的阴云不需要多久，就会随风飘散。

对吐鲁番这新疆著名的一座城，你耳朵里也灌满了一些赞美词，而真正身临其境，不过就是东南西北看看而已。你的感觉和传说的赞美之辞大同小异，不值得再述。而面对在这个独特的城中内外生活的吐鲁番人，只有经过自己的接触，才能得到一些可靠的认识。

前面提到过，我们那年到吐鲁番城已是万家灯火。赶忙在就近的吐鲁番饭店寻到下榻处，然后一行七人出去在附近的一家私人饭铺前搭起的木板棚里落座，边吃边喝，边聊边笑。后来有一个在另一桌喝完酒喝得差不多的穿税务制服的吐鲁番汉族小伙子，身子摇晃着停在我们的桌前，手搭在我们中间的一人肩头上，头和腰弯下来，卷着舌头说着停停顿顿的话，"朋友从哪达来？……噢……"他似乎在竭力联想我们说的地方，显然他没有去过，仅闻其名。他不由自主还想说些什么，这时走过来他的一个维吾尔族小伙子同伴，一边拉他一边对我们说一句就够了的话："我们这个朋友喝多啦……"不需要直接明了的表示原谅的话，但意思早已到了。

这既含蓄地表达了自己心里的歉意，又让对方听了舒服，不致误解产生不快，使双方不失体面，保持了和平。这就是吐鲁番人说的话，和我们新疆的许多地方的人一样。

上面这个喝多了的小伙子，看那样子也不是在街上逛荡的地方二流子，他不过是多喝了一点，所以刚才的举动看似不太文雅，其实大多数新疆人都可以觉得这和行为不礼貌不是一回事。我们可以想象他一见到跟前有几个不是本地的客人，心里一定就有了一阵冲动，打心里想和他们搭几句话，聊一聊么，这有什么不好呢？话说到一块儿说不定还说成了无话不说的朋友呐。借着上头的酒劲儿，最好，有了胆，还显得豁然大度，一身的血气方刚。说好了，就坐下来喧一喧，玩一玩；说不好，也没什么大不了，我喝多了么。说来就来说去就去，多么潇洒。毕恭毕敬地站在陌生人的面前，问长问短温文尔雅，问寒问暖有礼有节，不是真正的新疆人所为，吐鲁番人也一样。从这一角度理解，这个差不多醉了的吐鲁番小伙子，不过是以这种独特的方式，表现了吐鲁番人与众不同的热情劲儿。

热情之后也有冷淡。像那个巴拉江，一个十七八岁的维吾尔族小伙子，我就觉得他冷淡，不好接近。他家在吐鲁番城郊东北处的葡萄乡。我们的工作点就定在这里。最初几天我们出外吃饭都要上街，终于被遍布城乡的红蓬驴车所吸引，由它代步平稳舒服，几人相偎相依而坐，其乐陶陶，而且没人笑话我们土气。这在乌鲁木齐等地就行不通。一个十来岁的巴郎愿意接送我们，一趟每人一毛钱。我们立即拍板，说好每到吃饭时间就来接送我们，他满口答应。但很快就出现了问题：要么他早早赶来了驴车，要么他迟迟不见影子。原来他左手腕上的电子表使用的时间和我们不一致，他用的是新疆时间，我们看的是北京时间。我们笑说我们之间步调不一致，这个巴郎也只有憨笑了事。后来就出现了巴拉江，他用请求的口气表示愿意按时接送我们吃饭，并且可为我们拉水。从此我们就坐他的红蓬车。有时途经路口，我们看见那个十来岁巴郎的车停在那里等待坐车的顾客，他看见我们坐着巴拉江的车，表情复杂，不经意地偷望一眼，然后别过头去，似乎没看见。这个巴郎肚子肯定胀了（生气），可能怪巴拉江扫了他的摊子。我们无可奈何摇头微笑。巴拉江也怪，不吭声，和我们分得很开，不拉扯。开始问他叫什么，他生硬地挤出"巴拉江"三个字。我们旁若无人大声说笑，他坐在他的车把上不闻不问赶他的驴车，像哑巴。我们问他上学吗还是工作，他摇头，看样子他现与读书无缘，就在家干活。他比我们小不了几岁，却老实巴交，不说不笑。但一天三顿饭，他的车准时接送，从不耽误。我们从他的车上下来进食堂吃饭，吃完饭从食堂出来上到他的车上；我们有时想到哪里玩，玩完了人也累了就又歪倒在他的车上回住处。从哪里下的车，车就一直停在那里。自然我们感激他的忠实守信。有天一个同伴突然冒出一句："这样好的小伙子到哪里去找？"另一个同伴开起玩笑："干脆把他招工招到我们那里问他去不去？"我们看见巴拉江拿着树条鞭子，继续一心一意吆他的车，但他的嘴角稍微咧了咧，好像这意味着他心领了我们心血来潮的友好情意。最后一个同伴递给他一支过滤嘴烟，他仍然摇头不要。我不明白这个维吾尔族兄弟摇头是不抽，还是不会，或者不想抽？

　　都知道不管是吐鲁番人，还是我们，相互都不会平白无故地产生不友好的心理，但因为有时失去共同语言，就存在许多的不可理解。无疑这是可悲的，我知道有的汉族人会说一口流利的维吾尔语，而有的维吾尔族人会说一口流利的汉语。我见过的就不乏其人。他们有了共同语言就觉得亲如一家，这让人看了心里特别高兴。沟通真的是人与人之间重要的桥梁。很遗憾我在新疆这么多年仅会说几个简单常用的维吾尔语单词。在我生活的城市维吾尔族人不算很多，所以不会说维吾尔语还无妨，但在吐鲁番，我开始不止一次嫉妒那许多会说维吾尔语的汉族同胞，嫉妒那许多会说汉语的维吾尔族同胞，他们多了一个舌头。吐鲁番城是两个民族天天友好交流的美好地方啊。我想如果自己长年累月生活在这里而不会说维吾尔语，

那么我将手足无措，好像无立足之地。因为在这里不会说维吾尔语等于少了半张嘴，没有这半张嘴，你的声音不觉得变质吗？

好在吐鲁番城宽容地暂时容纳了我这个不速之客。我随随便便走在吐鲁番城的许多大街，没有吐鲁番人追赶我这个过客。但我有时自己感到了没趣，吐鲁番城乡的维吾尔人，低头不见抬头见，当你上前用汉语打听路或询问某事，看到的却是莫名其妙的面孔，你不能不痛苦。

但我有时也奇怪会说汉语的维吾尔人，他们面对一个汉族人，就像找见了一个能够理解自己的人，无话不谈。就像那天我一个人走在一条马路上，看见路边一家门旁的石碾子上坐着一个晒太阳的七旬维吾尔族老头，不知为什么我想和他表示一下亲热，我看见他满脸皱褶，酱黑色的面孔隐现着沧桑风云。他没穿袜子青筋暴露的脚套在皮革黑套鞋里。一身的黑布袍服套在弯背躬腰上，在闷热的夏天很不适宜，但他感觉良好毫无所谓。我走过去向他道好，说口渴了能不能给点水喝，他没有表情地睁眼看了我一会儿，站起来进了院门，我跟在后头，他胳膊一伸，指着自家盖的土房子敞开的门，说："房子来房子来。"（来家里坐坐）我低头进了门，看见偌大一个房子，三分之二都是铺着深红调子的地毯还没有膝盖高的铺炕，他把我让到了炕上坐下，然后抓过手提茶壶为我倒了一大碗浓茶，我双手捧碗一饮而尽，没想到这个维吾尔族老汉坐在一边开始一股脑儿地向我讲述起了自己的过去。他好像有了一诉为快的对象，宣泄着心中的诉求。他还起身到炕头墙上的一个缝里掏出一沓大大小小的绿皮子红皮子什么证书让我看，仿佛是为了证明他曾经的过往也是非常有意义的。

因为工作的需要，我们要就地收购一些新鲜桑葚。我和单位的"翻译"阿依古丽坐着车开始在吐鲁番城乡四处奔波，穿行在吐鲁番的大地和吐鲁番人之间。我难以忘怀那些维吾尔人深深的眸子所投射出的诚实、安详、善良的目光，他们的脸孔有土地和太阳混合而成的黄铜肤色，他们的眼睛蓄满了人类最基本的质朴和仁慈的情感。他们相信你，不随便对你抱有恶感，他们拥有的热情使你很容易接近他们，你出没在偏远的村落，他们会把你当成远来的客人，因为你自己的某些需要，他们会不存戒备心理把你让到他们家里，为你倒水洗手，端碗递茶，动作从容。但你有时就会不经意地伤害他们，最后使自己良心上有一点遗憾的不安。那天我们经过一条马路，看到沿路有不少结满了成熟桑子的桑树，正好沿路有几户人家。我们临时雇的一个中年维吾尔族汉子叫吾普向导，车走着走着他说在这儿停一停，我们下车走进一家院落，一个维吾尔族大嫂搬出小凳让我们坐在院子布满阴凉的葡萄架下慢慢喝茶，然后一起边喝边聊。后来她家的几个孩子收了两筐子桑葚，我们称过后付给了钱，这位大嫂拿着钱笑容满面和我们道别，我们匆匆忙忙扬长而去。但后来就出现了一件不该出的小事：我们少付了大嫂一块两毛钱。过几天我因上火不舒服，代替我出外收购桑子的另一个同事回来对我说他们经过那条马路有一个维吾尔族大嫂说上次的那个小伙子账算错了少给了她钱。这个同事说不是自己经手只有等他本人来再说。她便不再追问。第二天我们就匆匆坐着来接我们的车离开吐鲁番回去了。在单位一结账，果然有一处账对不上号，不知怎么多出了一块两毛。就是那大嫂的没错。但我怎么还给这个对我失望的好心大嫂呢？

　　世事总是出人意料。吐鲁番城不过是新疆的一座城，它的土地上有许多名胜古迹吸引着国内外的无数游客，不同肤色不同语言不同国度的外国朋友来来往往不算稀奇。就是我们有时都冷不丁陡生身在异国土地上的倏忽感觉，这就挺怪。我想谁也不会想到吐鲁番城的今天会是这个样子。今天的吐鲁番人睁大了眼看着面前的一切，复杂心态轰然顿生。他们一定在过去的吐鲁番人和现在的吐鲁番人之间摇摆不定，要么沉湎，要么徘徊，要么超越，他们和我们一样有时就不可名状地认错了人。我们为到交河故城一饱眼福就去街上租了两辆微型汽车，那个三十多岁的维吾尔族老哥刚刚做完一次生意，数着顾客付给他的几张票子，一见我们有意要乘坐他

的车，赶忙摆手说："外国人不拉外国人不拉。公安局不让随便拉，说我们胡要钱。"闹得我们不可名状地哭笑不得。我们哪点像老外呢？最后经过严肃摊牌，他定睛再一个个看看，恍然大悟后，不好意思地拱手相让，"快上快上。"这不是我凭空编造啊，许多突如其来、势不可当的新生事物风起云涌，不由分说、不可避免地就扰乱了我们的视角。然后经过时间大浪淘沙，一切就自然而顺眼了。吐鲁番城最早开放，吐鲁番人也一样首先适应这开放。我们看到，吐鲁番城前所未有地活跃了耳目一新的姿态，吐鲁番人也前所未有地活跃了新潮涌动的头脑。但不可能也没必要完全势不两立地与传统决裂，他们保持了他们应该天经地义保持的传统文化和古老文明，他们发扬了他们应该不甘落后发扬的时代精神和潮流意识。这不矛盾。当我口渴了而我看到一个维吾尔族青年在那里正打开一瓶香槟酒准备自饮，我过去说能让我喝一点吗？他就会不假思索地把打开的香槟酒瓶子首先递在我的手上，这更不是我闭门造车式的想象，我这样亲身体验过，我感激那个顺手倒给我一碗香槟酒的不知名的维吾尔族男青年。这只有他们能这样，他们没有架子，热情、爽朗、平易近人、胸怀大度、不斤斤计较。当我在交河故城下边的一间房子里和许多喝茶解渴的人一起，一口气喝了一大碗香茶就起身而远去后，经同伴提醒方知我没给茶钱。原来我还觉得这里的人就是好，辛苦烧茶给大热天的游客解渴消暑却不取分文。吐鲁番人总很奇怪地给我这个错觉。不像其他什么繁华城市的摊主看着你一口一口喝完茶呀汽水呀等什么，直到你掏了口袋的真东西才放宽了心。而当你在吐鲁番的什么地方看到一些吐鲁番人讨价还价做什么生意之事，你也决不可叹气指责吐鲁番人已被世俗所感化，只要合情合理就不算有伤风气。在吐鲁番城大街上的摊点、商店、市场，毫不例外地写满了社会价值和商品观念在吐鲁番人中根深蒂固的鲜活语言。这就是社会存在的一致性。也是吐鲁番城和其他地方不谋而合的共同点。所以还是那个穿梭在吐鲁番大街小巷捕捉古朴的新疆风情镜头的香港青年懂得吐鲁番本身意味着的含义，他一个人转来转去，东张西望地搜寻他渴望得到的东西，我想他的照相机里的胶卷底片上隐现着的是吐鲁番表现出的真正的本色。他不是那些亦步亦趋赶到吐鲁番凑热闹的人。我想他懂得生活由什么基本的原色而组成。

可以说，在吐鲁番，我第一次真正意义上认识到了维吾尔族人蕴含在心底的纯朴而谦卑、忠实而友好的本色，我甚至感觉这个美好的民族在我的身上传递了某种人性的力量。他们的存在，加深了我期待人类超越狭隘热爱世界的自信 ……

只是吐鲁番并没有超然世外，吐鲁番人也有自己的生活和信念，他们的欢乐与忧伤、希望与痛苦，意愿与沉默 …… 这些也同样体现在我们的每一天日子里。岁月和历史的投影也同样垂放在吐鲁番的大地和吐鲁番人的心灵上。吐鲁番远近闻名的是颓壁残垣的古迹，而不是默默无闻生活着的吐鲁番人。因为那些众多名胜，四面八方游人接踵而来，在名胜面前怀古幽思，当然忽略了名胜周围活生生存在的吐鲁番人。是他们正在创造和建设着吐鲁番历史的今天与明天。21世纪的历史章节将由他们的无数双手和群众的智慧起草。

离开吐鲁番已经多年了，但它坐落在我的头颅中间，我用思想的方式咀嚼它，记忆自己穿行在其中的样子。我没有去错地方、走错路。吐鲁番人无声地牵引着我走在正道上，没有释语，但我感觉到了那些正直的手的点悟。我体验着人类扶持前进在历史道路上的真理。

后来我想吐鲁番像南疆与北疆的分水岭也不过分。因为我觉得它似乎有着新疆南北两地所混合的生活气息。它离新疆维吾尔自治区首府乌鲁木齐市并不远，经过盐湖经过达坂城经过大河沿坐车半天就到了吐鲁番城。这里的吐鲁番人，让你的头脑里贮存了新鲜的种种印象。

天山新地驻村记

1

又一次打开《新疆昌吉回族自治州地名图志》，这一次只是为了查阅"新地"条目。因为我要到新地驻村工作一年，一整年"蹲点"呀，我需要提前做点基本常识功课。"新地乡，位于吉木萨尔县城西南三十公里处，博格达峰东段北麓，南至天山，东与大有乡为邻，西及西北与庆阳户乡相连。东西宽12公里，南北长31公里，面积372平方公里。辖3个村委会，8个村，985户，5321人，其中汉族3492人，哈萨克族1220人，回族296人，维吾尔族225人，蒙古族73人，乌孜别克族11人，满族11人。大部分地区属丘陵河谷地貌。主产小麦、蚕豆，特产土豆、大蒜，尤以白皮蒜质优，闻名全疆。主要水源来自新地沟，全长50多公里。清乾隆年间，新地地区属长盛渠庄，光绪初年战乱平息后，军队来此重新屯垦，垦区较前扩大，故名新地。1984年从大有公社划出，另建新地乡人民政府。"这本地名图志是1989年4月印制出版的，有关数据肯定发生了变化，但从河坝沿、胥家泉、新地沟、大东沟、六道沟、六户地、小分子这些地名中，我对新地有了许多期待感。

是的。我很想到新地。

2015年11月，单位办公室主任打电话征求我的意见，问我能否参加2016年"访惠聚"（访民情、惠民生、聚民心）工作，我不假思索地回答：

行。其实这之前我早已打定了主意：我要下乡驻村。只是时机问题。好几个人都知道。2006年、2007年、2008年，跨三个年头，我曾经借调州下乡驻村领导小组办公室，在办公室有什么劲！我如此自嘲：下乡办，不下乡。

2016年2月25日，我作为第三批新疆"访惠聚"驻村工作队的一员，来到与天山相依为命的吉木萨尔县新地乡新地村。

这一天，我们从大雾弥漫中驱车穿行，一路来到阳光灿烂的天山脚下。一种期待感震慑了我。我下车的第一件事，就是站在路边，拍下了正午阳光炫目的第一幅新地图景。

今天看来，第一天本身就如一个象征，从雾茫茫到清爽爽，我进入人生的一块新地。

过去我多次来过新地，都是匆匆过客。2012年3月，我协助报社在东三县建立三个农牧区采访基地，新地是其中一个点。但2016年的新地，却给了我全新的意义。因为"访惠聚"工作，我全身心投入新地。在我心目中，这个只有几千人的小山乡，是天地山川浑然一体的地方。我将这里称为"天山新地"。使命在身，责任在肩，我如此贴近新地，零距离体认，近距离感知，没有最后一公里的界限，在一年中完成逐步融入的体验过程。

2

在新地第一天下午的座谈会上，我就强烈地感受到了新地村农民的心声，盼丰年，盼增收，盼前景。

农民对"访惠聚"驻村工作队自然是充满希望的。

我们的驻村点在新地乡政府斜对面，是一个平房院落，平房坐北朝南，是带走廊的多个套间。分别有四间宿舍，一间厨房，一间餐厅，一间

会议室。刚来时，几个村民正在驻村点粉刷收拾。房子要架火，在院子一角上旱厕，没有洗澡间，当然和城市不能相提并论。听说驻村点最早是派出所，后来是邮政所，最后是信用社。这个三亩地大的院子，现在是我们"访惠聚"工作队驻村点，院前有几棵杏树、榆树，院中有几棵苹果树，几棵海棠树，几棵松树，几棵馒头榆，后院是空地，有大小几棵榆树。几种鸟在这里是常来常去的。我觉得这里挺好，我不在乎简陋，这才是真正的农村环境么。

当天安排暂住乡周转房，放下行李，我不由自主在村子里走一走，看一看，有一种欣悦在心头。

在新地村最初的一段日子，睡得晚，醒得早，我一个人住在一个房间里，时常难以入眠。我心想是心灵的磁场在校正方位和方向吧！

在新地村第三天午夜时分，沉静极了，我躺床上在手机备忘录里写下《新地三日》五言诗，这是我第一时间写下的第一印象，写出了我的第一心愿："阳光磊落收，甘愿净心住。"

驻村工作，第一要沉下心来。做到这一点，才能俯下身来，扎根大地，扎根人民，扎根情怀。

我很少写古体诗，来新地却写了多首古体诗。我自己都很惊叹。为什么是五言诗？也许我刚来这里就感受了"明月出天山，苍茫云海间"的真实写照。我为这里的日月同在而欣喜。

新地乡有一个形象宣传语：云中花海，画廊新地。我想此时此刻只能用诗的语言表达一块新地和一片心地。

四月是希望的时节。我这时候写下愿望的诗节。这是自由体诗——《我在天山新地度过年月日》。其中一段是：

我在新地度过年月日

从此增加了人生配置

开辟一小块土地

打算滋养自己

心目中的自留地就是如此

我带不走

只能惦记

确实如此，这种惦记的感觉，在这一年中我不在新地的日子，非常明显跳动出来。这没有办法。

这时我才真正意识到是"访惠聚"驻村工作，使我贴近了新地，贴近了新地人，贴近了新地情。

在"访惠聚"驻村工作个人述职报告中，我写了这样一段话：主动参加"访惠聚"驻村工作队，是下沉基层、直面实际、联系群众、密切情谊的最好的载体、平台和机遇。我最大的收获是深入基层，深入群众，深入生活。亲身感受群众疾苦冷暖，切身体会群众所思所盼。在一个地方老老实实住下来，沉下来，静下来，体悟山区乡村的方方面面、点点滴滴，于我是最大的收获。这对我来说，是此生中难忘的工作经历，是对我难得的历练、磨炼、锻炼。

3

每个驻村工作队员都有一本泥土色《民情日记》。我记得一次在村委会座谈，一名老党员这样说：农民身上就是三种味道，土味、草味、粪味。我们的工作队队长接话笑道：是土香、草香、粪香。我们都笑了。笑是容易的。我认为真正写好一本厚实的《民情日记》却是相当不容易的。

《民情日记》是泥土色。民情本身应该实实在在散发着泥土气息。

《民情日记》所驻村基本情况记载：新地乡地处天山北麓前山盆地，海拔高约1400米。有新地村、小分子村、新地沟三个大村。新地村有横路、河坝沿、胥家泉、六户地四个片区，共665户2055人，常住人口

1613人，有汉族、回族、维吾尔族、哈萨克族、蒙古族、东乡族、乌孜别克族七个民族，其中汉族占72.6%。全村有耕地1.67万亩，人均耕地4.6亩。主要种植小麦、土豆、玉米、大蒜、豌豆、茼蒿、红花。2015年人均纯收入15180元。……

刚来新地，我的计划就是："随机走访入户，了解民情，熟悉新地。每天抽时间多走走，多看看，多聊聊。"

《民情日记》中"工作日记"最下边有一栏"工作体会"，是写结语的小块地方。我不时写三言两语——

"驻村第一天来到阳光普照的新地，欣喜不已。愿我们的'访惠聚'工作像阳光一样温暖人心。"

"驻村工作分工，有我熟悉的工作职责，也有陌生的工作范围。新的工作，就从新地开始吧！"

"驻村第一个双休日。一方面完成过去的工作，一方面开始清理驻村点杂物，以期有个干净清爽的驻村环境。"

"来新地三天，自我感觉很好，靠近了山和水，接近了太阳月亮，感觉非同一般。"

"乡党委书记见面会上，张艳珍说，严管就是厚爱，一门心思干工作。"

"新地乡例会，体现了'落实'两字。'工作是按进度推进的。'这是乡长王强的话。"

"乡上要求村干部24小时开机，干工作要快，由此可见乡村工作一个接一个等不及。"

"Wi-Fi一直处于断开状态。交流信息却不能断，只能在外蹭网。"

"中午在驻村点，这儿仍然阴冷，不能常坐，后背发凉。临时接工作队队长电话，为县委宣传部报送驻村人物推介。工作往往来得急，完成得快，一小时交付。"

"上午工作队约乡村干部到村上同去慰问四名老干部。到六户地片区马生义家，未见其人，见到孩子。六户地分别有维吾尔族村，回族村，相对集中。也有几户汉族人家。有一户乌孜别克族人家。"

"党代表候选人提名，村干部名字出现频率高，党员们对村干部的认可度可见一斑。"

"工作队为新地村举办庆三八活动，大家在一起很高兴。工作队应多开展一些这样的活动，其乐融融，凝心聚力。"

"下午请人来驻村点调试网络，五点能上网了。上网是个问题，虽在偏远乡村，离开网络是影响工作和生活的，也影响心情。今天好了，Wi-Fi畅通，联系畅通了。"

"今天看到张艳珍书记将县零距离微信平台发的《向阳光女人行注目礼》转发在乡'花儿沟精灵'微信群。新地充满阳光，工作心态理应阳光照人。"

"工作队自身问题自己解决是对的，不给乡上村上添麻烦，自己也爽快。在驻村点我以为很不错，进出自由，环境安静。"

"工作队与村干部沿路去岳、屈两家，入户动员拆旧建新。拆旧建新是今年新地乡一项重点工作，这是美丽乡村建设的必由之路，但这一工作很难推动。村民对'六乱'不以为意，胡堆乱放，随倒垃圾，习以为常。"

"下午从周转房搬入驻村点住。我觉得阴冷，但比以前好多了。晚上须开我从家带来的电暖器。临睡关掉。"

"下乡过集体生活，有些工作条件、生活条件、学习条件不具备，就要自己克服，不能张口提要求。比如电暖器，好在家里有一个现成的，不然我就近在县城买一个'小太阳'（一种电热设备）。"

"新地林果业主要种植高酸海棠果，由一家外来企业承包。能否成功，未知数很多。目前仅看效益，农民挣不了多少钱。希望多有变数。"

"工作队去胥家泉片区入户走访。村干部齐吉荣陪同。入户知，张月荣家六年前在自家院落为野鸽子筑巢喂食，不允许人偷猎，很受感动。民间有如此爱鸟人物，理当点赞。"

"驻村点开伙，值得一记。吃饭是驻村的大问题。我们自费聘请大师傅解决吃饭问题，把自己解放出来，腾出时间精力，是正确的选择。"

"工作队邀请州歌舞团慰问演出小分队来新地村，演出一小时，村民笑炸了。让村民们近距离获得一次精神享受，是值得的。小品《路遇》大受欢迎，所演都是使用当地人事说当地话，这就是接地气。"

"一直做新闻宣传工作，而做信息工作极少。这是两码事，不能混为一谈。驻村工作后，两者要兼顾。工作队所作所为，要及时报道出去。"

"我们与乡村干部沿路拆旧。拆除一些破屋烂圈。拆旧是新地建设美丽乡村的重要一步。美丽新地从拆旧建新开始，我拍摄不少照片作为见证。"

"在新地乡入口处，王家大坡下，我几次劝说村干部、装载机师傅，不要铲除一棵挺拔的V形半大榆树。这一棵榆树，正好在新地乡路牌下，保住了新地一棵未来的迎客榆。"

"来时到处是雪野，此时雪融将尽。在田野看到蝴蝶和瓢虫，天暖了。我们的驻村工作从架火开始，从阴冷开始，从上旱厕开始，从双手粗糙开始。我们自称'新地'村民。"

"工作生活两不误在驻村工作中做不到了。驻村，意味着放下一些家事，人不在跟前，就无济于事了。我们不能随时抽身回去。"

"拟就新地村规民约，参考了内地四个范本，增加了本村实际情况。环境卫生是新地村一大难，即使有这个村规民约，很难焕然一新。"

"这几天村干部很忙，时常找不到人，都忙地里的事了。林果业是今年新地乡工作重中之重。县乡村三级干部最近都为林果业奔波，不过越忙越急。"

"新地村林果业示范基地不是好干的活儿。地势不平，土石混杂，主要栽种海棠果和黄太平，树苗有大有小，大的50元一棵。政府、企业、农民都在为'花果山'出力。工作队也不遗余力。"

"植树要抢时间。仅凭乡村干部，无法完成植树任务。这时只有调动部队官兵上阵了。有县领导对企业经理人说，'我们是为你们企业打工的，你们还不急！'"

"村委会夜晚议事会，持续三个多小时，意犹未尽。参会感觉，乡村干部工作不容易，好赖办法都得有两下子，具体又具体，细致又细致，唯恐出现差池。"

"卸树苗不是很复杂的劳力活。对我们工作队成员而言，一大车树苗也不在话下，但真干起来，很感吃力。尽管戴有手套，手掌虎口还是不知不觉磨破了。工作队就是干工作磨炼啊。"

"工作队去六户地片区，到几位少数民族困难户家走访了解。在驻村点院中翻地，种豆角、莲花白、葫芦、芹菜……"

"今日白天驻村点停水。自来水管在地下破裂跑水，在新地村发现多处。村民反映吃水多有不正常。这是新地一大特点吧！"

"有幸有缘在一个新地方工作，或长或短都应该留下足迹和记忆。"

"协助新地乡小学开展融情教育实践活动，帮助择优选登一些学生作文。5月19日本报《教育周刊》花季版整版刊发新地乡小学'爱'主题学生作文。作者有汉族、维吾尔族、哈萨克族六个孩子。"

"新地乡采访基地，怎么建，如何做，大做文章？作为驻村工作队，要好好思考，运作，完成。作为自己，更要进一步深入认知新地。"

"在河坝沿沟口见一股水流，疑似山泉，顺水而上，半山谷见渠。至此决定上山，到达新地沟与花儿沟之间的山峰。九点下山，时天已黑，十点多到驻村点，不觉劳累。"

"到河坝沿中段，拍摄山白杨。这是一棵百年'神树'。外皮皱裂，躯干全空，满目烧黑迹象，一面洞开，可容两人，中段折断落地，顶侧新生枝叶。据说是三十多年前一个夏天发大洪水，遭雷击起火所致。'下雨了，雷电把那棵树劈开了。树从中间掉下来，还冒烟呢。'最初我以为是人为造成的，很痛心。"

"下午去河坝沿上段，进入胡斯马义生态保护园，看到湿地植被。听说胡斯马义是第一个进入南极科考队的哈萨克人。平时他不在这里住，大部分时间是夏天才来。"

"确定了帮扶对象就要多走动，多联系，记下手机号，适机看看。"

"报社新媒体部同事来新地村驻村点，看望工作队队员，慰问结对子对象。这是报社部室第一个前来新地村慰问结对子对象的。可谓闻风而动。"

"去河坝沿。拍下泉水，老树，山花，药草，一大榆树粗根下冒出泉水，有人畜取水迹象。此处黄连繁多，长势恰好。鸟多声密，看见小红黄鸟。"

"下午商议会约两小时。村支书吴正忠说今天开会议题多，集中办事好。从今天的议题看，工作队可协调不少项目，做不少工作，让乡上和村上受益。"

"去河坝沿大桥，新桥尚在修建，旧桥已拆除。时河水大，过路人望水兴叹，止步不前。往往有一些人站在河边，看水发愁。人车过不去。修桥者忘了修桥的根本使命。修桥是为什么啊？在新桥建好之后再拆掉旧桥，才能两不误。一河之桥，畅通两岸。发水断路，人车阻断，谁想过这个常识问题？挖掘机在大桥附近挖路修路。天山伴山公路在修建中。"

"参加花儿沟康养示范基地开工仪式。晚七点，工作队去河坝沿片区看望88岁老干部刘占春老人。"

"在河坝沿一带转悠。草木正盛。土豆花开，茼蒿花开，蝶飞乱舞。去新地沟森林公园。花开正艳。路见麦子半青半黄，有风吹倒伏片状。"

"下午工作队带报社党员和村干部去看望慰问六户地片区的结对子家

庭，有马志礼、谭伟东、爱贝保、阿不力孜等人。我给马志礼家买的慰问品主要有面粉、大米、清油等生活日用品，三百多元。"

"新地村有不少困难家庭，少数民族聚居地六户地片区最集中。日常生活慰问解决不了根本问题。"

"新地有很多空房子。很多人家只有老两口，只有夫妻两人。年轻人不愿意在农村待，大部分青年都进城了。在村子里很少见到二十多岁的青年人。农村更多是中老年人维持现状的。"

"为屈国文、齐吉荣、于俊萍、张永国、妥春、热合买提等新地村干部、农牧民拍笑脸肖像照，为县党员干部教育基地石榴籽型笑脸墙专用。"

"下午返乡。新地场光地净。有些农民在地里拾土豆。现在一公斤土豆一块四。不错。一个农民对我说，农民就盼一个好收成么。"

"已到深秋，夜晚寒冷。与同事友人同在，内心温暖。"

"工作队确定二十户困难村民，给每家送两吨煤炭，一家合计480元，由炭场经营者陈学禄通知拉送煤炭。下午，陈让一哈萨克族牧民开小四轮车给驻村点拉来两车四吨块煤，好炭。"

"乡人大代表、老党员张永庭来，执意要写感谢信，工作队帮助横路片区患病农民何庆帝一家人渡难关之事。"

"在雪地里走。手机装入外衣口袋时没注意滑落雪地，一时找不见，返驻村点。后与小杨返回这里，继续寻找。天寒地冻，遗失的手机在雪地里自动关机。走来走去，竟然在原地一脚碰出。小杨说，不然开春雪化了，才能找到。"

"在河坝沿游走。雪盖冰滩，猛然滑倒。返回，才知右脚趾渗血，生疼。再看，指甲盖将要脱落状。脚伤，走路不便。"

"晨起，见东方阳光平行投射在天山峰峦。圆月呈现在西天。马匹三五成群悠然走动。天空澄明，大气清凉。

时间在移动时间。时间在交换时间。时间在隐匿时间。时间在催促时间。我在催促自己，快一点，快一点，好好看看这身边的美景 …… 但是，一个心底声音又在悄悄提醒，慢慢地，静静地，淡淡地，欣赏吧，喜悦吧，吟唱吧。我的天山，我的河流，我的日子，我的情感，在一时间集结，融入，柔和。我在阳光下目送明月。"

"…… "

4

人在新地驻村，让我留住许多乡村生活图景。许多记忆驻留在心。我都留存与惜别。

我拍摄了数千张照片，保存在"新地记录"文件夹里。

置身于新地，一个基点和根系，一个区线与环线中的清新领地。

我在四季散步。我在僻静的一块野外，无意之间走到这里，身不由己时常涉足这里。一片开阔地，一溜榆树，一条小径，一些灌木丛，田野中的闲散之地，荒地中的舒坦之处。我在这个同一地点，拍摄了春夏秋冬即景。

我和工作队队员同去"打地"。"打地"就是量地，测量耕地面积。测量人员手持GPS测量仪走来走去丈量面积，这是一个辛苦活儿，要双脚踏遍耕地，才能计算出具体数字。农民对"打地"最上心了。这可是自己丰衣足食的命根子啊。

三月天，我们去"打地"。工作人员在田地四边踏勘，转一圈，手中的面积数字就出来了。"打地"人深一脚浅一脚在雪地里游走，有的地方雪没膝，时不时陷入雪坑，有时坑住，闪倒，爬起，再走。参加"打地"的人员，一般说来有乡干部、村干部、十户长、田地户主农民。工作队队员一般情况下帮不上忙，在一起参与，了解情况，起个公证人的作用。"打地"也是熟悉土地情况的一个重要机会。

第一次"打地"，是测量林果业基地面积。十来个人集中在一片地上。县林业局维吾尔族阿局长着长胶靴穿行其间。他十多年前在新地工作过。他对我说，我走的时候新地是这个样子，现在还是这个样子。农民富不起来。挣的钱，都吃肚子了，又叭掉了。

量过横路片区吴军家的一片地。吴军走到工作人员面前，说他的这块地，原来都是七分地，现在成了六分九了。有人说，一块拐角绕过去了。闻听此言，阿局长在一旁说，行咧，就写个七分地吧。工作人员在本子上改数字，吴军二话不说按手印。后来人说，吴军就是一个最老实的人了。

5月，草盛起来。我们又去一块块"打地"。这时是测量实有小麦面积。六户地片区蒙古族十户长孙德宽在一块块地走来走去。这时天上有了雷声。孙德宽随口说，雷响了，地开了，长庄稼了。这里的一些地七零八落参差不齐。有的地，他站在地埂上，目测一下，就说，写个一亩地吧。应该说，老农民眼看得很准。我们来到山下很大一块地，是孙德宽兄长孙德权的。孙德宽说，别人量吧。我量我哥的，人说话呢。村干部说，还是你量吧。孙德宽只好一个人在地埂上走动开来。

县上要大力发展林果业，打造南部山区"花果山"。一些地要改种果树。几个乡干部和村干部在一块地里拉线挖沟，要种海棠树。这时候地里的红豆草已经展开一蓬蓬绿叶。围头巾的一个中年汉族村妇站在地里，看着放线的乡干部，叹曰：可惜了我的红豆草呀。

12月的一天，我与工作队队员去下河坝沿找十户长吴希堂、张维兵入户发放惠农政策明白册，接连跑了二十多家。天色渐晚，我和张维兵并行，在往住在河坝里的张兵生家走时，踏雪入地。这时候雪还很稀薄。张维兵不由得自言自语：现在不下雪，明年地咋种呢？农民就盼个雪。

农民看见雪，就想到了自己的地。农民眼里的雪，是一场大雪又一场大雪。小雪，就让人揪心了。

这就是天山的生存环境。

5

在新地村，我看望最多的是一个老人。

来新地村之前，我就听说了刘占春老人。我知道他家里挂着第一任州长签名的五好干部奖状。

4月，我将工作队看望刘占春老人的事情提上日程。之前，我到河坝沿，打听到他的家。有几次过门欲入，却敲不开院门。打固定电话，暂停服务。问村干部咋回事，答曰不知道。有人说，该不会死了吧？后来知道，老人家耳朵聋，听不见。

5月6日，工作队第一次见到刘占春老人。他88岁，一双粗糙大手，本来是大个子，如今腰弯了，走路腿不好使。老伴大前年去世，眼下一个人照顾自己，住在七十年代的旧屋，土墙没有粉刷，地上没有铺砖，尘土飞扬，尘网满屋，很凄凉，很寒酸。他的上衣口袋处竟然别着一个掉漆褪色的花边五角星奖章，刻印着"吉木萨尔县扫盲奖章1953"字样。他没有上过学，当村干部后，想不识字不行，拜村里有文化的张某某先生为师识字。叫他"张先生"。他现在还保留着过去的识字课本。后来他能看文件，看书，写信读信了。看来，这是让他终身不忘的光荣。在谈话中，他相信共产党，认可工作队，说中国的江山不会垮。他将一封待遇问题信交史队长。村老干部都有相似境遇吧。

我一次次去刘占春老人家看望。与他聊天，其实主要是他说我听，他记忆力好，往往是一口气说些陈年旧事。他说他第一次知道共产党是十八岁在地里干长工活。一个当兵模样的人路过这里，要吃的，说去延安，他说到了共产党。刘老人经历了旧社会新社会，在大队当干部，样样干在前头，不甘落后。他说干工作没有"私"字。他右眼瞎了，是在一次扛木头拦水中发炎，留下的后遗症。

听说老人有四个女儿，一个儿子。分别住在或远或近的地方。

有一次我在礼拜三乡流动集市，遇到刘占春老人，他拄拐来买点东西。正要买一把香蕉，称好，我当即让他拿走，他不肯，我说笑着推他走了。我正好买水果，一块算钱就是了。

一次去刘占春老人家，他说在家躺三天，腿疼走不成。吃些药，好多了。我坐半小时，返回集市，给刘老人买些酥饼，十一块冻豆腐，下午与工作队员同往他家送去。小王同时送其五百元。

听说老人有时喝点酒，有一天我去老人家，送去两瓶古城专供酒，照旧聊天。老人右手撞破皮，戴着手套，一脱，破肉粘连在手套上。我说第二天送云南白药来。

次日，朋友新辉夫妇来新地村看望。午饭后我带领同往刘占春老人家探望，送上米面油。我提议，将老人1963年全州五好干部奖状捐赠新疆新辉红色记忆博物馆，更好地发挥社会作用。老人很高兴，痛快地答应了。新辉夫妇作为博物馆负责人当场为其颁发荣誉证书。

我经常看望刘老人，他后来也不再插院门了。我尽可推门而入。

我们给老人送些东西，有几次送上几百元钱。老人就说，对不起，对不起了。我们出门，他必然蹒跚到院门外，到路上回头一望，他必然挥手。有一次他对我说，你回去了，我想你了，就给你写信。他笑起来。

老人第一印象是严肃的。其实心里是热的。

刘占春老人的名字与我的父亲名字一字之别。比我父亲大几岁。我心里是将他当作一个老父亲一样的人物。

在夏天，工作队与报社联系新地村结对子，六户地片区70多岁的回族老人马志礼安排给我了。他家住在新地乡与大有乡之间的六户地路边一个院子里，很好找。我了解到马志礼与妻子身体都有病。在本村住的儿子马忠贵，没有右臂，在县城天山骄子公司打工，有两个小女儿。其他儿子不在身边。这个家庭生活相对困难。我第一次到马志礼家看望，只有他一个人在家，老伴在县城住院。马老人干瘦，老实巴交，不怎么笑，不爱说话，基本属于一问一答式。第二次与工作队来看望，才见全老两口。马老伴清瘦，是干净利索人，相对于老伴，她说话多些，好交流一些，说起来也笑呢。8月，妻儿来新地看我，我们一家人带上礼品，一道来看望马志礼一家人，这天只有马老伴一个人在家。还好，这家人主要是有病在身，能够自己照顾自己，没有太大困难，吃饭没问题。后来，我们工作队又来了几次，看一看，聊一聊。我最后一次看见马志礼是在乡政府门口，新年刚过，我问他来有啥事，他说来找吴正忠，说一件事。我说等一会儿吴书记就出来去村委会开会呢。我们给马家办了点事，马忠贵是热情人，几次给工作队打电话，让我们到他家吃大盘鸡。他家在前批工作队帮助下，去公司打工，每月多了收入，一家人还住上了安居房，亮亮堂堂，漂漂亮亮。前工作队员与他至今还联系着，有时候过来扎一头，说说笑笑，亲如兄弟。

10月底，乡上开展"民族团结一家亲"活动，原计划将六户地片区维吾尔族农民阿合买分到我的名下。我知道这个阿合买三十多岁，就在驻村点斜对面、乡卫生院旁边的天山维吾尔族饭馆上班。我想哪一天去认亲戚。饭馆好长时间却不开门了。后来我在饭馆门前找到他的电话，打了一个电话，才知道他的媳妇生小孩住院，才回六户地，最近饭馆不开。这之前，还出现一个戏剧性插曲，胥家泉还有一个阿合买，名字一模一样，这个阿合买五十多岁，也有一个小饭馆，后来转给别人开了，自己与妻子现在信用社烧锅炉，打扫卫生。我以为是对面饭馆的阿合买。大阿合买几次来驻村点找我，说想和我交个朋友，要拉我去饭馆喝几杯酒，好好喧一下。他汉语溜溜的，喜欢喝点酒。我几乎就要和他认亲戚了，不久越聊越对不上号，才知道此阿合买非彼阿合买。不久又知道，因为单位驻村点来年调换，上级部门不要求和现有驻村点结亲对象发生联系。我们在这里不履行有关程序要求了。

2016年12月31日中午，驻村点因事不开伙，我们工作队四个人同去阿合买饭馆吃饭，我第一次见阿合买一家人，大儿子苏巴提四岁半，很可爱，既会说汉语又会说维吾尔语，阿合买媳妇怀抱的小弟弟只有一个多月大，我们有人问苏巴提弟弟多大，他像抱着空篮球比画，说"这么大"，然后说："我弟弟也男人！"这"也"字，加上这句话，让我们大笑不已。我包里正好有糖，抓出送他一把糖。

2017年1月1日晚七点多，我去阿合买饭馆，送苏巴提几个玩具，两件套衣服，一本《小银和我》，阿合买去卧室，捧来一个小花帽，顺手给我戴在头上，说这是我们的礼物，送给你。我笑着说谢谢！我们就在饭馆里坐成一排，自拍合影留念。

驻村点西边是农机站，南旁是一户新地沟村牧民、哈萨克族人家，是七十多岁的老两口。主人名叫夏依扎，汉语不畅，第一次见他，他说我们邻居当下了，有空了过来。我说好好好。有时候，他家有点事需要人帮忙，就过来叫，我和队员就过去，主要是搭一把手的举手之劳。夏天，透过院墙，看见他家院子的杏子又大又红，让人眼馋。有一天，在院子外路遇，他笑着说，房子来，吃杏子。我笑着说好好。8月初，驻村点来客人，我们在院子里用杏木烤烤肉，我看着邻居的大杏子，就带两位女士及其孩子，去他家院子，说摘点杏子。夏依扎老两口都出来了，他帮我抬出一个梯架，让我踩上去揪，又从房子拿出塑料袋，让我装杏子，我上去在枝头摘了一些，老两口连说，多多摘，多多摘，我倒不好意思多摘了，连说好了好了。这天，乡干部吴龙来驻村点帮忙烤烤肉，也从自家院子摘来一袋大黄杏子。大家吃到这么好的杏子，都说好。

我又想起有一次在新地村走动，遇到河坝沿片区李林夫妇在老院子前割草。几棵杏树在这里很招眼。李林是村委会副主任李安的哥哥，他见我过来拍杏树，与我说起杏子。可惜没人管，没打药，虫眼太多，自生自落，掉了一地。李林五十好几了，不由分说上树，在高枝头为我挑拣没有虫眼的杏子，我说摘几个尝尝就行了，他下来，递给我一把小白杏，让我吃。

5月的一天，我向下河坝沿走去，一直走到北山河坝沟口，发现大片溪水在河床哗哗流淌，这让我大吃一惊。上河坝沿截流灌溉农田呢，中游河坝是看不见水流的，没想到下游清水汩汩流。从这儿上北山，远远看见对面山坡，一骑摩托过来，驮着背书包放学的小姑娘。骑摩托的人停下来，远远对视，喊话。然后各走各的。我下山途中，又见他返回来，路过我，停下来，载我一程，到老街商店停下，他去买东西了。

还有一次，冬天我再上北山，下山返回，过石厂沟路，半路上，已经人困腿乏。这时候，一辆摩托车停在身边，我以为要拐弯，一看骑车的哈萨克族中年人，他扭头示意我，上。我明白了，跨上后座即走。我贴近他的背，问，你叫什么名字？他侧头回一声：胡安。这名字好记。我们聊几句。他是新地沟村牧民，要去河坝沿给王姓人家宰羊。到路口，他应该往西走，我要朝东走，我说行了，就到这儿吧，我走回去，他说，没事，我送你过去。他拐弯直接送我到驻村点门口。我和他挥手道别。

过几天，我打听到胡安家就住在石厂沟路变电站旁边的第一家。我步行造访。胡安家是单独一栋房子，没有院子，过路人一目了然。他不在家，只有妻子和一个八岁巴郎阿勒斯。我问了几句话，匆匆告辞。

6

天山。新地。我。

这是我人生历程另起一行的关键词。新地：我就停在这里。回到人民。回到美。回到情怀。

我在新地行而思。

点点滴滴，有所思，有所记。

2016年6月5日。今日世界环境日。今日芒种。2016年今日，就是所谓又一个猴年马月的第一天。

这天早晨，我在新地，看得见山，看得见水，看得见树，听得见鸟鸣，听得见心音。我去看开花的山楂树。我接水浇菜地。我坐在房间，放下个人，为人织锦，单曲循环《自由的花束》。

下午，朋友来看我。我带朋友去看天山清泉，去新地沟走走，去看看画家村。

一段日子不在新地，我就想念我的村舍。我一个人住在一个房间里，窗外，有三棵高出房顶的中不溜大榆树。小鸟经常逗留的一块地方。好长时间没去新地了。总觉得过不去。总觉得错过了花期。这几年，都有人都有事，凭空打乱我的正常日程。无限的乡村风光就在不觉中、在各种忙碌中错过。

记得在车辆进不去的新地沟深处，有两个哈萨克族人家的毡房在那里随便安扎着。山间清流四溅。我想，此间有什么歇不得处？

有一天，我随意走走，在秘鲁谣曲《山鹰之歌》的回响旋律中，独入山谷。此时，阳光直泻，刺眼迷离。在这里，少有飞鹰的横空翔鸣，多见呱哒鸡的群起群落。

我在上山雪路上，边走边想，那个《山鹰之歌》呢？

吉卜林有个《原来如此的故事》。罗大里有个《一个故事的三个结尾》。其实，很多故事，不过如此。

2017年1月6日，想起费里斯·勒克华尔《引渡木材工之歌》：

没有原木就没有家，

没有书就没有真理。

或许这样也很好，

或许不是这么回事。

在他的脑里，只有更多的原木随波而下，

他留在村落的妻子正忙着编织。

史勒维欧扭动着身子跳舞，

河上波涛汹涌，原木转动着，

令人沉醉的香味，站着好好干活。

站着好好干活。

咱就好好干活吧。管那么多闲言碎语干甚。

在新地走，在新地驻村，在新地漫游，我不时想——"放下"。放下，放下，放下。我一遍遍心里想。我一边走，我一边放松了，轻松了。我仿佛感受到有一种轻音乐般的音符在心间拂过。

本立而道生。在天山新地，我为什么对这一句话，格外认同并参悟起来呢。我有时候在田野里穿过，有时候在山顶上翻越，有时候在树林里穿行，我反复思想这个根本道理。

北山与南山植被形成强烈视觉反差。北山几乎是干山坡。北山顶上，临近深谷的悬崖边，一棵孤独的小榆树，如同倔强的独生子，存在感挑战了自我极限。我如果不上山，就看不见这里有一棵独立不倚呈现根本意义的生命树。这就是有所建树的定力。

我拍下这一棵孤独而倔强的小榆树风景图。如果取名字，就是"本立而道生"了。

在新地散散淡淡度过一个新年，我的时间感一下迫切起来。

从四时更替中，从阴晴圆缺中，从逝者如斯中，懂得游走生命的本源，体认值得去爱的一切。

2017年2月25日。驻村周年日。

昨天特意从县上赶回新地，最后几天一定要在驻村地度过。我们工作队队员们在驻村点春联前合影留念。这是我们的经典合影背景。

在大合唱般的人生体验中，每一段插曲都是不可或缺的回旋曲。

河坝沿是我驻村期间不时踏访的地方。河坝沿，东头，当地人称：河东；西边，当地人叫：河西。十年河东十年河西吗？我想起刘老人与我喧荒（闲聊）时说的当地老话：河东无小人，河西无大人。何也，原来河东几家人都是大个子，河西几家人都是小个子。这时候刘老人窃喜起来。这样的典故老话，应该只有他这样的老人家才知道。

辞旧迎新时，分别再会时，想起东坡词，再好不过了：

莫听穿林打叶声，

何妨吟啸且徐行。

竹杖芒鞋轻胜马，

谁怕？一蓑烟雨任平生。

料峭春风吹酒醒，微冷，

山头斜照却相迎。

回首向来萧瑟处，

归去，也无风雨也无晴。

7

2016年2月25日至2017年3月1日驻村的日子里，我经历了我人生中几件大事：

4月，获悉我上年借调自治区党委宣传部，在那时做的《在祖国的怀抱中》的实施方案、撰写大纲在新疆维吾尔自治区成立60周年成就展上获自治区第五届"天山文艺奖"特别奖。

6月，发于《诗选刊》的散文诗组章《木垒美地》获自治州党委、政府颁发的第六届文艺"奋飞奖"作品奖。

8月，以一己之力完成的《砥砺奋进——吉木萨尔县党员干部教育基地》总撰稿、总监制；9月，完成自治州党代会锦绣前程图片展撰稿。

9月，儿子如愿上州一中高二文科班。

11月，老父亲在重症监护室生死未卜命悬一线，不能相见。最初我

只能在新地山顶祈愿，在新地星空默念，天佑我父。

1月，翻过新年，很私密地在新地相逢50岁生日。

2月，与工作队队员们，约上家人，在新地驻村点度过一个不期而遇的特别春节。

8

2017年1月，新疆维吾尔自治区党委决定，第三批"访惠聚"工作队由原定1月20日到期返回改为3月1日延期陆续返程。面对这个突然降临的消息，我们笑曰：这样就圆满了。在村里，我们哪个节日都过了。

大年三十，我们约上家人来新地村，与工作队队员度过一个别开生面的欢乐春节。除夕夜喜气洋洋，我们在互道祝福中迎接新年。我们在驻村点春联前合影留念，对联是队长、我们的史总精心原创的——

上联：四季都好惯了山风缕缕清人在此不为过客

下联：一年将满熟了乡音声声浓心安处便是我家

横批：情在山乡

我们的心声贯穿在春联中了。

这个春节，我们工作队活动在村里有合有分。合，同去吴正忠家拜年，去屈国文家拜年，去村民大师傅家拜年；分，我带妻儿提礼品去89岁高龄的刘占春老人家拜年，去看望哈萨克族牧民胡安一家人，为胡安的小儿子阿勒斯赠送新年礼物：《长袜子皮皮》，日记本，毛绒玩具；去看望维吾尔族阿合买一家人，为苏巴提赠送几册日记本，让他学好双语，将来当记者，做对社会有用之人……

我们一家人从没有在农村过年的经历。这个在驻村点过的春节，今后将是亲历者们回味的共同语言。

儿子回家，写了丁酉鸡年春节给父亲的信，写了一个驻村工作队父亲坚守在离家200多公里的工作岗位的所见所感，最后一段这样写道：

您恨不得将新地最美的一面一下子塞给我们。在路上，您如数家珍，让我们分享天地之美好。路上遇到一个素不相识的少数民族大妈，和从山沟出来的一对哈萨克族母女，您让停车，和她们打招呼，让她们上车，送一段路，哪怕我们走回头路。跟随着您，我看到您和农民在一起是那样亲切，您在农村仍然踏实和充实。在乡村过年，您一向的乐观，和新地乡的温暖，也感染了我。这个春节我必将铭记。

这封信在《昌吉日报》《新疆日报》《新疆农民报》以及"最后一公里"公众号先后选用了。

面对儿子的这封信，我有话要说，不久给儿子发了一条微信——

好儿子：

见字如晤。面对你春节写给爸爸的信，我真应该说点什么。

儿子，我们一家人都没有想到在我驻村工作的地方过一个坚守岗位的春节。我笑曰"革命化春节"。我打电话让你和妈妈来这里过年，我们一家三口人2017年在一起过了不同寻常的一个春节。将来，我们可能会有"当时只道是寻常"之慨叹。

儿子，这个春节我更没想到你写给爸爸一封信。从信中我读到了你对爸爸尽在不言中的理解和支持。特别是能看到爸爸的达观超然，我谓之"革命乐观主义精神"。这很关键。人没有一点精神力量怎么行呢！难道在发愁哀怨中度过自己的一生吗？

儿子，你信的最后出现的"感染""铭记"两个词就足以打动爸爸。在新疆，这个乡村春节很值得。爸爸这两天读《爱这个世界》这本传记时，竟然想到你的信。你总要理解这个世界，然后才能爱这个世界。

儿子，这世界有很多想不到，更有很多想到。在新疆农村过一个特别的春节，肯定有特别的意义。相信这意义对你的理解和影响是长远的深远的。这个潜移默化的过程需要个人的成长性解读。我相信你会懂的。

你的爸爸

2017年2月9日凌晨3时于吉木萨尔

确实，一封信让我们彼此更加理解了。

工作队员小杨有一次无意中对我的儿子这样说：你爸爸比很多新地人都爱新地。相信儿子懂得这句话吧。

临别几天，我陆续到文化大院李继文家，到爱鸟人张月荣家，到住在1942年老式拔廊房的乔生强家，到手脚勤快的张永生家，到胡安家，到阿合买饭馆，到夏依扎家，一一辞别。我们将工作队煮好的半盆饺子，连同一些米、面、油、鹰嘴豆粉、水果等装了几箱子，还有队长找出的几件新衣服，临走时送给一个人生活的刘占春老人。这天，他正巧也在包饺子。出门，他对我说，也不知道我以后能不能见到你了。我说，你好好活，90岁了，我来看你。

9

来之前培训，一个前工作队队长在大会上传经送宝，其中特别说到这样一个问题："驻村工作，最大的问题是寂寞。"不，驻村期间，寂寞感从来没有侵袭过我。我乐在其中。

驻村，不可不带一包书，安静伴读。特别是重读恋恋不舍的书，别有意味。放在手边的一本美好的书，就跳跃着这样舒畅的语言："最后她忽然想到，可能是因为她长期身居城市，周围除了单调的街道和房屋什么也没有才迟迟不能动笔。到乡下去，看看森林和田野，情况也许会好些。"

在这里值得一记的是，驻村期间，我阅读的第一本重要的书，是亚当·扎加耶夫斯基的《捍卫热情》。持续读完布罗茨基的大部头《悲伤与理智》。迫不及待一鼓作气读罢希尼2016年7月新版三本诗集《电灯光》《人之链》《区线与环线》。印象深刻的一本书，是汉娜·阿伦特传记《爱这个世界》。

在新地乡，我重读了早年读过的《基督不到的地方》。身居新地，一个书里的意大利山村，给我一个重要的打量的基点。

驻村的日子毕竟留下了最大的遗憾，那就是没有满满当当在新地度过一年四季。几次抽调在外，让我渴望充实的驻村日子雨打风吹去。

10

2017年2月初，突然接到《最后一公里》记者电话，问我：新年的期望是什么？

我在新疆，我就这么回答吧 ——

新疆，你好！

新疆人，一起好！

祝愿新疆在中国梦伟大征程中神采飞扬！

—— 这是新年的期望。

—— 这是永远的期望。

天山新地杏花迟

　　山乡新地杏花开得晚，她不急，不紧不慢地在天山眼皮下推迟约会，从四月到五月，渐次绽放，在开落之间，匀出空档，像等人似的，要见一面，看一眼。仿佛自言自语，反正我等待了，你不来，别怪我。

　　我们"访惠聚"工作队在吉木萨尔县新地乡驻村，没想到在新地遇见稀稀落落的杏树，看见慢慢悠悠的杏花。别地杏花芳菲尽，新地杏花才闪面。新地杏花一出来，在山地就很出色，质朴而淡雅，沉静而艳丽，出格地动人心怀。

　　新地乡和杏树有缘分。在山乡人家，汉族人家，回族人家，哈萨克人家，维吾尔人家，不约而同栽种杏树。在房前院后，在田野，在路边，一两棵不嫌少，三五棵差不多，十几棵容得下，或者是一片杏林占尽风光，杏树随遇而安，自成一格。

　　坚韧的杏树是新地乡老成之树。这里种杏树至少有几十年历史了。我和53岁的村干部吾斯曼谈起杏树的话题。他慢吞吞地说："我小时候就有杏树了。"在他家后院，就有四棵杏树，在苹果树、杨树、无花果树中，算是年长辈。我感到在新地这块地方，杏树不多不少，有一种不可多得而恰到好处的存在感和归属感。

　　我们住在村里，一天天目睹了新地杏花起舞谢幕的全过程。

　　从含苞待放到着艳怒放，由红返白，由浓转淡，新地杏花无拘无束地变换着姿色容颜。

　　我们欣赏新地杏花。看见了新地杏花红杏花白，杏花繁杏花稀，杏花飞杏花落，嗅到了杏花香杏花味。杏花确实给人艳性的感觉，要不诗人为什么说杏花"活色生香第一流"呢。

　　杏花在新地春夏过渡期很抢眼，杏花扮演的是娇娆角色，"身影妖娆各占春"，纷纷扬扬，风风韵韵，"春色撩人不忍为"啊。

　　我在村子里随意走，这时候驻足在路边一个陈旧的大院，院子前后有二三十棵杏树，杏花正开。我打听得知，这是村子里有名的乔家大院。主人家二十年前一前一后去世，人去房在，百年大榆树、几十年树龄的杏树、苹果树围绕着空荡荡的衰落院子。我专心拍摄杏花，一会儿注意到一个身影径自过来，一看，一个老汉笑眯眯地站在跟前。一问，叫乔生海，原来这个院子是其父母留下的，四兄弟定不下，一直放着，没有卖。他是乔老二。他对我说，这些杏树有几十年了。他引导我看院后的一棵杏树，说这棵树杏子明明的，甜得很。新地人把杏子口头叫"heng子"。他又领我到院前，拍着路边一棵干杏树，说这棵杏树结的杏子最甜，可惜死了，可能是干死了。他边说边比画着杏子如乒乓球大。他说，七八月杏子熟了，你过来摘上吃。说起自家的杏子，他眉开眼笑。

　　新地乡在建设美丽乡村。在拆旧建新中，住在大路边的老张要顺便铲除家门口两棵大腿粗的杏树，树干平常拴着两头牛，磨光了树皮。两棵老树在初春时节似乎已经枯死。一问，他说，活着呢。我们说，那就不要动了。一个人说，一棵老树都住着一个神灵呢。我们实在不忍心看着砍伐活生生的生命之树。

　　杏树在这里人的心目中没有特别重要的位置。是的，散落的杏树在新地有点可有可无的零落感觉。"半开半落闲园里，何异荣枯世上人？"新地杏花闲置一隅，闲花平常，闲话家常。没有多大价值，充其量看个眼花，淡个嘴。

　　情为世累，很多人闲情少。往往是在实际的现实生活中，无心专注于闲开闲落的闲花闲话，任开任落，无人欣赏，无人留念，总是由它去吧。

　　新地杏花是慢半拍的闲花，她次第慢慢开。这时候我来得正好，放慢脚步，亲近杏花，如同闲看佳丽在乡野左把花枝右把杯，忘情于世。"淡然闲赏久，无以破妖娆"。谁让杏花招眼动心呢。

　　新地杏花在我眼里，分明是耳语般的轻吟："道白非真白，言红不若红。请君红白外，别眼看天工。"

　　如此一来，新地杏花总是新。

天山新地诗记

天山北麓前山盆地，博格达峰东段北面，丘陵河谷地带，海拔1400米，四面环山，南高北低，南山呈现M状横列其上，北山躺倒似的延展铺列其下，四野环围，自成一体。在一个阶段层面，这里像一个摊开的大手掌，把这一切紧密收拢在一块。

天山新地，是我心目中一个诗情画意的小地方。

诗人愿意在这里诗意地栖居。一个全国著名作家多年前在河坝里买房居住写作。画家喜欢在这里打开画板写生。一群画家多年之间在小分子村自然而然形成画家村。天山新地不知不觉成为创作之地。

我情愿在这里长久驻足，享受风景。

我称不上诗人，更不是画家，但我在天山新地，如果不写几首诗吟诵，不用文字描摹图画，没有心迹留下来，我就对不住自己在新地驻村的日子，对不住这一块天然美地。

《新地三日》

阳光磊落收，

甘愿净心住。

释怀见清泉，

归纳花儿沟。

《新地三日》是我来新地三天的第一印象，第一感受，第一表达。我半夜里手写在手机备忘录里。我甘愿住在有阳光的地方。我甘愿住在有清

泉的地方。我甘愿住在花儿沟。磊落、清净、安心、释怀。我来了，我将在心里对花儿沟做一个归纳清点。

在驻村点位置朝西南方向抬头望去，花儿沟清晰可见。一大团松树紧贴在向阳坡，凸显五边形一派墨绿，在我眼里就是一顶大自然的王冠，有一点歪斜，显得任性随意，却深沉有神。

最美的花儿，总是在静悄悄地兀自绽放。

《新地清气》

户儿家非要藏山脚，

花儿沟偏向露容貌。

清风丽日自作主张，

闲云野鸟画地为牢。

都说天山新地空气好，是的，是这样。

天山新地，清风、清气、清明。自作主张似的，画地为牢似的，有执意如此的样子，有执念如此的样子，心甘情愿散落在天山山脚，任凭清新怡人。

这一切，都让城里人有了嫉妒心。

《天山新地志》

饱受富阳光，

渴望贵清爽；

滋养泉低调，

开怀花高昂。

用一首五言诗简明扼要为天山新地立志吧。

阳光，那么富足；清爽，那么期盼。天山新地让人望尘莫及。

在天山新地，泉水静流，花儿野放，让我们开怀动心。

低调与高昂，是不分彼此、相互依存、同生同活的哲理关系。

高昂，在低调中，迂回上升。

新地固然高低不平，局限在一个固有的范围，新地大气仿佛在来回循环，几种语言在这里飘散，好像清风吹拂游移一样，一些话音传导过来，飘移过去，在附近串联着高高低低的回音，隐隐约约连带着心里的莫名其妙的亲切感。断断续续，听不真，听不清，但这就是再熟悉不过的乡音。

汉语方言，回族土话，维吾尔语，哈萨克语，蒙古语，在这里贯通流畅；双语、混合语在这里交叉交汇。流行歌曲、新疆曲子、冬不拉琴声、都塔尔弹拨声，在这里弥漫四散。

天山新地布局着一块不同民族、不同语言、不同传统、不同文明各取所需的交流融汇磁场。

心灵感应到了天山新地的淳朴乡风。

《新地行记》

山地阳光容一身，

乡野清新贯全胸；

天然境界泉不尽，

人气立意花无穷。

我穿行在天山新地，被阳光征服，被清新制服，被自然说服。

正因为天然，正因为坦然，境界高，立意高，才能无穷无尽，无边无际。人心通理。

在天山新地，几天时间，我就能够领会这个地方的质感美是什么。

穷，是天山新地；富，是天山新地；自然，是天山新地；人为，是天山新地。

在天山新地，眼光、胸怀、境界，远大于一圈土地。

天山新地，让我有焕然一新感了吗？

《上山下乡年》

置身山野地，

出没断舍离。

不由跨盲区，

尽管向偏僻。

这是我来天山新地第七天发在微信朋友圈的提示音。让亲朋好友知道，我所处的驻村地方，有时候不是一个电话就能轻易联系到的地方。山乡就是如此。

对新地，我个人谓之"天山新地"；对一年的驻村工作，我个人认定是我的"上山下乡年"。

深入山乡，我经常处于"断舍离"状态。手机有时候没有信号。在上山下乡中，这种"断舍离"状态，是必要的沉下心来，静下心来，安下心来。"断舍离"是状态，更是心态。我现在倾向于一种得大自在的"断舍离"。

上山下乡，我"尽管向偏僻"。偏僻就偏僻吧。偏僻里就有独特的意味。

你可以独享。也能够分享。

《新地山花》

山花缀新地，

芳容贴苍天。

横陈花儿沟，

迷离人世间。

五月，天山新地草木峥嵘。

因为这里有一个叫"花儿沟"的地方，就让这里的野花更加恣肆了一番。

"花儿沟"的名字，当地人叫了一百多年了。

这是一个人过去种大烟的山沟沟。

花儿沟确实有麻醉人、陶醉人、迷幻人的混合气息。一种杂花竞相开放的浓烈香气迷漫在天之涯地之角，氤氤氲氲，欲罢不能。

　　我喜欢攀山上花儿沟，在花儿沟走来走去，看来看去，笑来笑去。一大坡又一大坡花花草草散漫在沟沟坎坎，满眼姿色。我还是喜欢在雨丝弥漫、云雾缭绕、湿气蒸腾的日子在花儿沟游荡，迷迷蒙蒙，绵绵密密，充盈迷情。花儿沟放松了我，也轻松了我。我认每一朵花。这里的花都清爽，都从容，都淡雅。都让我着迷。我能叫上许多花的名字，也有一些花的名字是空白。我对知名的花儿和匿名的花儿都致以爱意。

　　知名的花儿与不知名的花儿都在四面八方芬芳了自己和一片世界。

　　花儿沟以花儿的名义集合了众多妍丽花瓣。

　　《新地岁月》

　　地里赐生机，

　　嘴边留贫瘠。

　　春秋心事重，

　　盘算到年底。

　　天山新地的岁月，总而言之是农耕游牧岁月。一年年，盼雪祈雨，靠天吃饭，靠地生存，靠水存活。农牧民的口头禅，少不了地、水、收成。春天种什么，秋天收多少，农民心里一本账。

　　只是，新地这地方，地是有限的，水是有限的，收成和收入都是有限的。一年又一年的重蹈覆辙大同小异，让日子基本上始终如一。这是一块宝地，也是一块贫瘠之地。地里出来的东西，总是有数的。

　　天山新地最富有的就是自然本色。这是钱无能为力的。但是钱具有很大的破坏力。

　　《新地感怀》

　　日月含相通，

　　新地知天命。

　　早晚走老路，

　　散漫亲半生。

2017年1月11日晨，我对身处近一年的新地产生深深的认同感，于是写下《新地感怀》。生命历程，感怀是时时处处都应该有的一种体认。

天地日月在，天命自有时。人和天地必然有重要的相通之处。

很多时候的很多人，是紧紧张张的。其生活和心灵都是紧紧张张的。在紧紧张张中，完结了一生。

只有内心生活丰富的人，精神生活的光照大于物质生活的狭隘，有精神自治之心，在大千世界中才能够充盈、灵动。缺乏精神生活的人，在纷乱的外界侵蚀中，内心浮躁，茫然失神。

散漫，在很大程度上，是搭救一个人的温暖湿地，甘甜清泉，拂面清风。

这是令人亲切动情的一片福地。尽管很多人不以为然。

朋友相约来看我，几个人不约而同说玩笑话：原来你在风景区度年假呢。

《天山新地印象》

天山雪水涌，

足够四季青。

圈住原生态，

放养满地蜂。

如果我离开了天山新地，那么我闭上眼，回想这里，是什么在我眼里闪动？

是近在咫尺的天山雪水。是全身围裹的四季分明的阳光、清风、大气。

这天山雪水如此冰凉，又如此清冽，我弯腰蹲下，手捧起来，就能喝一口。

我眼里的天山新地，是一圈原生态存活样本。夏天，你在这里走一走，蝶飞蜂拥，生灵之舞，精灵之舞，神灵之舞，近在眼前幻化神变，美妙多姿。

如果，没有天山，新地不可想象；如果没有天山融水，新地不可想象。

天山培育了新地。天山养育了新地。

新地沟神灵，河坝沿生灵，花儿沟精灵，给天山新地以最大的灵气、神气、福气。

当然，很多人身在福中不知福。对眼前的美好，司空见惯了，只是认识不到那种不可多得而已。

《新地相见》

我在深秋的村落等你

温暖直入我们的心底

人生总要越山过河

走走停停

从山前路到河边岸

从一身雾到一脚泥

在远近之间亮出一个新地

此刻此时

安然闪耀

一切正好

一切正当年

一切正开启

在大树下聚拢收获

挂满了不失时机

挂满了四季原理

挂满了天地真义

片片落叶翻新旋翼

展现扬弃

在天山新地，我领教了一种山水交情。

朋友们远道来看望，如果时间宽裕，安顿从容，我们总要一道去有山有水的地方，看看山河，看一看松树岩石，看一看清流净水。相携走起来谈笑风生，相拥坐下来闲话平常。天山深处，一沟会合，山风轻拂，雪水激荡，心胸阔气，有豁然开朗感，别有天地在心头。

清境向来远。穿山越岭，时常走到无桥无路绝地，只有山水在，还有两三个人。这里，原始原生，原本原味。当然很清静，觉得安静安心，我们喜欢在这里逗留，随便聊一聊，哪怕一两个小时。心里更愿意，待上半天，甚至一天。

如此这般，自然而然。老交情总是如山常在，如水长流，如松常青。心有灵犀相存，清风明月相伴。淡然无期，默然有定。

写到这里，我想，太多的叙述，是多余的陈述了。就让我，将写在天山新地的一首自由体诗行，情不自禁置放在这里，总结我的至情至性的《天山新地诗记》吧 ——

《我在天山新地度过年月日》

平视太阳升起的地方

令人惊喜

在天山这一圈领地

一回头

我立足在这里

是新地

我可能来得晚一些

我可能错过一些什么

这不要紧

我会看见一种新奇

我在新地

这个突如其来的位置

靠近山，靠近松林

我靠近了海拔和高度

阵阵清风

我整个儿是深呼吸

亲近田野，亲近河沟

泥土落在我身上

河坝沿的雪水

春夏秋冬

或大或小

或粗或细

说不准变异

泉水四溢

清澈滋润我

我一个人徒步穿过新地

融为一体

接近阳光，接近星空

我接受照耀

时刻感觉无穷的天意

走着走着

走到头也有神秘

和许多未必

叫新地的地方

有不少老人

有不少孩子

留着往事

续着新知

总觉得有一些少

总以为有一些多

人物事物天文地理

哪怕莫名其妙

多多少少

都是一些默认的神气

有些人只管留下来

有些人选择了远离

有些人形同候鸟

时断时续

说起新地却不分彼此

自有一种默契

此时此刻

我在新地住下来

屏住声息

似乎在获得启示

领取定力

我在新地度过年月日

从此增加了人生配置

与山与泉相近

与云与鸟相守

与树与花相依

开辟一小块土地

滋养自己

心目中的自留地就是如此

我带不走

只有注视

只能惦记

云彩飘动

鸟儿飞动

风摇动

都带动不了一块土地

随身出游

我心动

才能转移我的感觉

云游天地

稀落的是散漫的榆树

紧密的是抱团的红刺

一个向上钻空子长

只要不妨碍田地

人们不嫌弃

一个往宽扎根求生

都拥堵在田埂路边

在新地簇新

出落成大地标志性发际

阳光会来

云朵会来

雨水会来

泥土石头都自在

树木得到底气

鸟儿得到粮食

兔子猛地跑出来

来到这里都有生机

它们都野生

本身具有天然的活力

马牛羊生存全为筵席

特别是羊只主要奔向牙齿

狗主要冲向耳朵

吠叫体现存在感

杏花和风相对自由

总是转瞬即逝

野草野花周而复始

人们就事论事

往往得不偿失

时间活着飞离

空气中流动着

天经地义

日子里消解着

生生世世

口气中夹杂着

不过如此

我在新地果敢现实

体会生生不息

我一下子抖落在新地

不由自主浪游

无止境行思

我想接受一块新地

让我放下

空泛的枯寂

河水冲走松树枝

我顺手捡起一截

自成一根手杖

弯曲适度

柔韧有度

我带着走路

如同抓住了一个根基

我贸然走在新地

和大家打招呼

一边聊天一边熟悉

有时候在远野走开

像云烟鸟声

消失在淡远的境地

第三辑 新疆眼神

新疆形象

新疆的鲜明形象跃然而出。

"三山夹两盆"，一字集一身。

大新疆是中国最难概括表达的一块大地方。

大伟人一手简化了大新疆，不拘一格，索性连拐里拐角都不要。

而事实上新疆的边角的确是令人沉痛的。

大新疆还有什么充足理由要拘谨下去呢？

索性放开手脚，一任气壮山河。

王洛宾旋律

先生住的乌鲁木齐离我们这么近，可他创作的优美歌曲我们原来总觉得是从那遥远的地方回荡过来的声音。

这些撩拨出我们爱的情感的声音，总以为一定是出生在另一片土地上的宝贝，这正是我们的错误。

更是我们本身的悲哀。

何必要踮起脚尖张望太阳的背后呢？那里说不定只是阴影的仓库，黑暗的地窖，虚无的空瓶。

美的旋律的创造者，其实就倚在我们无知的冰凉的身旁。

因为太近了，我们一转身，就分辨不清似的。我们长时间习惯了远望，总以为那些更美好的事物应该在远方，在双手够不着的境地，在双眼看不到的边际。

王洛宾旋律告诉我们，美感很近，心灵很近，语言很近。抵达灵魂很近。

可以看不到你，但可以呼吸到你的整个气息。

哦，西部歌王……我们的西部歌王！

新疆的一首歌从心里面涌动而出，从新疆源头流动开来，在我们的心房颤动，脉脉含情，一诉衷肠，只化为三个字：新疆的。……

这独具一格的《新疆的》，低回放浪，行云流水，以不同凡响的艺术境界，打动了我们——有新疆独特元素、共同质感的人！

这首曲子，透视着至性，衷心，胆识，勇气，自由，深情。

《新疆的》全篇歌词尽管只有三个字——"新疆的"，然而全篇旋律一如《阳关三叠》，一咏三叹，循环往复，琴声如诉，余音袅袅。"新疆的，新疆的，新疆的……"这个思乡曲让人闻听止步，不由动容，听者柔肠寸断，一时心潮澎湃，念想之极。"新疆的"三个字涵盖着超大的遐想空间，飞思纬度，憧憬界面。这是怎样的一种概括，一种提炼，一种表达，一种自信，一种超越啊。

当音乐家如此信手拈来的时刻，我们意识到了，这里蕴含无限的情感质地和艺术三昧，一瞬间，让"新疆的"这个通俗口语词语所囊括。我们拥有新疆的一颗心，此时此刻，提振起来，融化着，释然了。

疆

一个偌大的"疆"字丰满了我们的心。

把昆仑山、天山、阿尔泰山矗立在心上。把塔里木盆地、准噶尔盆地铺展在心里。把父亲的弓贯穿在刚强的肩头。把母亲的土地搂抱在温暖的

臂弯。把这一切，分布在我们的左心房和右心房。把这所有，发布在我们的路程和归宿。把一个"疆"字囊括在我们的一颗心。

一个"疆"字，盛满我的祖国的山河、目光、眷恋。

把历史烟云收存在记忆里。把地理风貌收集在脑海里。把岁月之箭收编在大胸怀。把寸土寸金收留在大版图。

一个"疆"字，装满了我们的所有情感、所有依托和所有热爱。

我们心上的"疆"，是伟大的史诗，是巨大的画册，是宏大的乐章，是阔大的歌声。

我们心上的"疆"啊，是高贵的疆土，是英雄的疆场，是至死不渝的疆域。我们都是伟大的开拓者，坚强的守护者，英勇的捍卫者，深情的歌唱者。我的寸步不离的新疆啊，满怀我的衷肠，满含我的念想，我只有坚定地高唱，才能配得上辽阔的大边疆、大视野、大格局。

一个"疆"字，集中了美的高地、质地和心地。以无与伦比的大气涵盖了心向往之。它，包括了惦念的硕大的心，跳动着无边无际的大情意。

一个"疆"字，全部的元素团结在一起，充满无穷无尽的能量，像鲜红的石榴籽团聚在我们的心房。

一个"疆"字，在每一个早晨，在每一个夜晚，在每一个梦境，在每一个眼神，在每一个祝愿，不离不弃，如泣如诉，无怨无悔。

新疆，全新奔放的光芒，全部奔腾的力量，给我今生今世不可磨灭的笔画，给我此时此刻浑厚的发音，给我最丰盈的构图最丰厚的底蕴最丰富的宝藏，给我永远的荣光。

新疆啊 —— 我的举世无双的新疆啊……

亲

一个村落和一个村落远吗？

—— 喝同一条河的水就不远

叫作亲戚的人和别的人不一样吗？

—— 有同一种血缘的就相亲

那好，见到枣儿汗大娘的时候

问她记不记得一个胖胖的画家？

我一直记得这一首题为《走亲戚》的小诗。一直记得我的爱。

这首小诗的作者是我们尊敬的文学大家周涛先生。

《走亲戚》最早发表于1987年4月30日，在一个新疆地方报《昌吉报》副刊悄然问世。是刊登的三首小诗之一。

读到这首三段六行小诗，我的心有一种轻微的震颤，我的心热了，我的眼清亮了。我将其剪贴在个人保存的布面笔记本里，只有手掌那么一块大小，像呵护一件小珍宝，我视为生命的语言珍珠，留存在心里。

这动人心怀的诗一直印刻在我心里，为什么？我竟然想起了世界文学大师雨果的名言："世界上最宽阔的是海洋，比海洋更宽阔的是天空，比天空更宽阔的是人的心灵。"

这首小诗，具有心灵深处的感动，就是人的心灵在心海上荡漾的情感涟漪，波动着，跳动着，涌动着，向无比宽阔的境地扩展、蔓延、浸透。

这么短小的诗，出现在新疆，应该是一个壮美史诗的开头。它将新疆各族人民的火热感情生活戏剧性地浓缩在一段见面寒暄的对白里，是由远及近的历史长河一朵浪花的大景象、小片段。

这一段对话和一句反诘，发自肺腑，流经肝胆，像温暖的太阳，像温情的春风，像温润的雨露，出现在我们的心田里，通透，滋润，恬美。

还需要我多此一举再说什么吗？

我们本来就一直亲着。

我们本来就在一条河亲着。

我们本来就在一条血脉亲着。

我们本来就在一条心中亲着。

一首小诗，一颗诚心。

我们的心，都懂这心声。

我们在新疆的辽阔大地上，朗诵这首小诗，何其深沉而温和，何其沉甸甸而轻柔，情深意长，温暖人心。沙漠瀚海，绿洲碧波，簇拥着最美好的人间情意和民间诗意。

新疆信使

沈苇兄，半年不见，近来可好？

这个礼拜天，我去礼拜天山，礼拜博格达山，礼拜博格达峰。在天山天池脚下，在瑶池园，在新近开放有待完善的博格达书院，我突然看到了暂且空洞的"沈苇书屋"，亲切感即刻诞生。我的欣喜感和欣慰感超出了一般人的想象和表象。

以你的名字命名的书屋，多好啊，多美啊，这是给一个优秀诗人献上的最动人的赞美诗。

一个小小的书屋，盛着大大的赞扬。

一个人的书屋，内敛了一个人的精华，集散着一片疆土的芬芳，扩展着一地阳光的情热。

在这爿书屋里，我想少不了1996年夏天你题赠我的第一本诗集《在瞬间逗留》，特别是少不了2015年冬天相遇你题赠我的新诗集《博格达信札》：送给河山。

你把最好的诗送给我了。我把最好的诗记住了。

你早年曾在阜康生活过。你至今常来这里。这是你目之所及关切的一个具体地点。

这一天，我们很多人集合在这里，参加一个文学欣赏分享会。我们团团围坐在一起。你因为有事没有来。这也不要紧。有人朗诵了你的《博格达信札》这首诗：我是自己派来的……

我们倾听着。

朗诵者、倾听者、分享者，此刻滋润了眼前的一方天地。

听着听着，主持人请我做点评。身临其境我确实有真心话要说一说。我说到朴实无华的促膝倾谈的"真"。说到蒲宁说的"每一个地方有每一个地方的美"。我由远到近说到清代洪亮吉的"天山已包天"，说到当代你的"大隐隐于疆"。我说到贾平凹的自我告诫"请不要在名山上做文章，请不要在胜景上做文章，你到日常生活中去吧，让日常生活走进散文中来。真文才是新文，新文才是奇文。"我说起亚当·扎加耶夫斯基在《捍卫热情》一书中提到的"精神自治"。我最后提及汪曾祺写在《天山行色》中的两句诗："万里西来终不悔，待饮天池一杯水。"

我尽管是三言两语，但是我真的不由自主放大了思想的自由空间和探索高度。因为我现在与博格达峰咫尺之遥。其实啊，我是在天山礼拜了文学艺术。礼拜了诗篇。

捧读《博格达信札》吟诵，我忽然想到，沈苇啊，生活在亚洲中心的新疆的诗人，应该是新疆推举的心灵信使，跨越时空，把最美好的天山诗意、新疆美意、新疆心意从天山南北传递出去，传扬出去，传遍大地，传遍心间的温润领域。应当快递呀！美好的诗歌，美好的事情，美好的梦想，一点儿也耽误不得啊……

新疆诗情

天山礼赞

伟大的天山本身是伟大的天地诗篇。峥嵘雄壮，气冲霄汉。

历代诗人吟诵不已。世代人们吟诵不已。

我们现在只有吟唱不已。

李白的《关山月》为冷峻威武的天山代言，是确立天山基调的千古绝唱："明月出天山，苍茫云海间。长风几万里，吹度玉门关。"

耶律楚材的《阴山》推崇天山："横空千里雄西域，江左名山不足夸。"

丘处机行吟《阴山途中》一唱三叹："横空一字长千里，照地连城及万家。从古至今常不坏，吟诗写向直南夸。"

祁韵士的《天山》分明是一次山河判断："三箭争传大将勋，祁连耳食说纷纷；中原多少青山脉，鼻祖还看就此分。"

裴景福《天山》对天山敬仰有加："会当绝顶观初日，五岳中原小眼前。"

铁保《忆旧游诗十二首》感慨天山气势："天山本天然，屹立自雄贵。回视吴越山，都增脂粉气。"

宁远大将军岳钟琪西征远眺天山，挥就壮观《天山》："偶立崇椒望，天山中外分。玉门千里月，盐泽一川云。"

洪亮吉《出关作》纵横捭阖不同凡响："却出长城万余里，东西南北尽天山。"

邓廷桢《天山题壁》出神入化，气壮山河："叠嶂摩空玉色寒，人随飞鸟入云端。蜿蜒地干秦关远，突兀天梯蜀道难。"

林则徐《出嘉峪关感赋》巧夺天工，雄浑刚劲，气势夺人："天山峻削摩肩立，瀚海苍茫入望迷。"

史善长《望天山》横空出世一般惊天动地："天空地阔容横姿，巨灵醉倒腰身肆。划断白云不得行，羲和到此应回辔。但看天尽已连山，却疑山外原无地。"

宋伯鲁《阜康道中望天山》望断天涯路，惊心动魄："天山积雪连天高，直从平地翻银涛。银涛一泻数千里，起者忽伏伏者起。"

王树楠《发哈密》远望天山南北大景象，沉吟萧然："天山划南北，冰雪寒嵯峨。"

"天山界画分半空"。天山是惊天地泣鬼神的巨龙，耸立出大新疆脊梁。

只有西出阳关，驱驰万里，壮游新疆，相遇天山，奇境连奇观，奇美接奇幻，才能见识"地脉至此断，天山已包天。日月何处栖，总挂青松巅"的大气象。

天山在打破我们的常见界限，突破我们的常规思维，给我们以撼动。

面对天山，诵吟诗篇，我们感动不已。

在诗中，天山成为新疆的代名词。

天山这一阕史诗，雄深雅健，壮阔奇绝，在我们的心灵深处，迤逦展开。

天隅一方

岑参两度出塞，并没有意识到因为边塞诗而名垂千古。

对岑参，我们既有敬仰之心，更有亲切之感。因为诗人当年往来鞍马烽尘间十余载的地方，正是我们如今所处的山川大地。

借用今天的话说，岑参雄伟壮丽的边塞诗，提高了我们这块广阔土地的知名度。其诗的意境，便是我们这儿的生存大背景。岑参使这天隅一方雄奇至极。

多少代人，被这样的诗句所震撼，所激动，所迷恋：

"忽如一夜春风来，千树万树梨花开。"

"天山有雪常不开，千峰万岭雪崔嵬。"

"古塞千年空，阴山独崔嵬。"

"剑河风急雪片阔，沙口石冻马蹄脱。"

"黄沙碛里客行迷，四望云天直下低。"……

只有身临其境，逼真传神一气呵成，才使我们这样历历在目。

就是一首很短的四句《碛中作》，也让所读的人感受到一种意象的开阔：

走马西来欲到天，

辞家见月两回圆。

今夜不知何处宿，

平沙万里绝人烟。

我被这一首朴实而简单的口语诗所感动。这是一马平川的空旷。这是男儿万里志的深入。这是单骑远游念系家园的根深蒂固。

天隅一方啊，马队奔行；空旷无垠啊，明月高悬照千里。希望的空旷莫过于如此，人生的壮阔更是这样，只有经得起困苦磨炼，才有缘看见轮回的圆满和慰藉，并陪伴远走高飞。

"走马西来欲到天"，我特别欣赏的这一句暗藏的意味是轻易捉摸不出的。这是接近雄阔气魄的前奏。

心向往之

翻读《唐诗三百首》，发现大诗人李商隐有一首《瑶池》：

瑶池阿母绮窗开，

黄竹歌声动地哀。

八骏日行三万里，

穆王何事不重来？

不由得轻叹了一声。这瑶池就是我成长的故乡天山天池，接着又为一种感情心荡神摇。其实，天池早已伴随史籍出神入化了。传说周穆王与西王母曾在天池愉快相会，互表倾慕，谁想竟成了千古绝唱。于是，依依不舍的最后，只剩下了西王母满怀的期盼：祝君长寿，愿君再来。

从此不见下文，却把李商隐的灵感激发了出来，由他替西王母默默致意。我们甚至能够形象地看见西王母正无精打采地推开窗子，听见那首哀怜的歌声震颤了大地。她明显的衣宽身瘦了，我们也能够揣摩到她的心思。她正心事重重，迷惑地问呢：穆王有什么事不能再来？她一定接连问了几声。在她推开窗户探望的一刹那，我们把握住了她的幽怨。是幽怨什么？

据说，一代伟人毛泽东1965年读这首诗后，曾打定了主意："我要上一趟天池。"还说："瑶池传说是王母娘娘沐浴的地方，到时候我要在里边洗个澡。"

愿望最终不了了之，就像西王母没有再见一眼钟爱的人一样，她仅仅是自己无可奈何地念叨：怎么再不来？

既然视野茫茫都不见人影，那么有心人不妨趁早赶来享受，起码能享

受到中国的西部意境。有了愿望就要完成。

边陲乐土

在历代歌颂和赞美西北的诗里，唐代诗人刘驾别具一格。虽然他的名气不是很大，所写边塞诗也不多，但他所把握的边塞境界，是其他边塞诗人不能完全取代的。

刘驾宝贵的地方在于他直接表现了边陲人民的思想感情。尤其独特的是：他就像本身生活在这些人中间，成为他们推举出的一个代言人。

纵观历代与新疆这片热土相关的诗词，进入诗人们笔下的不外是征伐行旅，山川风物，人文景观，民族风情，不过是些表面描摹，传达的意思顶多也就是建功立业，思乡怀人。他们来到这里，还要重返家园；他们是过客。偏偏刘驾用赞赏的目光打量了那些就此留在边陲生老病死的早期移民们。在遥远的唐代，这恐怕也是对中国传统的故乡观念的冲击。

请看这首独一无二的《乐边人》：

在乡身亦劳，

在边腹亦饱。

父兄若一处，

任向边头老。

真是一些欢乐的边民。他们的精神状态是洒脱的，一个"任"字即一览无余，满不在乎地要在边疆活到老了，听凭岁月的打发，他们想得很开。

他们把家乡和边地作了一番对比，便毫不拖泥带水地选择了边地，并得出了一个朴素而实在的真理：在哪里都能活人。

他们也显示出了在边地很放心的样子。说明这地方挺好，把他们吸引住了，因此其乐陶陶。

走西口的他们，算得上中国最早的一拨支边人员。他们把祖国版图的一角牢牢地钉住了。

读这首五言古诗，简直觉得这些唐代的边民正活脱脱地跟我们当面对话。这是他们的心声。他们的这四句朴实的话保留至今相当难得。

终老流沙。

一个湛然的人，诗作理该湛然有声。

耶律楚材，自号湛然居士，有《湛然居士文集》《西游录》传世，在金元鼎革乱世之际，竟然写就如诗的湛然人生。

耶律楚材博学多才，经邦济世，大济苍生，崇尚"以儒治国，以佛治心"，抒怀"民族融合，华夷一统，共享太平"理想。

"尧舜徽猷无阙失，良平妙算足依凭。华夷混一非多日，浮海长桴未可乘。"

"车书南北无多日，万里河山宇宙新。"

"泾渭同流无间断，华夷一统太平秋。"

"何日要荒同入贡，普天钟鼓乐清平。"

史称耶律楚材"美髯宏声"，辅佐雄才大略的成吉思汗，西征万里，豪迈在胸，疾行轻吟："万里西行真我幸，逢君时复一谈玄。"驾征西域，"万里西征出玉关，诗无佳思酒瓶干。"西域壮游，成为传奇西游，他不由叹曰："真雄关也。"

"阴山千里横东西，
秋声浩浩鸣秋溪。"

"君成绮语壮奇诞，
造物缩手神无功。"

"旌旗蔽空尘涨天，
壮士如虹气千丈。"

天山纵横，河湖浩气，之所以壮，之所以奇，在耶律楚材看来，只因

"古来天险阻西域，人烟不与中原通。"关键一点，还是"瀚海路难人去少，天山雪重雁飞稀。"人迹罕至，必然神奇。

《西域尝新瓜》是耶律楚材远征图形象写照：

西征军旅未还家，

六月攻城汗滴沙。

自愧不才还有幸，

午风凉处剖新瓜。

西游壮行多壮歌，西域寂寞亦情调。这就是耶律楚材的壮心小调。

"西行万余里"的耶律楚材，在"遐荒僻一隅"中，感喟"谁谓乃良图"，自况"生遇干戈我不辰，十年甘分作俘臣。"

此时此地的耶律楚材安然有定，凝然有情，怡然自得：

"葡萄亲酿酒，杷榄看开花。"

"含笑春桃还似识，相亲水鸟自忘情。"

"品尝春色批金橘，受用秋香割木瓜。此日幽欢非易得，何妨终老住流沙。"

"人生唯口腹，何碍过流沙。"

忘情，受用，何妨，何碍……耶律楚材神情自若。

涉足西域，逗留异乡，"从征万里走风沙，南北东西总是家。"耶律楚材看遍内外忧患，悟透生离死别，明白"异同无定据，俯仰且随缘。"他心生终老西域小城的念头，"一从西到此，更不忆吾乡。""渐惊白发宁辞老，未济苍生曷敢归。""人生行乐无如此，何必咨嗟忆故乡。""万里遐方获此乐，不妨终老在天涯。""游子未归情几许，天山风雪正漫漫。"

天山当湛然。

遍地诗意

我们周围司空见惯的自然环境，完全能够出口成章，那都是现成的一首诗：

下山山路傍溪斜，

卤气浮如雪映沙。

萧萧迎马白杨树，

的的娇人红柳花。

这是清代一个叫施补华的江南人，进入新疆所作的《马上闲吟》之一。

尽管我对这个人相当陌生，可是他在诗中间接表现出的形象，我一目了然。他是一个即使身在异域仍然难得拥有闲情逸致的人。

因为他长着一对诗眼。

不是吗？他走马而过，随意一瞥，便发现了诗意，如此信手拈来。

瞧那山路紧紧跟随溪流的走向而弯曲身体，那白花花的盐碱地雪光一样映现着路上沙粒的皮肤；特别动人心怀的，却是那激发着萧萧迎宾曲的白杨树，正恭候着辛苦奔波的骏马的到来，而且装饰打扮过的可爱娇女竟是红柳花，也在一旁引颈翘望……

作者简直是在回归日夜想念的亲人的怀抱。此时他就像刚刚一步迈到了幸福的家门口。

是一个幻觉吗？

等我们反应过来，诗的意境又转眼关合。仿佛作者已打马从我们的身旁一闪而过，而不经他的指点我们就看不出这意境似的。

再重复朗朗上口的最后两句，不由得回味出了一种幽默般的意趣，一种自得其乐的豁达，一种热爱山川风物的美好胸怀。尤其重要的一点是，哪怕事物平常至极，优秀的艺术家都有本事将其深化为生动的意境。

生命奇观

世间万物绮丽瑰异的情形，往往使人的想象拉扯得十分长远，真正是一种奇美的节外生枝。我曾兴冲冲赶往天池，经过博格达山的一段，穿越天山峡谷，都惊讶地看见了在坚硬的巨石之上硬是挺立起了参天大树。

在我的见识里，这简直是不可思议，甚至觉得蛮不讲理。这些大树们，怎么如此不由分说地落地就生根，而且扶摇直上傲踞一方呢？

没想到清代诗人施补华已有一首无题小诗，如实地反映了这种奇特景象——

峭崖秃树千年物，

半死半生势盘屈。

孤根入石石抱根，

时有孙枝穿罅出。

面对这种景象，你不目瞪口呆么？

因为这是超越于常规的奇特风景。

而这的确又是诞生于现实的真切生命。

它理直气壮地为这个世界，为我们的想象，增添了别样的生命姿态，使我们开阔了视角。

就我所见的，诗里所写的树，即是周围常见的榆树。然而这是一种让我惊叹的树。榆树往往以它的吃苦耐劳的禀性，随遇而安的态度，埋头扎根的精神，呈现出自己的一份魅力。

在这首诗里，我们也能够领略到一点榆树生命力的风采。

看起来老态龙钟，虽生犹死，实际上并不是弱不禁风，其不屈不挠致使坚石也忍让三分，只好无奈为其提供生存角落。这就有了一种原本毫无瓜葛而现在相互依存的关系。环境使淡漠的分裂转化为热诚的团结，紧紧拥抱着，于是天长日久便产生了一种激动人心的生命奇观。

只能简单总结为生命力顽强。

挺拔茁壮的大榆树蒙翳披纷，使人感觉到了怡然自得的氛围。

绿浸一地

也许通过一首诗进入米泉是一条捷径？

山径芦林得，

溪声树底闻。

香传千里竹，

绿浸半身云。

马去如舟稳，

人还及日曛。

田渠有成局，

喜见水沄沄。

清人国梁在《古牧地西底滩堪田渠经过芦塘》中勾勒的当年风光，与我们心目中的米泉意蕴相差无几。他的其他记述米泉诗作，不时冒出"町畦""芳田""稻秧""水云"词语，与当今米泉一脉相承。

稻乡米泉在诗中鲜明凸显。否则后来称呼此处"米泉"便无来由和出处。米和泉，"最是羁人情动处"。

站在此处，即目所见，山径，芦林，溪声，树底，香传，绿浸，千里竹，半身云，马去，人还，舟稳，日曛，沄沄，扑面临头，渐入佳境。这一切组合体，有动有静，有声有色，见物见人，回望回味，悠然而至。一个"喜见"，心扉洞开。

恍惚梦里水乡。

却不是。

诗人就如一个地质工作者，实地探看，从古牧地西头踏勘田渠经过芦塘，芦苇丛林掩映了他。

他从迪化（今乌鲁木齐）来古牧地，等于来一次郊游。他舍不得走，丈量田地，走来走去，直到日暮。诗人舍不得眼前的田园诗。

如今世情，乱云飞渡，诗人繁多，田园诗稀有。

热爱家园

多少次我们凝望家园，起伏的不仅仅是一颗挚爱的心，还有那千万层麦浪涌动着，漫过了家园的底座，高挺着麦穗起伏在最美的画卷上。

家园一望无际的形象就是这个样子。

谁知早在清代，就有一位叫萧雄的爱国诗人，伫望过我们的家园，并且写了一首题为《昌吉》的诗，留在他的那本《西疆杂述诗》里。

孤城遥指鳖思西，

地迥山违水涨堤。

沿革想从昌八喇，

一洲禾黍望高低。

这是一幅相当动人的风景速写画。

它对家园的勾勒，到了逼真如在眼前的境地。

你看，家园正摇荡着丰富的一地庄稼，安静地从古代诗人遥远的诗句里，自然大方地脱颖而出。

地理环境，景物描写，乃至心理活动和历史发展，都包括在了短短四行诗里。同时不由自主透露出来了一种热爱的心情，还有一种来之不易的珍惜之情。

我们已经置身于这种珍爱的氛围。此时他一身轻松，立马伫望，便心有所动。这么一块富饶辽阔的地方，都经历了什么故事呢?

历史厚度有了，更增加了昌吉土地上生长出来的果实的分量。保持住丰收的喜悦，也就成了每个人朴素如一棵麦子的美好愿望。

结果，这首诗转化成了在我们心上保留下来的石版画。

心在天山

天山顶天立地。

"地脉至此断，天山已包天。"洪亮吉凭此诗句，创造了天山经典绝句。

大气磅礴的天山造就边塞诗的横空出世。天山成就了古今诗人。

林则徐来到新疆，全新的林则徐出现了。

林则徐看见了天山，境界如有神助升华了。这是一个奇迹。

这就有了林则徐的《塞外杂咏》之一：

天山万笏耸琼瑶，

导我西行伴寂寥。

我与山灵相对笑，

满头晴雪共难消。

林则徐对天山有敬畏之心，胸中块垒在天山找到深情寄托的对应物。

天山让一个林则徐几乎一夜之间有了大洒脱，他在天山怀抱回头一笑。

这是人世间难得的开怀大笑。

天山，涌动着天下登峰造极的识见和气度。

天山，以无与伦比的巍峨的胸襟，征服了世道人心。

天山，应该是天造地设的新疆大篇文章的主笔。

天山是新疆人的脊梁。是新疆人的骨气。是新疆人的精气神。

天行健，天山伟岸。

新疆人与天山生死相依。

陆游一阕《诉衷情》愁肠百结撕心裂肺，"心在天山，身老沧州。"

心在天山，是新疆人的灿烂阳光，是新疆人的情感雕塑。

天山感天动地。

文章报国

在乌鲁木齐人民公园阅微草堂之岚园、昌吉亚心广场、滨湖河景观带，吉木萨尔北庭园，都有一代文宗纪晓岚雕像。这是似水流年中的岁月清供，有文章立世纪念意义。

乾隆三十三年，四十四岁的纪晓岚因案被革职谪戍新疆。这二百多年前的被谪边疆，两年多的戍边生活经历，成为纪晓岚人生转折的一大契机。他因此留下《乌鲁木齐杂诗》《阅微草堂笔记》。

纪晓岚"亲履边塞"的心路历程，至今值得品味。

"旅馆孤居，昼长多暇，乃追述风土，兼叙旧游，自巴里坤至哈密，得诗一百六十首。意到辄书，无复诠次，因命曰：《乌鲁木齐杂诗》。昔柳宗元有言：思报国恩，唯有文章。……"《乌鲁木齐杂诗》自序，实为精神自况画像。

荒寒野蛮是过去许多人眼里的边地新疆。而在贬戍边关的纪晓岚眼里，遭逢新疆竟然是一方乐土，喜出望外，不可思议："西行反多雅趣""好鸟呼名，看山不厌马行迟，洵可乐焉""行抵乌鲁木齐，直令我喜极欲狂，其地泉甘土沃，市肆林列。""居此两载，起居安适，几有此间乐不思蜀之慨矣""余几疑为梦境"。归途长旅，追忆追记，熟稔在心，尚在疆内，一气呵成，挥就成集。

《乌鲁木齐杂诗》有风土、典制、民俗、物产、游览、神异六部分，并非"灯前酒下，供友朋之谈助"，而是"始建城垣"的乌鲁木齐风土人情历史画卷、清代新疆珍贵文献。堪称律诗体纪录片。

《乌鲁木齐杂诗》素描写真，质朴实感，记事寄怀，直陈性情。

风土第一首，即写乌鲁木齐，登戏楼俯视，乌鲁木齐城鸟瞰图历历在目：

山围芳草翠烟平，

迢递新城接旧城。

行到丛祠歌舞榭，

绿氍毹上看棋枰。

身居乌鲁木齐，不能不写山灵天山：

南北封疆画界匀，

云根两面翠嶙峋。

中间岩壑无人迹，

合付山灵作守臣。

乌鲁木齐天气与人气交相辉映，心气含蓄其中：

万家烟火暖云蒸，

销尽天山太古冰。

腊雪清晨题牍背，

红丝砚水不曾凝。

纪晓岚诗中的新疆和边疆人，是"万里携家出塞行，男婚女嫁总边城。多年无复还乡梦，官府犹题旧里名。""八寸葵花色似金，短垣老屋几丛深。此间颇去长安远，珍重时看向日心。"还乡梦，向日心，蕴含各族儿女心向祖国，在边关道一声珍重。

纪晓岚回京复职为编修，两年后即五十岁任《四库全书》总纂官，《四库全书》被称为中国文化的"万里长城"，有"典籍总汇，文化渊薮"美誉。同时完成中国文献学史巨著《四库全书总目》，"功既巨矣，用亦宏矣！"

晚年纪晓岚有"遣兴之作"《阅微草堂笔记》，"追录旧闻，姑以消遣

岁月""大旨期不乖于风教"，无所不谈，简约清淡。全书40万言，1196则故事，其中新疆故事90余则。孙犁说"它与《聊斋志异》是异曲同工的两大绝调"。鲁迅谈起写《阅微草堂笔记》的纪晓岚，"真算得上很有魄力的一个人。"

《阅微草堂笔记》存在着一个真切的纪晓岚。

纪氏后裔、著名作家柳溪来疆踏访，她在《访阅微草堂》中写道："……我要知道的是，先祖纪昀在逆境里不是垂头丧气，而是埋头著书立说这一事实就够了！让我重温与缅想先人那奋发勤勉的精神，处逆境而坚忍顽强的气质，就不虚此行了。"

西陲新疆，真的让纪晓岚文思泉涌，笔追清风，心夺造化。

纪晓岚自称无数十日离笔砚。

"诗本性情者也，人生而有志，志发而为言，言出而成歌咏，协乎声律。其大者和其声以鸣国家之盛，次而足抒愤写怀。"

文章报国，拳拳之心，这就是"以文章与天下相驰骤"的纪晓岚。

天山至交。

洪亮吉流放新疆，获得第二次生命，晚号"更生居士"。

驰骋千里走新疆，苍茫瀚海不见人，直面天山，恢宏雄奇，平生未见，洪亮吉情不自禁忘记了嘉庆帝不准他饮酒赋诗的上谕戒令，有诗为证：

谪出长城不许诗，

一看瀚海放歌奇。

伊犁河谷行舟赏，

塞外风情醉笔痴。

头枕天山明月睡，

神游冰岭雪鸡嬉。

纵横篆隶闻西域，

戍百归乡驻足辞。

这是"另具手眼，自写性情""志行气节"的洪亮吉自画像。他流放岁月一百天，最后自喻"争传李白夜郎还"。

洪亮吉豪迈自况李白夜郎，并非空口大言。他在新疆写就一生的杰作，至今盖世不凡。

来时作《天山歌》，狂吟如注，石破天惊，气象万千，大气磅礴：

"地脉至此断，天山已包天。

日月何处栖，总挂青松巅。

穷冬棱棱朔风裂，雪色包山没山骨。

峰形积古谁得窥？上有鸿蒙万年雪。

人行山口雪没踪，山腹久已藏春风。

始知灵境迥然异，气候顿与三霄通。

我谓长城不须筑，此险天教限沙漠。

山南山北尔许长，瀚海黄河滋起伏。

连峰偶一望东南，云气茫茫生腹背，

九州我昔履险夷。五岳顶上都标题，

南条北条等闲耳，太乙太室输此奇。

奇钟塞外天奚取？风力吹人猛飞舞。

一峰缺处补一云，人欲出山云不许。"

离时作《凉州城南与天山别放歌》，天马行空，奇气迷漫，如泣如诉，难舍难分，情深意长：

"去亦一万里，来亦一万里。石交止有祁连山，相送遥遥不能已。昨年荷戈来，行自天山头，天山送我出关去，直至瀚海道尽黄河流；今年赐敕回，发自天山尾，天山送我复入关，却驻姑臧城南白云里。天山之长亦如天，日月出没相回环。朝依山行莫山宿，万里不越山之弯，松明照彻伊吾左，隆冬远藉天山火。安西雨汗挥不停，酷暑复赖天山冰。天山天山与

我有夙因，怪底昔昔飞梦曾相亲。但不知千松万松谁一树，是我当时置身处。兹来天山楼，欲与天山别。天山黯黯色亦愁，六月犹飞古时雪。古时雪著今杨柳，雪色迷人滞杯酒。明朝北山之北望南山，我欲客梦飞去仍飞还。"

洪亮吉诗笔质直明畅有奇峭。

在洪亮吉眼里，自己与天山感情深厚，何以如此？诗人娓娓道来，自己入关出关与天山同行，竟然比喻为朋友相迎送。自己与天山有夙因，旧梦与天山相亲，分别与天山聚首，愁容不忍别，遥途竟不舍，梦里飞还，何等深情！

"天山天山……"诗人如此喃喃自语，念念不已，依依惜别。

《天山歌》40行，《凉州城南与天山别放歌》32行，一泻千里不拘一格，豪放不羁气吞山河，在所有天山诗篇行列中，当属大诗。

洪亮吉留有《天山客话》，叙旧倾谈，情意绵绵。

清绝乾坤

史善长嘉庆年间被贬谪流放新疆，其实是因祸得福的。

看似逆境落魄，实则充盈得道。

初到流放地，史善长提笔写下《到乌鲁木齐》即事诗："到戍如到家，喜得息行李。况我病狼狈，九死终身耳。初望见汉城，一道烟光紫。嘈嘈市井开，辘辘轮啼驶……"流放新疆让他命中注定九死一生，四年留下丰盛的诗文集《味根山房诗钞》《东还纪略》《轮台杂记》。不能不说是他幸遇的造化。

从西行到还乡，史善长亲历悲喜交集的人生旅程。

《出嘉峪关》："回望见天山，重门寂寞关。凄绝咽无声，谁识此时情。"

《过瀚海》："书生眼孔一朝大，平视能穷百里外。"

《夜过雪海》："阳春到此谁唱和，清绝乾坤人一个。满腔热血易融化，浮沉都作鹭鸶容。"

《三间房遇风》："仆面愁无色，我转大欢喜。奇境得奇观，陈编空载纪。若非亲见闻，几将蠡测拟。"

《过达坂》："咫尺异炎凉，咄咄事称怪；造物故逞奇，不管人学坏。"

《随余山侍郎南山打围》："笑我南冠耕笔砚，生风生火何曾见。"

《木垒河》："北套平沙阔，南山落照多。故人逢意外，肯惜醉颜酡。"

《阜康道上望博格达坂》："向平奢愿都输我，看到中华以外山。"

《望天山》："三箭空传壮士歌，一夫能使将军避，于今六合混车书，伊犁和阗尽版图。从教插地撑天绵亘千万里，只得嘘云布雨随从岱华衡嵩拱一隅。"

在新疆，史善长大开眼界，大长见识，视野开阔起来，襟怀坦荡起来。从来到回，史善长"出生入死高唱凯歌还"，"惊喜翻垂泪"，"日月无中外，轮蹄自去来。"

从生死未卜，从渺小人一个，领略到乾坤之大，对史善长而言，只有在清绝大新疆。

新疆让史善长达观顺变。他体悟了浮沉人生，领教了苦乐边陲，学会了自我调适，寻求到了心灵慰藉。

史善长《蒲类海》诗云："游屐所不经，宦辙所不止，耳闻臆断而已矣。"新疆修正了他。

我们多少人依然对新疆停留在原始状态的臆断之间呢？

昆仑肝胆

谭嗣同是众所周知的维新变法"戊戌六君子"之一。

我们强烈感受到谭嗣同的英雄气概，更多的是因为他的《狱中题壁》——

望门投止思张俭，

忍死须臾待杜根。

我自横刀向天笑，

去留肝胆两昆仑。

谭嗣同慷慨就义时年仅三十三岁。

"我自横刀向天笑，去留肝胆两昆仑。"是谭嗣同惊天地泣鬼神的生命绝句。

自赴一死，仰笑苍天，铁骨铮铮，凛然悲壮。梁启超面对这个大无畏的战友，笔蘸浓墨叹曰："呜呼，烈矣！"

为什么在生命的最后时刻，谭嗣同诗句的落脚点是昆仑？

去留自由，生死尽意，朋友两分，肝胆相照，天地立昆仑，人世存浩气。谭嗣同自比与他比，实乃精神光照之闪耀。一比高下，英气自在。

谭嗣同字复生，号壮飞，善文章，好任侠。后来才知道，谭嗣同14岁就有第一次西北行。梁启超撰《谭嗣同传》有言："弱冠从军新疆，游巡抚刘公锦棠幕府。刘大奇其才，将荐之于朝，会以刘养亲去官，不果。自是十年，来往于直隶、新疆、甘肃、陕西、河南、湖南、湖北、江苏、安徽、浙江、台湾各省，察视风土，物色豪杰。然终以巡抚君拘谨，不许远游，未能尽其四方之志也。……"其"风景不殊，山河顿异"的新疆十年游历，自然给谭嗣同以前所未有的气质奠基和精神塑造。

《历代西域诗钞》收录谭嗣同一首诗，是孤绝的《西域引》——

将军夜战战北庭，

横绝大漠回奔星。

雪花如掌吹血腥，

边风猎猎沉悲角。

冻鼓咽断貔貅跃，

堕指裂肤金甲薄。

云阴月黑单于逃，

惊沙铄击苍龙刀。

野眠未一辞征袍，

欲晓不晓鬼车叫。

风中僵立挥大纛，

又促衔枚赴征调。

诗中所写刘锦棠率军收复新疆失地，与阿古柏入侵势力在乌鲁木齐激战。诗句充满奋勇杀敌的嘶喊，枕戈待旦的苦寒，重返战场的整装待发。西风烈，战鼓鸣，战袍单，战马急，战刀舞，战旗猎猎。

在谭嗣同心目中，保卫边疆的将士，是纵横驰骋在大戈壁的英雄形象。这是爱国热忱使然。

新疆履历，将莽莽昆仑的浩然之气，贯穿了谭嗣同的一生肝胆。

代表作《狱中题壁》《寥天一阁文》《莽苍苍斋诗》，都让我联想到，谭嗣同骨子里的新疆视野、昆仑境界、大疆胸襟。

谭嗣同视死如归可歌可泣。

心有昆仑气势的谭嗣同苍茫立天地。

终于新疆

经文纬武的杨增新是矢志不移的天山守卫者。

民国纷乱之际，国是累卵之时，混乱局势动荡于内，张狂列强环伺于外，杨增新坐镇天山，在内外交困中，孤立于纷争之外，顺应于安定之内，力保疆土不失，主政新疆十七年，安如磐石，一叶孤舟，开辟塞外桃源胜境。

1916年8月，杨增新在边城迪化"定远亭"故址，建一座三层楼阁，命名为"镇边楼"。杨增新说，"吾之建镇边楼者，实欲借斯楼以镇静镇定之力而常惕焉，意在鉴以往之危险，而思所以长保之治安也。"杨增新居安思危之心溢于言表。伊犁镇守使杨飞霞题联"镇边楼"：万里河山，从容坐镇；千秋事业，即在安边。

杨增新有《题镇边楼诗》四首留存：

出关何必望封侯，

白发筹边几度秋。

四海无家归未得，

看山一醉镇边楼。

居夷已惯不知愁，

北淮南回一望收。

却怪当年班定远，

生还只为一身谋。

丈夫耻为一身谋，

饥溺难忘禹稷忧。

力障狂澜三万里，

莫教海水向西流。

虎斗龙争未肯休，

风涛万里一孤舟。

但期四海澄清日，

我亦归耕学买牛。

白发筹边，舍家为国，耻于谋私，忧国忧民，力挽狂澜，出没风涛，这就是自称"塞外风云一肩挑"的杨增新。

杨增新自语："我生爱咏是佳句，李杜能诗是属僚。"与幕僚会诗，曾作一诗：

一山横亘界南北，

万古雄奇塞大荒。

都护已非唐代府，

匈奴不复汉时王；

斜阳雁带冻白云，

夜月燐飞秋草原。

太息重门今洞梓，

元戎何以固边防。

吞吐山川，俯仰古今，忧民报国，殚精竭虑，拳拳之心尽显其中。

面对乱象丛生危机四起的新疆，在杨增新心目中，边疆稳定就是国家利益，于国家有助，于执政有益，是主政新疆的宗旨。

王树楠曾力举并寄语杨增新："要有凌云之志，敢笑班超之功，将名垂国史，成就一代伟人。"

斯文·赫定说杨增新"具有高度的伟大的旧道德、傲气和爱国心，他唯一的梦想就是中国的统一。"包尔汗说"他应该是那个时代的圣人"。

杨增新学问渊博，眼光远大，心胸开阔，经世致用，修身养性，激扬文字，有《补过斋文读》正续编54卷、《补过斋日记》30卷等流传于世。

风云激荡，隐忧在怀。1924年杨增新给女儿的电报称："增新年老矣，生入玉门关，死又不知何处。吾当忠于新疆，终于新疆。"

一忠，一终，一语成谶，苍然又决然。

天山立马

君如决眦不羁马，

我似萦丝自缚蚕。

帝子降兮临渚北，

先生去也望江南。

一杯对影翻成忆，

万里寻诗不厌贪。

从此天山续佳话，

大名原不属岑参。

远在边陲，放眼乾坤，俯仰自如，谈笑自若。

王树枏在新疆写下的这首《定甫上公席中赠伯谦》，放任笑傲，淡定打趣，心无芥蒂，自得其乐。仅凭他创修《新疆图志》，新疆人就应该对其肃然起敬。

万里寻诗，何等魄力。

居于边地笑谈天下，自有"遥望齐州九点烟，一泓海水杯中泻"的气度。

读万卷书行万里路的最高境界莫过如此。

这个晚年自号陶庐老人的诗人，是可亲可敬的一个人。更是一个有意思的人。

有诗为证：

"天山划南北，冰雪寒嵯峨。……"

"万里重来赋远游，行窝安稳到庭州。有情明月来相送，无价清风不可酬。……"

"高陵深谷几兴废，明月清风无古今。……"

"乐忧忧乐原无定，坐看南山自在云。……"

"茫茫大宇无穷事，且把冰壶共买春。"

"君须记取天山路，五月冰花压酒杯。……"

"冰雪满天地，斯人独远征。……文字三生契，飞沙万里行。……"

"匹马天山自去来，三年归兴满蓬莱。……"

诗言志。王树楠在西陲"味道参三昧"，一个人走马天山看到家，自在逍遥。"淋漓将进酒，睟笑若为情。"尽管他自嘲"辜负名山直到今"。

在"非驴非马今时局，为鹤为猿古战场"中，在"人言乱朱紫，世事变青红"中，身在新疆壮心不已的王树楠，骖骑骄马，在天山立马，"来作人间汗漫游"。

忘记尘劳。

边塞诗刻

邓缵先在岁月流转中悄然进入我们的宏大视野。

我知道邓缵先的诗词是从1994年新疆人民出版社《庭州古今诗词选》，而《历代西域诗钞》竟然阙如。我真正留意其人其诗，是多年后了。我对这个民国时期援疆戍边的客家人，充满敬意。他47岁时出塞，60岁仍然留疆，在新疆18年，仅在1922年春回家探望病重的母亲一次；1933年，他64岁在巴楚县任上面对分裂分子的暴行，大义凛然，壮烈殉国。近代新疆史，深埋着邓缵先奇崛而震撼的一笔。

"官要读书作，心如为政纯。"这是邓缵先同时代人对其中肯的评价。

邓缵先在新疆职务多样，秉性一致，奔波于北疆与南疆，忙于公务，勤于秉笔，1918年编撰《乌苏县志》，1921年出版《叶迪纪程》，1922年撰写《叶城县志》，1924年出版《毳庐诗草》，1928年出版《毳庐续吟》诗集。以文记史，以诗证史，邓缵先的价值和意义在历史年轮的进程中日益凸显。历史敬重这样的人。

在新疆，增添了邓缵先难得一见的诗人气质。新疆是他壮游的开始，壮志的终结。

"壮志如何？男儿负壮志，立功西北陲。投鞭万里去，骏马如飚驰。愿携鸾为群，不与鸡争食。壮游如何？雪净汉关秋，三边许壮游。酪浆甘似醴，毳屋小于舟。王粲离家久，班超返不愁。聊将征戍事，笔录付庚邮。"

这就是邓缵先的"诗言志"。

在邓缵先眼里，天山博格达峰是新疆的象征："巍峨天外耸三峰，中原地窄容不得。"

在邓缵先心里，新疆是祖国版图的象征："孤悬秦塞外，万古版图中。"

在邓缵先诗里，壮士抚剑是保家卫国的象征："安得壮士抚长剑，一洗边疆无蛟螭。"

邓缵先自称"天山宦游子"。他不辞艰辛踏勘中印边界，写就《调查八札达拉卡边界屯务暨沿途情形日记》，以长诗体自问自答边地所见，"探奇增学识，履险见精神。""羊肠途九折，狼尾路千盘。霜天银烛短，冰窖铁衣单。古戍人踪少，穷陬马骨多。……"如此险途，竟有"葱岭留诗草，银河掇塞花"的求真务实一诗人。

邓缵先的戍边之心源于报国之志。

言为心声，诗为心志。邓缵先《毳庐续吟》自序云："游历方远，岁月不居。念群生之多艰，觉百感其交集。天涯白草，不无遣兴之词；塞外黄埃，时有缘情之作……念平生于畴日，能勿兴怀；慰拘留与长途，强为留句。"

《遣兴》是夫子自道："老去诗篇多感慨，宦馀书卷半飘零。"

《赴和田，经过沙漠》是壮怀宣告："壮士荷戈行，戈横霜华落。……文士旃旎词，至此皆卑弱。……"

《人生二首》犹如天问，直抵心间："天道回旋自古今，人世荣枯犹顷刻。""借问荒碛胡为乐？经岁不闻贪吏呼。"

《挽周道尹阿山殉难》慷慨陈词，铮铮有声："犯疆妖氛急，捐躯热血浓。半生多感慨，一死竟从容。浩气霄冲鹤，英魂剑化龙。……"

在邓缵先心目中，"男儿能报国"，"年逾五十不为老"。

邓缵先游历宦海，游走瀚海，一意孤行吟诗作词，世人自然轻笑愚公。他以诗作答：《客有讥我嗜吟徒劳无益，作此以解之》："好游奇踪千仞山，嗜饮失德杯盘间。习弈阵图空白战，苦吟雪月凋朱颜。凝滞物情皆有累，从容讽咏平生志。明知小技陋雕虫，陡觉清词悲执戟。富贵难期春梦消，神仙楼处秋风高。古人适情吟今讬，宦游未尝废邱壑。豪饮一石谪仙才，决胜一枰左车略。四事未能拟前贤，剪烛捻须怅自怜，蚯蚓间阶递繁声。"

这里，有自喻，有自谦，有自怜，有自叹。其实试问，这天下，冷嘲热讽者，人间犹记否？

邓缵先有一首《刻诗》，是向编纂过《新疆图志》的王树楠的致敬，向诗书文章优良传统致敬："古人诗文稿，未尝遽自梓。荣名讬千秋，素守料静俟。人生宇宙间，百年蝇过耳。手编十数卷，心血恒在是。酌定付枣梨，听凭世誉毁。即令索瑕疵，得闻亦足喜。不然碌碌材，草木同绮靡。富贵尽浮沤，可传曾有几？"

邓缵先留存最后的诗作，是1931年春，写给素来敬重的王树楠"八旬荣庆"的，"旁搜稗史编希腊，补订图经纪悦般。鸿业千秋传不朽，名勋为拟勒天山。""青箱经乱后，故交白发话灯前。著书乐道膺遐福，翠柏苍松日月延。"

有人评邓缵先其诗"吊古悲今，词多讽世"，"胸填朔气，字带边声，是阅历有得之作。"

邓缵先卸任叶城知事，"父老子弟壶浆饯送，十里五里，长亭短亭，至玉河边，犹留恋涕泣"。从叶城往迪化途中，日记坦言："俗士则憔悴忧伤，君子则坚贞淡定也。"可见其人风范。

"毳庐渺一粟，寒日照重关。"邓缵先自号毳庐居士。"毳庐足风味，席地忍清寒。不闻风尘苦，焉知家事安 …… 不勤耕稼事，焉知风雨时 …… 不做征途客，焉知世路艰。"这只能是心在边疆要地的坦荡襟怀。

"博达三峰高插天，彩云一朵护山巅。"诗人邓缵先就是博格达峰下护佑新疆的一朵彩云。

美　妙

只能是一种心情了，美妙！

美妙的心情是人所特有的。那些所谓的美妙的事情，往往又是人的心情所赋予的。谁能摇头否认呢？

我长了这么大，突然发觉，美妙的事情像冬天里的树叶一样稀少了。需要仔细地寻找。嗨，原来是我快把美妙的心情丧失干净啦。

世俗的、固有的、麻木的、单调的、淡漠的时代的颜色，一天接一天加厚、变硬，把我一顿胡涂乱抹，我斑驳起来。我缺少的就是美妙的心情。我离美妙的位置，不着边儿了。

也不能完全怪罪所处的强大时代。自己也会完全把自己放逐的。就看往哪儿投放了。听凭心灵所指示的方向？我也是这么想着的。可是，可是在这个自己说了不算的时代方便吗？容易吗？悄悄的吧。时代就这么厉害。人就这么轻易容忍退却。妥协于时代。撒手。

然而真正对头的是，人创造了时代，时代又造就了人。这是历史发展规律，不过在一定具体年代，创造与造就的过程是缓慢的、迟钝的、难以觉察的，容易使人糊涂的。这是人心灰意冷、绝望无助的重要根源。

摆正了这个关系，人还怕什么？

人最了不起！这个世界是以人、以大写的人、以掌握自己生命的人为本位的。人照着各自的样子生活、创造、欢乐，才组成了丰富、神奇、惊叹的大千世界。像难以捕捉的昆虫，美妙游移着，隐现着，闪动着，带着微笑。美妙恰是笑容。舒展的、出自内心的、坦然的笑容，构成美妙。

这年7月31日夜晚，刚刚下过雨，清爽、宁静。同时美妙又返回到了我的房间。我又有了美妙心情。自己能让它出现，我不怀疑了。只要我有心情。

因为这时候我在回想着遥远的塔城。

我够着了塔城天空的新月尖顶。想象帮助我提高了手。用想象去触摸一个地方、一些人、一片灵魂世界，本身就含有美妙的成分。

关于塔城，我最早的想象就够美妙的了。我以为那是由塔组成的城市。塔城像奇特的头颅，顶得老高。看什么看不见？所以童心产生童话，啊呀，跑到塔城，一街都是童话，一城都是乐趣。塔高高在上，掉下多多的童话书。

当然远不是这么一码事。等我怀着梦想造访塔城，就笑话自己想象荒唐。告诉你们吧，塔城为什么叫塔城，它是简称，是塔尔巴哈台的简称，它身旁的山叫这个名字，不嫌麻烦者才啰嗦全名呢。塔尔巴哈台是蒙古语，獭意，那山上多獭。獭，獭，獭。黄鼠狼一般，蹿跳蹦跑，草丛闪头，山地掠尾，够吓孩子的了。

说这些都没意思。这不美妙。或不太美妙。还是塔美妙吧。不过这里的塔，即寺。塔寺。至高无上一般的气势。

美妙，不是孤单的、简单的、单薄的美妙啊。

现在好好地生活在新疆边角塔城的哈萨克人、汉族人、维吾尔人、蒙古人、俄罗斯人、锡伯人、回族人、乌孜别克人、达斡尔人，你们都有什么美妙的事情呢？

这足够我探寻的了。也根本不是我独自所能领略的。更是我终生不得要领的秘密。有百宝箱，但我打不开。我在秘密的外围流浪，不能突破哪怕一层薄纸。就是我潜入了塔城这聚集美妙群体的一个核心地带，我也徒有梦想。接近不了他们漫长的、复杂的、独特的、隐蔽的、模糊的、错综

的、残缺的历史。

一个民族的心房的门不是那么容易打开的。我们只能在他们允许的范围里，或者在极其无意的疏忽中，或者在不可多得的机会里，窥视到门缝或天窗透视出的点滴光亮。下面都是影射的、类推的、概括的事儿了。这事儿也是美妙的。

美妙的发现！这会创造出欢乐的。欢乐！人竟是这样认识人类世界。

塔城这地方养育了许多民族同胞。民族聚集，本身的意义就是美妙的。塔城是生存许多美妙事物的地方。我喜欢在像塔城这样的新疆边角地带走动。

观察，了解，学习。美妙无穷。

这儿的人，不管他是哪个民族，具有哪种民族禀性，他肯定也怀有着美妙的梦想。要不活着干什么呢？这美妙已经含义丰富、多重、复杂起来了。

噢，民族群居的塔城，美妙的含义已经这样广延了，那么塔城的美妙也就躲藏不住了。塔城的美妙，像塔城人面对塔尔巴哈台开门见山一样。山逼得塔城在生命的山脚下安然匍匐。

如此接近大自然。如此了解自身。如此清楚限界。如此懂得生存。

山峰、峡口、沼泽、荒漠、戈壁、丘陵、河谷、气候、国界、肤色、血统、装束、发式、语言、风俗……，左右、改变、影响、掌握着所有在塔城这里相依为命的人。在这种生存大背景之中，人彼此不是什么不相干的石头。

生存，人的这第一要义，无意之中，在这儿也生存了更多的美妙，唯其偏远，唯其险恶，唯其边境，唯其杂居，唯其融汇，才容易生存、成长、发扬、壮大美妙。

这种地方产生的美妙，我百看不厌。也百思不倦。我热爱这样美妙的地方，热爱这样美妙的人群。

是不是太空了呢？当我这样一个劲地任其诉说的时候。思想飞动，这样的思路在我看来本身充满了美妙。这不妨碍我的表达。下面该我引用一个顺口溜表达我的一种美妙观了。

这是关于塔城早些年——二十世纪三四十年代或五六十年代的顺口溜：

塔城三件宝，

芨芨草，

牛粪块，

二转子（混血的俗称）丫头满街跑！

顺口溜的题目就是《塔城三件宝》。好！不能不发出一声喝彩！概括得多么鲜明，总结得多么精彩，表现得多么传神。

没有用形容词。没有加漂亮词。没有挤塞牙缝词。完全像一个没有上过学的，只是成天放羊的家伙随口吐出来的。但这简直是民间艺术大师的手笔。废字一个没有，更不出来指手画脚、说三道四。意思都出来了。整个儿是一大片情趣！

就是美妙！

需要说一句，这是我听到的关于塔城唯一的一首顺口溜。DA是我的一个从小在塔城长大的大学同学，当他在他的家里，无意之间对我说起这个顺口溜时，我就察觉到了美妙的降临。

何其美妙的一个顺口溜呀。牛粪块是宝，芨芨草是宝，二转子丫头也是宝！塔城就是拥有了这三件宝，才拥有了美妙。这美妙当然是独属于塔城了。

有必要注释一下这个表面上看来只有三个简单意象的顺口溜。牛粪块，这少数民族牧区典型的形象，连同戈壁滩上的一丛丛芨芨草，都是用来生火取暖的可怜的材料。芨芨草还得被马牛羊吃。塔城人那些年都是依靠这些东西过日子的。这二宝名副其实吧。把二转子丫头也划分到宝的范

围内，美妙顿生。牛粪块、芨芨草为宝，平铺直叙，是次要的，是为引出二转子丫头这宝贝做准备工作。二转子丫头才真正是最重要的、不可替代的、有绝唱意义的宝。

为什么呢？很简单，人才是最重要的造物。不管他和她是一转子，是二转子，还是三转子，总归是人。

二转子，这些在当时当地特殊背景下产生的混血儿，有着不拘一格、适者生存、博采众长的勇敢本性。他们可爱就可爱在这儿了。所以他们的身上往往洋溢着千姿百态的美妙。

这个顺口溜，不是在糟蹋二转子，相反却是赞美。称为宝啊，三件宝，何等怜爱。

口气很明显。质朴、通俗、真纯、风趣。这里表现了认同、欣赏、容纳的态度，肯定了这一切。里面还散发着堪称美妙的温暖气息。温暖，是人类共同的需求。人温暖了，才能够美妙，有洋溢的冲动。满街跑，显然二转子多，也说明了美妙多，满街都是。

其实塔城早年的生活图，就在这里了。你看吧？牛群走动，炊烟上升，一个塔城人啊，身倚家门就看见了满街跑动的二转子丫头…… 快活啊…… 同时全塔城人还露着笑容。这也省略不掉。

三句顺口溜，说穿了，就是在描述塔城人的生活、生存、生命。

简单。快乐。顽强。

日子就这么简单。人就是这么一回事。人生都在这里面了。想得多么开啊。

二转子首先是开化、开明、开朗的产物。

生命意识多么突出、执着。看得见创造生命的乐趣。哪怕生活灰暗、单调、穷苦。结果却是美妙。

杂交、融汇、混合、结构，制造出了多少美妙？当美妙的事物诞生，人们更多的还是愉快幸福的接受。

二转子性质使塔城美妙起来。也快活起来。

以人格担保，这不是羞辱塔城。我与陌生的塔城素无瓜葛，没有过不去的理由。

塔城不仅坐落在祖国的地理边缘，而且安插在民族的生命边缘。只要接触了边缘，生命意识就格外强烈起来。交融，是内心的诱惑；混血儿，是身不由己；开放，是大势所趋。

美妙的事情发生在塔城这一独特的新疆角落里，多么自然。

那些年，塔城到处可以看到二转子们，尤其是那些俄罗斯人，手拉手风琴，三五成群出现在街上，高声说笑，大胆歌唱，旁若无人。

在这天隅一方，在这样的城市里，浪漫、舒展、快意，难道还不美妙吗？谁能阻挡得住？什么能制止得了？这里，任其自然，任其发展，任其消亡。

哦！美妙的二转子！美妙的民族！美妙的地方！

我不隐讳我的这种美妙的心情。这种美妙的心情是对生命的膜拜。浪漫、快乐、幸福、健康、自由，总是把人吸引到美妙的光芒里。我有什么理由拒绝美妙？重新体验生命。成熟美妙。不要夹生的。

自由把我指引到了边远地带的塔城，在这新疆的重要地方做一次难得的灵魂漫游，我的心总被一种东西触动。这东西被我捕捉到了，就是美妙。

我搜寻到了美妙的迹象。我收获了美妙心情。

我离开了塔城。美妙会跟着我。

我一直留在新疆。我沉浸于新疆。新疆整个儿美妙。我美妙。

单人舞

写一写那个情不自禁而自得其乐的单人舞。

我写的单人舞不是灯光炫目的舞台上的单人舞。舞台上的单人舞技艺精湛优美绝伦，深入人心地打动了舞台下成千上万陶醉的观众，同时响彻此起彼伏的声声喝彩，呼啸的掌声表达了舞台上的单人舞带给了人类一种心灵的美好愉悦。但我想要写的却不是这种特定环境特种氛围中的艺术舞蹈。我写的是另一种有着生活本身朴素意义的民间性的舞蹈，那是一个人跳的。我觉得也可以说是单人舞，尽管这个单人舞并没有无数云集的倾倒的观众和为捧场而不断爆发的雷动掌声。那么这是不是一种遗憾呢？

也许有人会觉得这一种单人舞蹈一定是古怪可笑的，但我相信，也许恰恰是有这么一种古怪可笑的东西，反而更加衬托了一种不易产生的精神气质的难能可贵。因为常常是头脑里意识的荒诞相反却揭示了生活的某些根本的真理。

那是一个令我难忘的单人舞……

他扭起身子，舞开胳膊，踏动舞步，跳了起来。就一个人跳了起来，就在大街上。于是一个单人舞就这么在行人穿梭的大街上突然而又自然地出现了。跳这个单人舞的人，是一个维吾尔族青年男子，他魁梧而精神。他似乎情不自禁，于是便手舞足蹈起来了。就在大街上旁边的一个朴素而整洁的清真饭铺前，就在饭铺前搭起的苇帘子凉棚下，就在凉棚下的一盏刚刚发出光亮的灯下；面对着站在一边看着他的一个绽放美丽笑容的年轻而丰满的维吾尔族女主人，面对着坐在饭桌旁看他的四五个像是朋友又似顾客的维吾尔青年男人。他满面红光，一个人洒脱地旋转起了优美活泼的维吾尔民族传统的民间舞蹈"赛乃姆"舞。没有音乐伴奏，没有达甫手鼓喧响，只有他自己口中怡然自得吹出的口哨曲调，只有灯下这几个忠实观众情动于中的相视而笑……突然我看见了一种幸福欢乐的微笑，突然因为这个跳单人舞的青年男子，而突然在这个角落微微地荡漾。同时这种非常美好的情绪就凝固在了这里，后来又永远凝固在了我空荡的头脑，似乎在真切地昭示我永存不忘。

这就是我游荡在新疆吐鲁番城的大街上看到的单人舞。这不是也很一般很简单的单人舞吗？简单得似乎又还原了生活原有的状态。而正是这一点，难道不是使我们忽视了它所应该具有的某种精神意义吗？那就是：个性的热情的张扬，应当无拘也无束，甚至应该我行我素才算恰到好处。

这个单人舞出现的时候，正临傍晚，整个吐鲁番城黄昏将逝，薄暮笼罩，千家万户已隐约透示出微弱的灯光，夜晚的黑色正姗姗来迟，准备马上裹住这个喧哗了一天、充满地域风味、富丽堂皇而又朴素自然的新疆的一个小城。我看见大街旁的所有饭铺，一律早早出现了明亮亮的灯光，感觉到肚子饥饿的人，不由自主出现在这灯光中，提起搁在地上的印有典雅花纹图案的民族式手提水壶浇一点清水洗洗手，然后在房子外面凉棚下的饭桌旁款款而坐，喝一碗浓浓的热茶，等待吃饭。我看见大街上来回走动着许多忙碌了一天而匆匆回家的行人，看见许多悠闲地出来走动的人，看见许多不知为什么也正走在这条大街上的人，而这时候在这个大街旁临近的一个饭铺前，突然不知为什么出现了那个维吾尔青年男子自己欢跳的大家都熟悉并热爱的赛乃姆舞。我看见有一些人终于投过来观望的目光，有一些人自然地面露不同内涵的笑意。有一些人没有任何一点异样的表情，有一些人走动的脚步稍微停留了一会儿，一会儿又迈动脚步继续走他的路了，有一些人好像没看见，似乎真的什么也不曾看见，所以他们在径自走他们的路……但这又有什么呢？这青年男子却好像根本没有看见这些人，他仍然跳着他的单人舞，兴致勃勃。只是我看见最后那些自然地流露出心领神会的微笑的人，莫名其妙地打动了我。我看到这个很一般的单人舞后，心里突然就有了一种感动。说不出准确的为什么。只是我知道这个在五月初夏的吐鲁番城出现的单人舞，我看见后，我就突然停住了，站在不远不近的地方，看了许久，看了许久。这个单人舞一定给了我什么思想的启示。

很显然，这个维吾尔青年男子的单人舞，不是为那些大街上走动的各式各样的人群而跳，尽管他就在大街旁，但他背对大街，背对街上很多的行人，他知道大街上有无数的人群走动，他只为眼前那给了他幸福微笑的动人的青年女主人而跳，为眼前的那像是朋友也像顾客但也对他表示出理解笑意的四五个青年男子而跳，也为自己能够拥有他们理解的笑意而跳，为自己的快乐而跳。就是为自己的快乐而跳。他快乐，他就把这快乐跳了出来。

于是我想，这难道不是我们常听、常说、常想的一种自由吗？是自由。我想我不是随随便便就想到"自由"这个词的。这不是自由又是什么呢？一个人想唱就唱、想跳就跳、想说就说、想笑就笑、想哭就哭、想喊就喊……就是自由。应该是自由。自由就是自由，不是自由之外附加的一些什么。真正的自由精神，我想不是仅仅表现在什么慷慨激昂的口号和什么词正言威的条目上，它应该活生生地鲜明体现在生活中的许多具体的内容和时刻上。如这跳单人舞的青年男子，他就正在自由。他快乐，而且快乐得忘乎所以，于是他就把这快乐自由自在地立即表达了出来，没有丝毫犹豫。这时候没有什么清规戒律在他的头脑里，也没有谁在他的一旁大声地叱喝阻止他说这是成何体统的举动。他是如此自然，他一定什么也没想起来，他就无所顾忌地跳了起来，他高兴嘛。

他已经属于自我的欢乐的陶醉。他的自由的欢乐也一定感染了那个女主人和那四五个在座的青年男子，因为他们也是笑容可掬的。他们那里的那一时刻就是一个小小的欢乐圈。

就是这么一个在新疆的许多地方的许多大街上几乎司空见惯的一种单人舞，就突然感动了我，似乎令人有些捉摸不透。但我经过很长一段时间的思想，觉得有一点豁然开朗了。想一想我们中间有多少人能够像这个跳单人舞的维吾尔青年男子一样，能够大大方方地在有很多人的大街上随便地跳舞？我想这绝对不是敢不敢跳的事，不敢勇敢之后的勇敢是在下定决心以后被逼迫似的勇敢出来的。不是这么一回事。也不要小看"随便"这一个词，有的随便根本不是随便表现出来的。像这个单人舞是无缘无故就那么随便出来的吗？不然你去人头攒动的大街上随便跳跳看。我的意思关键是能够自然而然表现出精神的释放。这种精神不被周围人为的因素所左右。如这跳单人舞的青年男子，他就不管大街上有多少看他的各种各样的目光，有多少在他背后笑话他的人，有多少误认为他有精神病的心理，只要他高兴……而我们自己呢？我们总有很多人感觉自己很聪明，可怜的我们绝对认为我们的所有行为完全合乎正常的逻辑。于是我们亲爱的很多人总是取笑有些人的举手投足，觉得他们是精神错乱患者。我想这些人也一定会同样理解这跳单人舞的青年男子。其实我们看似活跃实则僵死的心灵已经麻木了而我们还不知道。那句"你们在笑谁？你们在笑你们自己"的名言，并无丝毫矛盾和失去它的存在价值。谁想在任何一条大街上随心所欲地手舞足蹈绝没有任何过错。要说有错的话那就是说这是错误的人自己本身的思想错误。因为他自己，不过是一个表面一本正经的装模作样，而骨子里是一个蹑手蹑脚的胆战心惊之怪鼠。

没有必要追问这个跳单人舞的青年男子和那个女主人及那四五位在座的男子为什么在一起，他和他们是什么关系，他们为什么在一起看上去很融洽，他因为什么而快乐……这无所谓。

　　喷涌的欢乐之情孕育了这个维吾尔青年男子的单人舞，他一个人高兴了无以表达就兴之所至翩翩起舞，不为别的什么就为他高兴嘛。他没有压抑他的心灵升腾的激情，他也许知道如果这样就会拘束他蓬勃的意志。他放得开。

　　就要这样，想跳就跳，想唱就唱。这样的单人舞，它本身即蕴含着生活的一种美好情趣啊。也许正是这一点使我感动并且产生了一些粗浅的思想。这个单人舞多么自然地用它的动作语言，诉说了一种自由精神的欢乐。这就是一种最基本的自然生命力的语言。因为这种看得见摸得着的形体语言，令一切苍白俗美的文字无地自容。包括我的这一篇粗陋的杂乱的文字。

　　但我还是乐意写这一篇无章无法的《单人舞》。因我此时也自由地和大家一样享受着一分快乐。这是我的单人舞！

有情感火焰的山

这里展示青春壮美的永远的祭奠。

从他诞生的那一时刻起，这祭奠就持续不断，穿越时间的门，展示一种悲怆之极的情感。

这是他自己给自己举行的一种祭奠仪式。这是他选择表现自己生命精神唯一的方式。他不能够宽赦自己失去自己表达生命的形式。他深深地祈望自己的这种祭奠能够降示给后人们一种启迪。

除此他再无更多的奢望。

然后他把这含义深藏其中，开始无始无终地进行自己的祭奠。经过者经过这里，经过后经过者消失。只有他还在这里永远存在，继续着他的祭奠。结局是：他依然是他本来的样子，而最后依然是经过者看着他原来的样子，于是一代人又一代人经过他，两眼惊异，继而迷惘，心事重重怆然而去。背后流传的传说变幻莫测。

眼睛。眼睛。眼睛。

它们重叠着呈现他的如一而万端的面目。不可言传。

笑看那些后来者此起彼伏走马观花轻描淡写他的笔迹。一掠而过。

仍没有出现他真实灵魂的折光。

某些岁月某些历史某些典籍就那么纷纷逃避着他刺激看他的目光的目光。

任何曲笔败笔俗笔化为烟尘，在人间不留痕迹。

有一天我经过这里，没有握笔，两手空空，只有眼睛延伸着葡萄藤一样的形态，顺着目光凝视他炫目的格言，不能自已。

谁经过他这里谁的心海就无法如无风无浪的平静。

你不可能。

失去了自己曾拥有的平静，我看见他长长的躯体驱动成尖耸庞大的脊背，伏卧在吐鲁番盆地北缘，横贯东西。他用涌动的姿势暗示自己生命意识的走向。我看见他的脊背红光闪烁不可逼视。那红光是鲜红的火光。炽烈的阳光不可能点燃他，是他自己焚烧着自己吗？自己的手点着了自己的身体。他忍痛的手痉挛地抚摸着扭曲的自己，他在燃烧。

那么还是让我形容火焰山是一座奇特的山吧。

与众不同的山脉不能遗弃火焰山。

火焰山不可思议。

仅仅是山吗？

是山也不仅仅是山。面对火焰山面对不可思议面对模棱两可。我的回答是：火焰山挺拔向上，棱角分明，充满造化的鬼斧神工般的山的皱褶，具有所有山的一般形状，自然能够称呼为山。但若仅仅如此考虑，我又觉得缺乏说服人的想象力。真正的火焰山其实具有多种角度理解的可能。因为火焰山独树一帜的鲜红醒目的颜色，似乎是火焰山有意裸露自己个性的宣言象征。那么这就促使我苦苦思索火焰山与众不同的东西究竟是什么，以契合火焰山显示的感情色彩。

一下子只能是百思不得其解。

就像那些无数经过者，汗流满面游弋在火焰山下，经过热风热浪拒人千里的火焰山身旁，却走不进满含疯狂情焰的火焰山怀抱。我想火焰山不是冷若冰霜拒绝我们涉入他情感的领地，他饱含热望地期待我们深深懂得他赤裸的鲜红色深刻的含义。要说不可企及只能是我们自己不可企及，像惧怕火焰山的鸟儿不敢飞进熊熊燃烧的大火的上空，我们心急火燎匆匆忙忙张望了又张望，就旋转身子掉头逃回。于是有头有脸地招摇在自己和社会之间，高声喊叫我去过见过举世闻名的火焰山啦，心血来潮了还要提笔挥写他看见的一片赤红一片大火的火焰山。声势夺人。

其实经过跋涉你深入火焰山中，尽管烧灼肌肤，大汗淋漓，却不会引火烧身，葬身火海。火焰山的火焰不是纯真的火焰。但骄阳下升腾的高温气流却无所不在弥漫着你的周围。你体验着火焰山上蜃气的蒸腾，头昏目眩，如到末日之初。

最后被一派鲜红灼眼的红色所失魂落魄。空洞的眼睛跳荡着一山赤红嶙峋的鲜红。

仿佛某个童话某个梦幻某个奇迹中突然透迤而出的鲜红的山脉。停在眼睛里。停在心灵深处。停在现实中。

鲜红。鲜红。鲜红。

视野因为鲜红而束紧视线。

火焰山因为鲜红而惊心动魄。

不可思议的鲜红撞动着遥远的新月。撞响了遥远的诵经声。撞击着遥远的故事。

没有什么力量能够遮挡住这一片恣意蔓延的鲜红。

燃烧的鲜红的火焰的光辉，组成一片简洁生动的情感，面对它，我们心里萌动奇异的感觉。

颂诵的某些怆然泪下的语调；古籍里大彻大知的神圣善辞，循循善诱的优美辞藻。我看见昭示人类好自为之遵循正道的警喻就是毁灭一切的火焰。烈火具有法力无边的警醒力量。

突然不是幻影的山峦飞扬起来，飞沙走石的暴风洗劫了他，有双看不见的魔术之手重新安置了大地万物，他被置于万古洪荒。魔手逝去，他达到一种极境：我们看到的火焰山成为一座孤独的荒山，草木不生，虫鸟不见，人声不响。只有一簇簇一拥而上耸成尖顶的凝固了的一山火焰。他感

到悲壮，残酷。于是他呜咽得失去哭喊的声音。他拼命拱起历历可数的激烈燃烧的火苗，纠缠挣扎成密密向上蹿跳的火苗纹理，颤抖的鲜红火焰的颜色从此展现了他永远保持的不屈不挠的意志。

魔法的施展，骤然改变了火焰山最初同任何山一样的模样。他不可能复原。从此他也改变了人类展望他的视界。

也不知道这是大难呢？还是造化？

曾经，火焰山也许是和天山一样的兄弟，现在他望见西北方向的博格达冰峰簇拥银光闪耀，他心里一阵凄楚，他已和他鲜明可分，不复一体，他的火红色从此是自己山的肤色。这个苦兄弟未能站起未能自卫，为了自己一次模拟风与火的昂扬极致的欢乐，他定型为今天的样子。他不愿自己的所有一切和每个山保持一样的姿态，因为他想世界可以千姿百态地构成叹为观止的壮观。他弃绝单一，而渴望纷繁。所以他终于选择了旋拧的鲜红色火焰波涛表现自己独特的思想语言。这语言是喑哑的无声无息，但这语言通过战栗而激动铰结升腾的火焰形态倾泻殆尽。

因为他遗忘了什么是悲恸。虽然他鲜红色的骨子里渗透着无可传达的忧伤。那是痛苦的精神的曲折反映，他不可逆转地蒸腾着愤怒的烈焰。

愤怒。愤怒。愤怒。

我愿意这样想象。我更愿意想象我们的火焰山是一个粗野的大汉。

有什么力量也不能威慑住他的飞腾燃烧的灵魂。

他匍匐蜿蜒，坚忍负重；他卧伏身躯，暗蓄火力；他喷射火星，触目惊心。谁见过这个愤世嫉俗的莽汉？

青春似火。他千年万年忍受自己血液的情感的火焰，忘情地燃烧。我们看见，他开始燃烧。他继续燃烧。他仍然燃烧。他永远燃烧。不曾熄灭。

燃烧成毁灭自我重塑自我的象征。

省略了所有创世纪之初的不可想象的阵痛。

燃烧。燃烧。燃烧。

生命在一瞬间从一个极致走向另一个极致。火焰山从一般山的褐黑色变幻成独一无二的鲜红色，也完成在一瞬间。从此火焰山定格了自己永恒的生命姿态。他的熊熊燃烧就是用形态陈述旧我拥抱新我的信念。他凝固了的火焰春夏秋冬凝结着人类探索的目光。我看见火焰山腾跃着情感痛苦的火焰。

他不想掩饰他的痛苦的情感。他依靠火焰鲜明地表达。他裸露，裸露鲜红色昭示人类。人类看见他的鲜红色无言，他没有准备象形文字。他一山的鲜红色沉默地波动在大地和人类的心灵上。他仅仅裸露鲜红色，他不提示思想者的思想。他不在乎他的鲜红色如何嵌进人类飘逸无定的字里行间，把他锻打成了什么样的形象。

他是一大堆无知无觉的鲜红石头和砂岩。

他在孤独中变成了永远的孤独。

他深深的寂寞。他深深的热烈。

最后他选择具有动感的凝固的石头火焰祭奠他的青春。

祭奠始终如一。他燃烧的情感和岁月一样不曾泯灭。

最后我们看见人类的血液也和火焰山凝固火焰的鲜红色一样殷红一样灼热。

同时我们终于看见火焰山所有的昭示是没有昭示。我们知道我们被他的表面所迷惑。他的不可思议是因为我们自己不可思议。

但他的燃烧，他的情感，他的青春祭奠，从我第一眼看见他的那一时刻起，就永远烤烫了我激动的心灵。

只是我对自己空洞虚弱的浅薄表达无能为力。我大笑自己，不怕大勇大美的火焰山看见。

鸣沙山童话

如果需要在新疆寻找一个童话，木垒就有现成的一个，就在我这里 —— 我是一座鸣沙山。

我这里，在古尔班通古特沙漠，在准噶尔盆地，只有在我这里，才有我这样的鸣沙山。

我要说，我这个鸣沙山，在《小王子》这篇全世界都流传的童话中，是看不见的。很可惜，圣-埃克苏佩里没有福气把飞机降落在我这里。

我想说，如果圣-埃克苏佩里在我这里降落，看到我，一个与众不同的鸣沙山，他听到我的与众不同的声音，与他驾驶的飞机轰鸣声一样，他会不会大吃一惊，这乱真的鸣响，会不会让他产生误会？

我在一望无际的沙漠边沿耸立着，我是独立思考的一座鸣沙山。我本身沉默不语，这和我兀立荒原有关。我周围没有人类，只有阳光、风、黄羊、梭梭，只有无数的沙粒，干净得一尘不染的黄金沙粒。我很寂寞。

我是一粒又一粒沙子集合体，我有号召力，我喜欢集体主义精神，因为大家密集在一起，说悄悄话会减轻寂寞。

几百年过去了。几千年过去了。几万年过去了。

这时候人类来了。人类来玩了，发现了我。我很高兴，人类进入我，我一激动，张口结舌，我喃喃细语："你好啊 …… 你好啊 …… 你好啊 ……"就像合唱团打拍子领唱一样，沙子跟着我齐声喊："你好啊 …… 你好啊 ……"我听见人类说："这沙山发出的声音，和一架飞机一样。"

我并不是飞机音箱。

这时候人类又说："这是鸣沙山！"

我并不鸣叫，我是在说话。我想和人类交谈。我是打招呼，"你好啊……"我这才发现人类听不懂我的话。

我不过是一粒又一粒沙子，如果我是一粒个体沙子的话，人类是认识我的，但是我将一粒又一粒沙子团结起来组成一个大队，我们与人类相遇在天空下，地球上，我们高兴要唱歌，人类就叫我鸣沙山。我知道人类有一个成语是"张冠李戴"，那我就叫鸣沙山好了。

我不过是寂寞在唱歌的沙子。我不知道到哪里寻找语言翻译，及时帮我纠错。人类一个劲地叫我鸣沙山，一错再错，一意孤行，我想请求圣－埃克苏佩里重写《小王子》，因为我这里比他那个降落地点要好，其实这不可能，他后来驾驶飞机消失得无影无踪了。我想要是他真的降落在我这里，他听得懂我所说的"你好啊"。那么他就不可能一去不复返了。

要是我们在我这里，能够共鸣多好啊。那么，我们会一问一答，我们的笑语一点隔阂都没有。这样才能到达"一粒沙就是一个世界，一朵花就是一座天堂"。

是谁给鸣沙山安装了一个音箱呢？

谁悄悄地安装的？

音箱安在哪个角落？

这个看不见的音箱，让鸣沙山有了神秘感。

神秘感笼罩在木垒鸣沙山上。很多人赶来，更多的是当观众，而不是听众。音箱发出的声波，大家听不懂离奇的东西。

当大家滑入鸣沙山，与这座沙山发生了感应，同沙子部落组合的音乐会产生共鸣，音箱振动出了"嗡嗡嗡""轰轰轰""隆隆隆"的声响，像一个隐身人在看不见的角落信手弹拨乐器。什么乐器？有点像钢琴声。不过

弹奏水平很低，很单调。

　　风来了，观众走了，沙子们不愿意走，好像自我欣赏，还原自己，退回史前，重新落座，等待戈多。如同有了默契。鸣沙山又等同原样，熨展如初。

　　奇怪的共鸣！

　　这个不着边际的音箱，在一望无际的沙海深藏不露，让谁听呢？

　　在这个荒无人烟的戈壁滩，谁愿意当一个心领神会的听众？

云朵的道路

　　天上的云朵有道路。立于新疆大地，我有一天这样想。我哪一天不抬头看看天上的云呢？看看它无言展示的变幻无穷的千姿百态？

　　一直觉得，每一天的云都是不一样的。要有看云的心情，才能想到这一点。奇妙是云朵极致的意境。她那么活，竟散发着美的气息。云朵之下的我们，真应该好好看看这个大自然天生的艺术品。什么叫生动感人，无与伦比又是由什么构成，多么需要我们面对一群云朵举一反三。懂得一点美感的人活着才不会老是丧气。云朵是日日常新的，不想停滞自己舒展的欲望。它还算得上蔚为壮观，是美所组合的另一状态的旗帜。其实，这够激动人心的了。你们看，云底下就有我这么一个人在痴心妄想。

　　从小我就对云朵销魂动魄。说不尽我的惊奇，亢奋。很想说些什么，又总是吐不出来，血也流得痒人了，可我不敢轻易提笔写一写云，只是一味痴痴地仰望从我头顶涌过去的排山倒海的云朵。我压在它的肚皮下了。我被自己的心潮淹没。快露出头，喘一口气，成了我那时拯救自己的最大念头。

　　我今天可以说是按捺不住了，想把我有一天有一刻看到的云涌现在笔端。这是我的眼睛看到的，这是我的心灵感受到的。不指望有谁惊讶，也不奢望有谁叫好，谁哀怨更不是我希望的。文字的云朵从你的眼前一掠而过，就行了吧。它们毫不喧哗地逝向我们能够熟悉的陌生远方，后面又是无穷无尽的力量推动过来的一群云朵……

那一天下午，我在天山脚下的一座四层楼上突然抬起了头，看到天空并不澄明，也不灿烂，而是空蒙、辽远，似有一天尘烟均匀撩开。我自然而然地倦怠起来。

要来一场雨吗？要来一阵风吗？夏天里的人最爱动不动望望天，谈一谈天，好像一个远走高飞的亲人，让人挂念。大地上的人类啊，总要仰望着天空，是在看什么表情？大地、天空、人，是同一宇宙中的三个种族，有时间切割不断的血缘关系。不用对话，永远互相打量着，就是翻译意味的一种最简洁的传达。

一会儿我又看了看天，几乎没什么变化。但我侧头看见了，南面挺远的天山山脉的一段上出现了云！是云朵。三三两两的云朵在山峦上持续地默然飘移。云朵也不鲜明闪亮，只是形成了一团团固体。云朵们像是顺手在此时的天空中拢过来的灰雾烟尘，挤作一团，不由分说地缓缓而行。

慢慢的，云朵多了，成了一伙，阵势也稳定，一前一后，丝毫不乱。此时的云朵是一批小分队，有呼朋引伴、携手并肩的样子。云朵也泛起一层光泽，不怎么耀眼，只是觉得亲切可近。它们是去东方目的地朝圣，携带一片虔诚，一个劲地想勇往直前。

紧接着再看，山峦上的云朵逐渐众多，一团团一群群一片片，那情景我相信绝非我的笔所能描绘。我只好也只能选择我当时的心境，流动在洁白的纸上。

那些不断微妙地变幻的云朵，继续在我目所能及的南边，层出不穷。那简直是一幅很宏大的浑然天成的画面，徐徐舒卷，悠悠蜿蜒。我不敢稍微闭一下眼睛，错过一幅美景。

蠕动着的云朵，膨胀着，体积晃大了。云边早已现出了一圈明亮，整个云朵也焕发出层次分明的不同颜色，冷色、中间色、暖色俱全，云的屏风后的太阳在高远的天际，不时地反映给云朵片片光辉。

仅仅是云朵吗？不，我觉得是浮动起来的一座山，一座雪山。山头上落满了乳白色的雪，不是我们常见的那种雪洋洋洒洒。这座山绝对不是凝固的，不是一堆死的石头，这座山在长，活生生的，身体往外涌着一波一浪的小山峦，好像内心蓄藏着无限的潜力和激情。什么样的山没有啊。我看见突然耸起了一架斜立的峭壁，擎天柱一样屹立，一会儿又在我眼前颓然倒塌，好像刚刚经过了岁月伟力一瞬间的残酷抹杀；我看到拱起来一架弯曲而结实的脊背，就像一架驼峰在漠野颤动，又一团硕大的山峰从容地竟在背上压过去了……

怎么看怎么觉得，那一瞬间绽放的云朵，又是和女性一样内容的东西。而形式就是丰硕、圣洁的乳房的集体性排列，悬露、幻变在广袤、美丽的天隅一方。青春的芬芳就那么不可阻挡地纷至沓来，乳汁带着甘甜的美好愿望，同时深入了人心。生命就是生生不息，是奔腾的河流的激荡，钢铁一般的力量，本身都有一股永不枯竭的滋养的源泉……

应当说最使我的灵魂震慑的，是云朵们的群势。它们展开，它们运行，它们滚滚而去，浩浩荡荡，真像有前赴后继的什么使命。

大气翻腾到了一定的时候，往往就为这个世界不动声色地孕育成了一种美的人间景象。景致！世界的天空是很需要美丽云朵随心所欲点缀的。无云，尤其是没有云朵的空洞天际，要多干巴就有多干巴。

云朵还在眼里的那段天山山脉上前进，而起伏的群山却在大地上灰蒙蒙地僵卧。它们挨得很近，云朵几乎是贴着山顶跃动。我的脑子里突然跳出一个字：路！是的。云朵们一团团、一群群、一片片在山峦上通过，畅行无阻，这是一条道路，一条云朵奋力辟出的必经道路。

再不用说了，这一天这一刻我看到的云景，给了我感动的氛围。而最使我振奋不已的，自然是那种铺天盖地的云朵在我的头顶蔓延。蔓延！旺盛的生命才具有的形式！有蔓延这样的形式，往往也就有了丰富能量的内容！我这么乱想，是因为这时候云朵的道路远不止一条了，而是无边又无际！

　　谁相信这对我会是一种鼓舞。有道路的云朵深藏着这么一种动力。你们看见了没有？而信心充满我身体的内部，我只想立即投入自己要去奋斗的河床。

新疆家园安定着我们的心房

快乐老汉大路歌

你接近过民间艺人吗?

你倾听过老民间艺人的歌吗?

你没有被发自肺腑的歌声撩动吗?

"慢的乐趣怎么失传了呢?啊,古时候闲荡的人到哪儿去啦?民歌小调中的游手好闲的英雄,这些漫游各地的磨坊,在露天过夜的流浪汉,都到哪儿去啦?他们随着乡间小道、草原、林间空地和大自然一起消失了吗?捷克有一句谚语用来比喻他们甜蜜的悠闲生活:他们凝望仁慈上帝的窗户。凝望仁慈上帝窗户的人是不会厌倦的;他幸福。在我们的世界里,悠闲蜕化成无所事事,这则是另一码事了。无所事事的人是失落的人,他厌倦,永远在寻找他所缺少的行动。"

读到昆德拉《慢》中的这一段落,我一下回想起了我的1991年。这一年我堪称海明威式的"迷惘的一代",当然不至于是凯鲁亚克式的"垮掉的一代"。我精力过剩,而无以宣泄,四处游荡而不能定神,这也是"典型环境中的典型性格":精神苦闷、青春灰暗、心情压抑。这时我受邀到市文化局帮工,协助编辑一套民间文学集成资料。在编辑过程中,需要补充挖掘,我和别人结伴时不时要下乡,或派车,或搭车,或骑车,走村入户，听唱说事，搜集整理。不知为什么，我的眼睛明亮起来了，我的心胸扩展起来了，我的眼界开阔起来了。后来我终于知道了答案：民间文学能够滋养一个人。我感恩纯朴的民间文学把我轻而易举地助推到柳暗花明又一村的地方。

我遇到了一个目不识丁然而满嘴故事的快乐老汉。这是一个75岁高龄的回族老人，安静地住在新疆一个叫榆树沟的小村落。他和病歪歪的老伴在土房子里相依为命，安度晚年，所见一切从简，但是你看他，有饭吃，有衣服穿，有回忆，有山曲儿唱，就高兴得笑掉大牙了。

他给我们讲的一个故事，竟让感伤的我有了明快的旋律。

请听好了——

一个老汉，一天他衣服一拿，馍馍袋子一背，游玩去咧，走东走西走乏咧，他就把背夹在后头一搁，拍大腿唱开啦。

正好过来了一个财主，骑着高头大马，褡子里装着很多票子，边走路还边打梦（即瞌睡）着呢。突然见一个老汉在土窝子底下坐着手拍大腿唱着呢，财主很奇怪。他想：把这个高兴给我，把我的忧愁给他，不好吗？我高头大马骑着烦得打瞌睡着呢，而他躺着山曲子加乱弹唱着呢。我过去把他问一下，他是啥原因。

到老汉跟前把马一勒站下咧，财主家开口就问：嗳，老弟兄！我问你个事情。我看着你这么高兴，我着气咧。应当把你的高兴给我，把我的忧愁给你。你高兴，我却走路发愁，这是咋么一回事呀？

老汉一听不唱了，对财主说：唉呀，儿有儿福，女有女福，你是个糊涂虫，你昼夜不安啦。张家该了（欠了）你一百，王家该了你八十，你要账去，这要那要，一要了票子一大褡子。黑里你可数开钱咧，你这三百两二百两数来数去的，你脑子还想，明儿再做一回生意走。做一回生意我们再挣些钱，这个钱搁一年白坎（闲着）搁着呢。这脑子里可想好咧。哎明儿走还得骑马呢，你要喂马饮水，等到你把马侍候好，半晚上已经过去唡。你睡得晚，起得早，你的眼怎么能不打闭（即半睁半闭）呢？这就是你打闭的原因。

财主听了，点着头，又问道：哎，莫唡（要不）你咋高兴着呢啥？

老汉就说：我高兴有我高兴的事情，我的三个大事完成唡，也交待唡。我的儿马子（即儿子）上了绊唡；我的害货出了门唡；我的黄金入了柜唡。我就走到东吃到东，走到西吃到西，有钱唡买着吃，没钱唡要着吃，这一天的光阴（即日子）就过唡。因为我心里没扯心（意即纠缠的心思）唡，我现在就是个高兴。

财主听了不明白，就问：你这三句话我一点没懂啊。儿马子上唡绊呢，那个儿马子你不绊还不行么？黄金入了柜，莫唡你的黄金不在柜里搁还在哪里搁呢么？害货出了门唡，这我还不懂，这害货是个啥呀？

这老汉听财主这么价问，就笑开唡，说：对，你不懂唡我给你说么。儿马子上了绊唡，就是这个孙（家伙）把媳妇娶上咧。我指教儿子，他不听，但是娶上个媳妇呀，媳妇就把他管住唡。媳妇成了他的绊马索，这就叫儿马子上了绊唡。害货出了门唡，就是我的丫头给了人唡。丫头咋么叫个害货呢？丫头大唡娘老子要操心啦，一操心不到，出个啥问题，不是把人害下了么？就是这么个害货。这丫头一出门给女婿家，看球你咋做咋做去，与我无关了么。黄金入了柜，就是我的一双父母入土为安唡，我再不用管他们，我的事情完了么。我这三件事都办唡，我不高兴干啥呢？我活了一辈子人唡，要是昏昏来迷迷去，枉在世上披人皮，我到临死的时间咋做呢？所以现在我要尽量快乐下去。

这个故事保持了原汁原味。

就是这则故事的原始溪流，冲开了我一时郁结的心境河床。我有什么理由不快乐呢？一个乡野老汉尚且如此开通，何况我一个无畏青年。可以这样说，这个故事影响了我对快乐的理解。"我现在就是个高兴""所以现在我要尽量快乐下去"，这难道不是生活的警句吗？

我曾给这个活宝式的回族民间艺人写了一个小传作为附录编在书中。现在我认为没有写活他，因为他是一个懂得生活的人，我们的规范格式却把他固定死了。

如果在一个人的小传中，有司汤达一样风格的话：活过，爱过，快乐过，那么这多么让人骄傲、坦荡、满足啊。

很多年后，我经常忆念这个默默无闻的回族老人。

这个乐呵呵的瘦老人，是随和的，有着随遇而安的秉性。他大字不识一个，却记忆力惊人，从小爱听人讲故事，他说自己爱往脑子里记，口口相传，默记于心，温故存新，积攒下大量民间文学存货。你看他出口成章，那故事，那歌曲，热腾腾的，活泼泼的，活生生的。他在土里土气中何等丰富啊。我与他的偶然相遇，是此生幸遇。

那年秋天，他还来城里找过我们一次。我们当时正埋头于纸堆的字里行间，与他老人家的田间地头不可同日而语。我很吃惊他老人家竟来了。是找找看办个事。如今，我们是找不到他了。

这样的宝贵老人家，现在的确都很难找到了。他入土为安了，也带走了他掌握的一切故事，他拥有的一切意义，他只能口头表达，他的口头文学是他一个人的珍藏。他成了过去的传说。这时候，我们也只有使用"失传"这个词的份儿了。

一个人的新疆

　　写新疆的话题早已进行过了，这并不是说现在继续提及思考是过时的。

　　不。不会过时。反而会更新鲜。新疆是新的。我们是新的。一个阶段有一个阶段的新，美，高度，成熟，解放，融和，澄清等发展的显示。

　　我以为事到如今正好是一个澄清的阶段。像站在天山上看一些河水的交叉流向。

　　陈里面出新，新其中含陈，都不奇怪。但是眼前的事实是，扣在头上的杂乱的帽子被时间的大风刮掉，眉目显露了。

　　一切都在逐渐显露中。也在逐渐澄清、消失中。

　　新疆人为什么不写新疆呢。新疆人为什么不能够写新疆呢。新疆人为什么不能够得心应手不同凡响问心无愧大气磅礴写新疆呢。

　　新疆是我们的，我们不写谁写？非要等内地作家来跑一趟勘探一番，我们才有挖掘开采的权利吗？

　　事实上多少年我们新疆人往往就是这么干的。

　　新疆是伟大的，但我们的心也应该同样伟大。或者说要追求伟大。只有伟大才能平等地正视伟大。甘愿做伟大的小仆人，终究抬不起头，看不到伟大的形象，发现不出美，正视不了良莠，分不清楚愚蠢与智慧，寻找不到奋斗的方向。

　　对有的人来说，写新疆需要时间、磨砺、闯荡、过程、思考等等，这都是必需的。是省略不掉的。

但也不妨碍现在就动笔写新疆。如果你已经多少不同于他人而用自己的思想独特创作的话。

新疆需要新的作家、新的作品、新的美、新的诱惑、新的成熟。

新疆迫切需要新。需要耳目一新。

时代的日新月异，发展的强大渗透，社会的变化多端，人类的复杂心态，审美的颠倒转换，价值的多元体现，无不要求一种新的出路，新的转机，新的复活，新的魅力。这种新绝不是单一的、唯一的、独此一家的。

请允许我这么直言不讳：在新疆的文学方面，目前写新疆的最佳形式我以为是散文。

大势所趋一样，新疆如何能避免。这和经济不可逆转的规律等同。

为什么恰恰是散文呢？原因有多种。是时代把散文推举到了这个地方。是散文真实有力的魅力、真诚坦荡的力量、广阔视野的力度深入人心。是始终稳定的层出不穷的读者不断地丢着媚眼儿。是 …… 还可以细说下去。但是有一点我以为更有威力的是：真正的而非虚假的散文本身就具有了一个长久征服人心的特点 —— 新。

新的发现。

新的生命力。

新的解放。

新的多种多样的展示。

新的发展余地。

新的美。

一切都是全新的可能。

从二十世纪九十年代始，澄清散文流脉的大背景和大趋势以悄然独行的脚步无所抵挡地冲击而来。

新疆也有了在散文的提升帮助下开始新的形象塑造的机会。许多写新疆的大手笔散文磅礴而出。

新疆的许多地方对我都有吸引力。可惜因为我的无能，我的无力，我的无缘，我始终不曾涉足过一些我想去的地方。我常常在新疆地图上怀想着它们。怀想新疆。

我一直抱有这样的信心和想法：我到过的地方我就会写得和别人不一样。至少是用我的心感受体察过的。和别人类似一样，我不写。

在这里，是我一个人的新疆。这是我一个人的眼神，一个人的念想，一个人的勾勒。这只能是一个人独特而蓬勃的新疆啊。

尽管这里有着我个人的局限，但我在新疆情愿一个人"在限制中创造"。新疆是辽阔的。我仅仅触动了她的一个边角。新疆是丰富的。我只是穿越了她的一条深谷。新疆是壮美的。我只能捕捉到她的一道光与影。

我知道，我写的新疆尽管是那么一部分，然而，一个局部往往并不会给新疆的美带来多少折扣。时间不妨碍新疆的魅力，相反只能证明、凸现、加深新疆的美。

只能这么表达了。我只是行走于新疆的一个满心热爱这片土地的赤子！在这里深情地凝望，生动地怀想，欣悦地倾诉。看吧，新疆是大美不言的。新疆是难以名状的。新疆是雄浑广阔的。看啊，独步天山是激越的。漫游新疆是美妙的。深入瀚海是大气的。我生活在新疆有着无与伦比的幸福感。新疆的一切支持着我的存在的力量。美好的世界包容在新疆大地上。

大美新疆，是我精神洗礼、心灵复苏、感觉生动、思想鲜美的特异疆域。

新疆啊，大美铺天盖地。

我愿意永远充满新疆气息地歌唱。

这时候我知道了，我有一个眼神，这就是新疆眼神。

既然是"永远的歌唱"，那么这就是我一辈子的事情。我的新疆之书，应当在不断增删中，让这本书不断拥有深情的凝望的眼神，不会对我们的新疆失去念想和激动的情愫。人生本身就是一个增删的过程。删繁就简三秋树。秋天才有最美的黄金树。不过，这需要一年、两年？还是又一个10年？30年？我，在期待中。

　　我在期待，因为我知道我还缺少一些什么，也知道该干些什么。我的补充和完美是我前进的方向。新疆的许多地方我还没有去接近，新疆何等阔大啊。我知道许多事情、许多人、许多意义、许多美好在等待着我。让我一步步靠近，一年年完美吧。我的给我宏阔视野的新疆！

　　拥有辽阔的大地，旷远的天宇，宏巨的襟怀，史诗的气度的新疆啊 …… 我的一本薄书对你而言只是一抹云，一泓泉，一叶草，一块石，一粒沙，一段香，一声叹 ……